Josie Charles

Hinter zerbrochenem Glas

Liebesroman

Inhalt

Eine Hafenstadt voller Geheimnisse.
Ein Haus, umgeben von Glühwürmchen.
Und eine Liebe, die vom Schicksal vorherbestimmt scheint ...

Juliet
Mit meinen reichen Eltern lebe ich in den Hügeln von Bar Harbor und habe alles, was man sich wünschen kann. Doch ein zerspringender Spiegel ändert alles. Das Klirren löst Erinnerungen an ein Leben in mir aus, das nicht meines sein kann. Meine Familie verheimlicht mir etwas und ich weiß, wo ich die Wahrheit herausfinden kann – im alten Haus an der Livingston Road.

Cayden
Ausgerechnet Juliet steht vor meiner Tür. Sie will sich hier umsehen. Was hat sie nach all den Jahren hergeführt? Verflucht, sie ist so schön geworden, dass ich mich ihr kaum entziehen kann. Aber ich muss – denn von allen Frauen der Welt ist sie die Einzige, die für mich tabu ist.

Was, wenn du dich ausgerechnet in den Menschen verliebst,
in den du dich niemals verlieben solltest?

Impressum

c/o Werneburg Internet Marketing und Publikations-Service
Philipp-Kühner-Straße 2
99817 Eisenach
***
Deutsche Erstausgabe
April 2019
***
Covergestaltung: Josie Charles

Josie Charles

Hinter zerbrochenem Glas

Liebesroman

Ihr Lieben,

Manchmal beginnt die Idee zu einem Buch mit einer Szene, die man plötzlich im Kopf hat. Manchmal ist es ein Prota, den man unbedingt zum Leben erwecken will. Und manchmal entstehen Cover und Idee praktisch parallel.

So war diesmal.

Ich konnte es kaum erwarten, „Hinter zerbrochenem Glas“ endlich zu schreiben. Doch zuerst mussten andere Bücher fertig werden. Cayden und Juliet sind mir dabei die ganze Zeit über nicht aus dem Kopf gegangen und so hatte ich praktisch schon einen fertigen Film vor Augen, als ich mich schließlich an die Geschichte setzen konnte.

Sie ging mir so gut von der Hand, dass ich traurig war, dass ich bereits nach wenigen Tagen mit dem Schreiben fertig war.

In Bar Harbor, den kleinen, verträumten Küstenort, an dem das Buch spielt, habe ich mich ganz schnell verliebt. Ich musste ihn ein stückweit nach meinen Vorstellungen formen, also seid mir nicht böse, wenn sich nicht jede Abzweigung immer an exakt der richtigen Stelle befindet :)

Der Hafen, der See, die kleine Insel mit dem Leuchtturm, all das gibt es dort wirklich. Doch sucht besser nicht nach der Villa der Locklands oder dem Landregister ... Vielleicht findet ihr ja auch etwas, das ich übersehen habe, weil ich von den Glühwürmchen so geblendet war.

Bevor es losgeht, möchte ich wie immer noch ein dickes Danke an euch schicken – dafür, dass ihr meinen Geschichten immer wieder die Chance gebt, euch zu packen und mitzunehmen in ein ganz anderes Leben <3

Danke auch an meine wunderbaren Vorableserinnen Alishia, Ane, Daniela, Ines, Katrin, Myriam, Nadine, Nicky, Nika, Nina, Petra, Sandy, Susi, Tami und Tanja – für eure Tipps und alle lieben Worte drumherum.

Ich bin euch unendlich dankbar!

Und natürlich auch ein riesiges Danke an Hailey, Mareike und Ricky. Ich freu mich, euch jetzt schon so lange zu kennen!

So, nun möchte ich euch aber endgültig in die Welt von Juliet und Cayden schicken ... Mal schauen, was hinter zerbrochenem Glas auf euch wartet :)

Eure Josie <3

PS: Wenn ihr einen eigenen Buchblog habt, registriert euch doch auf blogger.josiecharles.de für meinen Blogger-Newsletter und seid bei exklusiven Aktionen dabei.

Für alle anderen habe ich unter www.josiecharles.de einen Leser-Newsletter, mit dem ihr keine Veröffentlichung mehr verpasst :)

Für beides gilt: Kein Spam, versprochen!

Prolog

Eagle Lake, nahe Bar Harbor, Maine

Juliet

Ich liebe Flohmärkte, seit ich ein kleines Kind war. Die ungeahnten Schätze, die man an jedem noch so unscheinbaren Stand entdecken kann.

Vorsichtig nehme ich einen Ring aus einem Kästchen. Ich drehe ihn zwischen Daumen und Zeigefinger und sehe fasziniert zu, wie der Stein in den verschiedensten Farben funkelt.

Moosgrün, Feuerrot, Sonnengelb ...

Als würde sich eine ganze Welt in seinem Inneren verbergen.

»Das ist ein Opal«, erklärt der Verkäufer, ein geduldiger alter Mann, der Pfeife raucht und nicht im mindesten wirkt, als wollte er dringend etwas verkaufen.

Es kommt mir eher vor, als würde er sich einfach nur die Zeit vertreiben. Genau wie ich.

»Wem hat er gehört?«, frage ich.

»Das willst du wissen?« Der Mann lächelt überrascht, als ich nicke. »Meiner Großmutter. Mein

Großvater fuhr zur See und schenkte ihr den Ring, damit sie ihn sehen kann, ganz egal, wo er gerade ist. Versuch es mal.«

Mit einem Lächeln drehe ich das Schmuckstück hin und her. Immer wieder leuchten blaue Reflexe darin auf – so als würde ich tatsächlich einen Blick aufs Meer werfen.

»Er ist wunderschön.« Ich lege den Ring vorsichtig zurück an seinen Platz. Kaufen werde ich ihn nicht, denn ich würde es nicht richtig finden, etwas als Schmuck zu tragen, das für jemand anderen einst eine so große Bedeutung hatte.

»Sieh dich in Ruhe um. Hier wird jeder fündig.«

Ich schließe das Kästchen mit den Ringen. Ohne Eile schaue ich mir die anderen Gegenstände an, die auf einem roten Samttuch ausgebreitet vor mir liegen. Heute Nachmittag habe ich sowieso nichts anderes mehr vor, als über den Markt zu schlendern. Die Stände sind auf dem Spazierweg am Eagle Lake aufgebaut, einem See, der so ruhig und klar ist, dass man fast bis auf den Grund sehen kann. Ich mag die Stimmung an diesem Ort. Menschen kommen von weit her, alle sind auf der Suche nach antiken Schätzen. Nach Dingen, die sie davor bewahren können, auf dem Müll zu landen.

Ob ich heute auch etwas mitnehme?

Ich sehe mir eine verzierte Teetasse an, einen zerzausten Teddybären, einen Brieföffner mit Korallengriff – und dann entdecke ich einen silbern eingefassten Handspiegel. Auf den ersten Blick ist er nicht einmal besonders schön, doch etwas an ihm zieht mich magisch in seinen Bann.

Ich nehme ihn von dem Tuch und halte ihn ins Licht. Das Silber ist ein bisschen angelaufen und das Glas könnte mal abgewischt werden – es ist voller Schlieren, so als würde man sich darin in dichtem Nebel stehen sehen.

»Wir fanden ihn auf dem Speicher unseres Hauses, als wir dort eingezogen sind«, erklärt der Mann. »Vor vielen, vielen Jahren.«

»Wie teuer ist der?«, frage ich und sehe mir den verschnörkelten Griff an. Dann drehe ich ihn um, um auch die Rückseite zu betrachten.

Und in dem Moment passiert es.

Als hätte der Spiegel beschlossen, dass er nicht gekauft werden und auf dem nächsten Schminktisch landen will, fällt die Scheibe aus ihrer Fassung.

Mit einer Hand versuche ich noch, sie aufzufangen. Der alte Mann erhebt sich, greift über den Stand und tut es mir gleich, eine Frau schräg hinter mir zieht ihre kleine Tochter zur Seite ....

Und in der nächsten Sekunde landet die

Spiegelscheibe auf dem Spazierweg, zerspringt auf dem grauen, sommerwarmen Asphalt in hundert Teile.

Ein lautes Klirren ertönt, es verdrängt die Flohmarktgeräusche um mich herum, doch das ist nicht alles.

Auch der Markt selbst scheint mit einem Mal zu verblassen. Die Stände mit ihren chaotischen Auslagen, die Wiesen jenseits des Weges, das grasbewachsene Ufer, der See, der den blauen Himmel reflektiert. Der Frühsommernachmittag macht von einer Sekunde auf die nächste etwas anderem Platz, wie ein plötzlicher Szenenwechsel in einem Film.

Auch wenn ich weiß, dass das nicht real sein kann, verschwindet der Boden unter meinen Füßen. Meine Beine fliegen durch die Luft, als ich vor und zurück schwinge, vor und zurück.

Ich sitze auf einer Schaukel und als ich nach oben blicke, sehe ich, dass sie in einem Türrahmen befestigt ist. Bei jedem Schwingen knarren ihre Seile in den Halterungen, doch ich habe keine Angst, dass sie sich lösen könnte. Ich lache, nehme noch mehr Anschwung, schwebe über sonnenbeschienenem Parkettboden, während der Duft von Zitronenkuchen die Luft erfüllt. Und dann ...

Dann bin ich plötzlich wieder am See. Zurück im Hier und Jetzt.

»Miss, geht es Ihnen gut?«

Eine Männerstimme dringt in das wilde Geschaukel, das ich immer noch spüre. Dann nehme ich auch den Flohmarkt-Trubel um mich herum und den blauen Himmel über mir wieder wahr.

Aber ich stehe nicht länger am Stand des alten Mannes. Ich liege auf dem Boden und unzählige besorgte Gesichter wabern über mir wie Luftballons.

»Ist alles in Ordnung?«

»Ist sie einfach umgekippt?«

»Das ist doch Juliet Lockland!«

»Es lag bestimmt an der Hitze!«

Ich blinzle und muss erstmal verstehen, was passiert ist. Dann atme ich aus, ganz langsam und kontrolliert.

»Es geht mir gut«, murmle ich und setze mich auf, stelle fest, dass ich den Spiegel, oder besser gesagt, das, was von ihm übrig ist, immer noch in der Hand halte und lasse ihn fast erschrocken fallen.

Wie ein fernes Echo höre ich noch einmal das Klirren des Glases in meinem Kopf.

Einen Spiegel zu zerbrechen bringt sieben Jahre Unglück, das sagt man doch, oder?

Aber dieser Aberglaube ist es nicht, der mein Herz in dem Moment zum Rasen bringt.

Es ist etwas anderes. Die Momentaufnahme, die ich gesehen, gerochen und gespürt habe, so als wäre ich für ein paar Sekunden an einem anderen Ort gewesen.

Die Schaukel, der sonnenhelle Flur, der Duft von Zitronenkuchen.

Was um alles in der Welt hatte das zu bedeuten?

***

Kapitel 1

Bar Harbor, Maine
Am nächsten Tag

Juliet

Der Weg zur Küste ist neblig und einsam. Ganz so, wie ich es an einem Sonntagmorgen mag. Ich komme an den typischen bunten Fischerhäuschen vorbei, kann aber kaum weiter als einen Meter sehen. Hier und da erkenne ich ein paar farbige Fetzen, doch ich weiß, dass sie da sind. Hölzerne Hütten mit Fenstern zum Ozean, als würden sie das Meer beobachten.

Je näher ich dem Atlantik komme, desto dünner wird der Nebel, bis er nur noch als zarter Schleier in der Luft hängt und ich vor mir das Wasser sehe. Es glitzert in der aufgehenden Morgensonne wie feines Gold, wird allerdings alle paar Meter von verschiedenfarbigen Plastikbojen verunstaltet.

Hummerbojen.

Diese Dinger waren mir schon immer ein Dorn im Auge.

Ich bleibe an der Böschung stehen, die den Strand nach hinten hin vom Rest des Ortes abschirmt, und streife meine Schuhe ab. Dann tappe ich barfuß durch den Sand, der sich kühl und feucht anfühlt.

Den Strand unter meinen Sohlen zu spüren, lenkt mich ab. Nach dem Schreck gestern Nachmittag lag ich die ganze Nacht über wach, auch wenn ich weiß, dass es vollkommen normal ist, ab und zu Dinge zu sehen, die einem nicht wirklich passiert sind. Das Gehirn spielt einem dann einen Streich. Mischt Realität mit Fantasie und zeigt einem neue, zusammengewürfelte Bilder.

Doch das gestern war anders.

Es war mehr eine Erinnerung als ein Hirngespinst.

Nur, dass es nicht meine Erinnerung sein kann.

Der kalte Atlantik schwappt über meine nackten Füße und holt mich zurück ins Hier und Jetzt. Ich weiche ein Stück zurück, schaue mich um, doch weit und breit ist niemand zu sehen. Links von mir dümpeln die Yachten und Boote im Hafen von Bar Harbor herum. Weil heute Sonntag ist, fahren die Fischer erst später raus, um Geld in Form von lebenden Tieren zu scheffeln.

Es bleibt noch genug Zeit für mich, um ihnen einen Strich durch die Rechnung zu machen.

Eilig ziehe ich mir die Jeans und das Shirt aus und wate im Bikini zügig ins Wasser. Es ist eisig und kribbelt auf meiner Haut wie hunderte Nadelstiche.

Ein Gefühl, das ich gewöhnt bin. Ich rette die Hummer nicht zum ersten Mal vor dem Kochtopf. Und ich habe vor, es so lange zu tun, bis die Fischer ihre gemeinen Fallen abbauen und sich etwas anderem widmen. Es gibt so viele freie Jobs in Bar Harbor, doch die Menschen hier wollen nur eins: Rausfahren, um unschuldige Meeresbewohner zu töten.

Ich atme tief durch, dann mache ich einen Kopfsprung in die Fluten und kraule zur ersten Boje, die dank ihrer hellgrünen Farbe beinahe fröhlich wirkt. Sie gehört Jeff Talesman, einem der größten Widerlinge hier im Ort. Er hat den am Hafen liegenden Kindergarten abreißen lassen, um dort seine Fangstation zu errichten. Ich werde ihm zeigen, dass er sich gründlich verkalkuliert hat.

An der Boje angekommen, tauche ich herab zum Käfig.

Ein einziger winziger Hummer sitzt darin. Verloren reckt er seine Fühler in meine Richtung und sieht mich aus seinen traurigen Knopfaugen an.

Keine Angst, versuche ich ihm in Gedanken zuzuflüstern.

Dann öffne ich den Käfig und sehe zu, wie sich das Tierchen zuerst ein wenig misstrauisch voran tastet, bevor es eilig aus seinem Gefängnis krabbelt und über den Meeresboden verschwindet.

Lass dich nicht nochmal erwischen, denke ich und tauche auf.

Nummer eins wäre geschafft.

Bleiben noch neunundvierzig weitere Fangkäfige.

***

Sie dreht den Kopf und sucht das Ufer ab. Ganz so, als würde sie bemerken, dass ich sie beobachte. Ich kann von hier oben beinahe sehen, wie sie ihre Stirn runzelt und die Brauen zusammenkneift. Sie spürt, dass ich da bin. Aber sehen wird sie mich nicht. Ich stehe verborgen zwischen den Sträuchern an der Uferböschung und rühre mich nicht. Wie jeden Tag, seit ich sie hier am Strand entdeckt habe.

Rein zufällig.

Es war meine erste Nacht in dem alten Haus und ich konnte nicht schlafen. Die Erinnerungen dort sind so lebendig, als sähe man einen Film. Sie haben mich überrollt und von meinem Schlafplatz inmitten der modrigen Wände vertrieben.

Es muss vier Uhr morgens gewesen sein, als ich am Strand ankam und sie entdeckte. Zuerst dachte ich, sie würde nur ein paar Runden schwimmen, bis ich erkannte, was sie wirklich tat: Sie ließ die Hummer frei.

Rettete sie davor, bei lebendigem Leib gekocht zu werden.

Eigentlich hielt ich diese Aktion für eine einmalige Sache, trotzdem kam ich am nächsten Morgen wieder her. Und an dem darauffolgenden.

Seit mehr als zwei Monaten komme ich fast täglich

zum Strand und schaue Juliet dabei zu, wie sie Leben rettet.

Sie hat mich nie bemerkt und sie tut es auch heute nicht. Noch ein kurzer Blick zum Strand, dann krault sie weiter, um bei der nächsten Boje abermals abzutauchen. Sie bewegt sich dabei so geschmeidig, als gehöre sie viel mehr ins Wasser denn an Land.

Das lange dunkelblonde Haar weht wie ein seidiger Schleier hinter ihr her, bis sie komplett unter der Oberfläche verschwunden ist. Die Hummerboje wackelt, wahrscheinlich öffnet sie gerade den Käfig. Gleich müsste sie wieder auftauchen. Prustend, mit einem Lächeln auf dem Gesicht und in der Sonne golden schimmernder Haut.

Ich zähle bis zehn, doch sie kommt nicht wieder hoch.

Was ist da unten los?

Ich warte weitere zehn Sekunden. So lange hat sie noch nie gebraucht. Irgendetwas muss passiert sein und ich befürchte augenblicklich das Schlimmste.

Schnell ziehe ich meine Schuhe aus und zerre mir den Pullover über den Kopf, werfe ihn achtlos in den Sand.

Ich muss ihr helfen – auch wenn das Letzte, was ich möchte, ist, dass sie mich sieht. Schlimm genug, dass sie wieder in Bar Harbor ist und somit tagtäglich die

Gefahr besteht, dass wir uns über den Weg laufen. Doch ich kann sie schlecht ertrinken lassen, also muss ich …

Auf einmal taucht sie auf, schießt wie ein Pfeil durch die Oberfläche. Sie sieht geschockt aus und starrt auf einen silberfarbenen Gegenstand in ihrer Hand.

Täusche ich mich oder ist sie blasser als sonst?

Einen Moment beobachte ich noch, wie sie sich beruhigt. Als ich sicher bin, dass sie sich wieder gefangen hat, beschließe ich zu gehen.

Obwohl mich interessiert, was sie gefunden hat, wird es Zeit zu verschwinden.

Juliet darf mich nicht sehen.

Das ist ein ungeschriebenes Gesetz in dieser Stadt.

***

Nachdem ich auch den letzten Käfig geöffnet habe, wate ich mit klopfendem Herzen zurück an den Strand. Gerade ist es mir egal, ob mich jemand erwischt. Ob die Fischer erfahren, dass ich diejenige bin, die ihnen die Fänge versaut.

Normalerweise ist das anders.

Doch heute ...

Ich lasse mich in den Sand plumpsen und atme ein paar Mal tief durch, um mich zu beruhigen. Was ich da auf dem Grund neben einem der Hummerkäfige entdeckt habe, ist nur eine Kette. Ein gewöhnliches Schmuckstück, das irgendjemand beim Schwimmen verloren hat.

Zumindest wäre das die logischste Erklärung.

Doch genau wie die Erinnerung gestern Nachmittag glaube ich, dass auch diese Kette mir gehört.

Ganz langsam öffne ich meine Faust und zwinge mich, den Anhänger anzusehen.

Es handelt sich um eine kleine, gläserne Phiole. Ich halte sie gegen das Licht, auch wenn ich bereits weiß, was sie enthält.

Feinen Sand, winzige Muscheln und einen smaragdgrünen Glassplitter, dessen Kanten das Meer rund gewaschen hat.

»Ein Edelstein, schau doch!«, ruft eine Kinderstimme gegen das Tosen der Wellen an.

»Der passt perfekt zu deinen anderen Schätzen«, antwortet die belustigte Stimme eines Mannes.

Ich weiß genau, was diese anderen Schätze sind. Ein rostiger Dosenverschluss, ein eingedrehtes Schneckenhaus, weitere Muscheln und bunte Kieselsteinchen.

Doch nur die wenigsten davon werden in die Phiole passen.

Schnell schließe ich die Finger wieder um den Anhänger, der sich so vertraut anfühlt, als würde sich mein Körper an seine Form erinnern.

Was ist nur los mit mir?

Warum werde ich von Déjà-vus gequält, die keine sein können?

Denn eines steht fest: Mein Vater war nie mit mir am Meer, um Strandgut zu sammeln und dass in unseren Türrahmen aus edlem Holz jemals eine Schaukel verankert war, wage ich ebenfalls zu bezweifeln. Doch das lässt sich herausfinden.

Kurz zögere ich, dann öffne ich den Verschluss der Kette und lege sie mir um den Hals. Sie fühlt sich gut an, kalt von ihrer Zeit im Atlantik, doch gleichzeitig vertraut.

Wer weiß. Vielleicht habe ich mal eine ähnliche

besessen. Aus echtem Gold womöglich, mit teuren Steinchen statt wertlosem Strandgut in der Phiole, doch trotzdem ähnlich.

Was auch immer hier los ist, ich muss der Sache auf den Grund gehen, bevor sie mich völlig verrückt macht.

Eilig stehe ich auf und ziehe mich an. Mal sehen, was ich zu Hause herausfinden kann.

***

In unserer Stadtvilla herrscht immer die gleiche Temperatur. Sommers wie winters. Eine sterile Kühle, kurz davor, einem eine Gänsehaut auf die Arme zu zaubern.

Ich fröstle in meinen nassen Klamotten, als ich eintrete und beschließe, zuerst eine heiße Dusche zu nehmen, bevor ich das Haus inspiziere.

Vielleicht täusche ich mich ja und finde an einer der Türen doch Spuren. Gut möglich, dass Mom und Dad damals, als Preston und ich noch jünger waren, etwas weniger zugeknöpft waren und ich tatsächlich eine Schaukel im Haus hatte.

Leise schleiche ich die Mahagoni-Treppe nach oben. Alles in der Villa ist in diesem rot-braunen Holz gehalten, was ihr ein ziemlich angestaubtes Flair verleiht. Im Sommer leuchtet das Holz durch die hereinscheinende Sonne rubinrot, was mir gefällt. Doch Mom findet das zu kitschig und zieht gerne die schweren weißen Vorhänge zu, sodass nicht nur tagtäglich die gleiche Temperatur, sondern auch das gleiche Licht im Haus herrscht.

Vielleicht ist das eine Art Neurose von ihr.

Auf Zehenspitzen steuere ich mein Zimmer an, das sich am Ende des Ganges befindet. Von dort kann man über die Fischerhäuschen von Bar Harbor hinweg das Meer sehen. Der Ausblick war es, den ich am Williams College – fast vierhundert Meilen von hier – besonders vermisst habe. Dieses Gefühl unendlicher Freiheit beim Anblick des tiefblauen Wassers.

Ich öffne meine Tür und halte inne. Unwillkürlich gleitet mein Blick nach oben, sucht den Rahmen ab.

Nichts zu sehen.

Ich fahre mit den Fingern übers Holz, schließe die Augen und suche nach Unebenheiten.

»Was wird das? Umarme den Baum mal anders? Streichle das tote Holz?«

Preston.

Ich muss lachen und öffne die Augen, blicke geradewegs in seine, die blau wie der Atlantik sind.

Mein Bruder grinst mich verschmitzt an und zwinkert mir zu.

»Im Ernst, was wird das?«

Ich beschließe, ehrlich zu ihm zu sein. Warum auch nicht?

»Weißt du, ob hier mal eine Schaukel hing?«

»Hier?« Preston kneift die Brauen zusammen, eine Angewohnheit, die ich ohne es zu wollen von ihm übernommen habe.

»Ja, oder woanders im Haus.«

Preston schüttelt den Kopf. »Nicht, dass ich wüsste.« Der nachdenkliche Ausdruck verschwindet von seinen Zügen und macht wieder dem Lausbubengrinsen Platz. »Wir können eine im Garten aufhängen, wenn deinem inneren Kind danach ist.«

Wieder muss ich lachen. »Du bist ein Idiot.«

»Wer schleicht sich denn im Morgengrauen raus, um Krebse zu erschrecken?«

»Es sind Hummer und ich erschrecke sie nicht.«

»Sicher? Hast du dich mal nach dem Aufstehen gesehen?« Er verzieht das Gesicht zu einer Grimasse und ich muss mich bemühen, um ernst zu bleiben.

Ich liebe diese ausgelassene, entspannte Art meines großen Bruders, auch wenn er sie sich von unseren Eltern nach und nach abgewöhnen lassen hat. Mittlerweile verhält er sich nur noch so, wenn wir zwei allein sind. Aber das reicht mir. Ich verstehe ja, dass er nach außen hin den perfekten Vorzeigesohn des Bürgermeisters geben muss.

»Wie viele waren es diesmal?«

»Achtundvierzig«, sage ich.

»Es werden wieder mehr.« Preston nickt anerkennend.

Er hat Recht. Als ich angefangen habe, saß nur in jedem zweiten Käfig ein Hummer. Ein Zeichen dafür, wie leergefischt das Meer vor Bar Harbor bereits ist.

»Gute Arbeit.« Preston klopft mir auf die Schulter und lächelt voll brüderlichem Stolz. Auch wenn er selbst kein großer Meerestierfreund ist, bewundert er, was ich tue.

»Ich muss jetzt duschen.«

»Und ich auf den Tennisplatz.«

»Um die Uhrzeit?«

Preston verdreht die Augen. »Ein Match gegen die Neffen von Dads Geschäftspartner Lincoln, diesem Immobilieninvestor. Die leiden wohl unter Jetlag und wissen allein nichts mit sich anzufangen.«

»Ist ja grässlich.« Wieder einmal bin ich froh, dass ich die Jüngere von uns beiden bin und weitgehend machen kann, was ich will. Solange ich denken kann, wurde ich immer aus Dads Geschäften herausgehalten.

»Sag's lauter, vielleicht hat jemand Mitleid.« Preston zwinkert mir ein weiteres Mal zu, dann geht er den Gang runter.

»Pres?«

»Ja?« Er dreht sich zu mir um.

»Überleg mal wegen der Schaukel, okay?«

Wieder dieses Stirnrunzeln, dass uns beiden noch viel zu früh Falten bescheren wird, dann ein Nicken. »Okay, klar.«

Damit geht er und ich sehe ihm nach.

Wenn er sich nicht erinnern kann, dann gab es auch keine Schaukel. Schließlich ist er der Ältere und müsste es noch wissen.

Seufzend beschließe ich, es vorerst gut sein zu lassen, den Funken Zweifel zu ignorieren, der in mir zurückbleibt.

Wahrscheinlich leide ich nach meiner Zeit am College einfach an Reizüberflutung.

Doch die Kette an meinem Hals scheint mir zuzuflüstern, dass ich mich täusche. Dass es daran nicht liegt ...

Such, Juliet, scheint sie zu fordern. Such weiter. Dann wirst du die Wahrheit herausfinden.

***

Mein geheimer Streifzug durchs Haus gibt mir das Gefühl, etwas Verbotenes zu tun.

So leise ich kann, schleiche ich von Türrahmen zu Türrahmen, obwohl nur das Hauspersonal anwesend ist. Meine Eltern sind, genau wie Preston, bereits unterwegs und glauben wahrscheinlich, dass ich noch schlafe.

Sie sind froh, mich wieder hier zu haben, das spüre ich. Vor allem mein Bruder freut sich und würde mich am liebsten gar nicht wieder gehen lassen. Aber das habe ich so schnell auch gar nicht vor.

Ich bin mir unsicher, was ich jetzt, wo ich den Bachelorabschluss in Betriebswirtschaftslehre in der Tasche habe, tun soll. Weiter studieren? Arbeiten? Wie Preston in Dads Geschäfte einsteigen?

Die Verunsicherung kommt daher, dass ich das Gefühl habe, nicht mehr hierher zu gehören. Aber woanders passe ich auch nicht hin.

Ein bisschen komme ich mir nach der Zeit auf dem College wie ein Fremdkörper vor, auch wenn sich in meiner Abwesenheit rein gar nichts verändert hat. Trotzdem fühlt es sich so an, als wäre ich durch meinen Weggang weniger Teil dieser Familie geworden.

»Du spinnst«, zische ich mir zu, während ich die letzte Tür im Haus, die zum Keller, inspiziere.

Erst diese seltsamen Déjà-vus, jetzt diese finsteren Gedanken, womöglich verliere ich wirklich den Verstand.

»Mach dich nicht lächerlich.« Ich habe einfach nur die Probleme, die jede 21-Jährige nach ihrem

Abschluss hat.

Es ist die Angst vor der ungewissen Zukunft.

Ich frage mich, wie es anderen in meinem Alter geht, die nicht durch das Geld und den Einfluss ihrer Eltern abgesichert sind, egal, was sie tun. So gesehen habe ich eigentlich keinen Grund, mir unsicher zu sein.

Ich könnte mich auf der Stelle dafür entscheiden, Schmuck-Designerin oder Moderatorin im Lokalfernsehen zu werden und meine Eltern würden das volle Risiko dieser Entscheidung mittragen, ohne auch nur mit der Wimper zu zucken.

Aber es fühlt sich falsch an, sich darauf zu verlassen. Ich bin jetzt erwachsen und sollte mir einen Beruf suchen, der mir wirklich liegt und die Verantwortung allein tragen. Nur leider weiß ich nicht, was mir liegt. Wenn ‚Hummerretter' doch bloß ein gut bezahlter Job wäre.

Ich seufze laut und beschließe, das Thema erstmal beiseite zu schieben. Für heute bin ich Privatdetektivin und auf der Suche nach einer mysteriösen Schaukel. Doch sogar der Rahmen der Kellertür ist unversehrt.

Ausgeschlossen, dass ich hier irgendwo geschaukelt habe.

Vielleicht haben wir irgendwann renoviert und ich erinnere mich nur nicht mehr dran.

Im Wohnzimmer steht ein altes Familienfoto,

möglicherweise finde ich dort Hinweise in Form einer andersfarbigen Tapete oder entdecke sogar Teile eines früheren Türrahmens.

Hastig und von Abenteuerlust gepackt laufe ich die Treppe hinauf, schnappe mir das Bild und lasse mich damit aufs Sofa fallen.

Das Foto zeigt mich, mit fünf Jahren. Ich trage ein weißes Rüschenkleid und dränge mich gegen das Bein meiner Mutter. Ich war die ersten Lebensjahre über ein schüchternes Kind. Erst in der Grundschule hat sich das geändert.

»Die haben dir dort eine große Klappe beigebracht«, scherzt Dad immer.

Ich lasse den Blick herüber zu seinem Gesicht wandern. Er sieht viel jünger aus, sein Haar ist hellbraun, etwas dunkler als meins, und noch nicht von grauen Strähnen durchzogen. Er schaut freundlich. Doch auch wenn er lächelt, haben seine Augen eine gewisse Ernsthaftigkeit und die Art und Weise, wie er dem damals fünfzehnjährigen Preston die Hand auf die Schulter gelegt hat, zeigt, dass er der Herr im Haus ist.

Er hat seine Familie im Griff. Sorgt für sie, lenkt und kontrolliert sie aber auch. Preston ist derjenige, der am meisten darunter zu leiden hat. Ich betrachte sein jungenhaftes Gesicht, das perfekt gescheitelte Haar und die Krawatte, die viel zu spießig für einen Teenager wirkt. Irgendwie sieht er wie ein Gefangener aus und in seinen Augen liegt ein Ausdruck, den ich kaum beschreiben kann.

Ist es Wehmut? Reue? Fernweh? Oder eine Mischung aus alldem?

Ich war immer die kleine Schwester, der er vorgespielt hat, dass alles in Ordnung ist. Dabei glaube ich, dass er manchmal nur zu gerne ausgebrochen wäre.

Als Nächstes betrachte ich Mom, die sich eigentlich kein bisschen verändert hat – Botox und Detox-Behandlungen sei Dank. Was das angeht, sind wir völlig verschieden, ich finde es schön, wenn man Menschen ihre Geschichte ansieht. Mom hingegen wird wahrscheinlich mit neunzig immer noch aussehen wie auf diesem Foto.

Während ich über den Gedanken schmunzle, fällt mir ein, was ich eigentlich mit dem Bild wollte und ich sehe mir den Hintergrund genauer an.

Wir stehen vor dem Kamin hier im Wohnzimmer, der auf dem Bild genauso aussieht wie heute. Nur die Deko auf dem Sims ist moderner geworden.

Links hinter Mom und mir sieht man den offenen Durchgang zum Essbereich, der die gleiche Holzfarbe hat wie die restlichen Türen im Haus, und einen Teil des Fensters. Ich lege das Foto beiseite und trete an die

Fensterfront. Sie zeigt unseren großen, gepflegten Garten, die perfekt gestutzte Hecke und ...

Auf einmal ist die Erinnerung von gestern Nachmittag wieder da. Doch jetzt kann ich sie länger festhalten und ein paar Details erkennen.

Eine rote Wand, die im Rhythmus der Schaukel in meinem Blickfeld auftaucht und wieder verschwindet.

Immer, wenn ich zurückschwinge, blitzt das Bild eines Baumes auf, der draußen vor dem Fenster steht.

Eine Birke mit schweren, hängenden Ästen.

Ich blinzle überrascht, als mir mit einem Mal etwas klar wird.

Ich kenne diesen Baum.

***

Kapitel 2

Cayden

Es ist heiß im Haus. Der Schweiß rinnt mir in Strömen über den nackten Oberkörper und ich bin froh, dass ich allein bin.

Knox, mein Bruder, hat angeboten, mir mit der Renovierung zu helfen, aber ich habe abgelehnt, denn ich gehe ihm aus dem Weg, so gut ich kann.

Diese Bruchbude kriege ich auch allein wieder hin.

Ich habe das Innere bereits zum Großteil aufgemöbelt. Die Böden sind neu und auch die Wände habe ich in neutralem Weiß gestrichen. Fehlen nur noch die Fenster. Einige sind kaputt und ich hätte sie als Allererstes austauschen sollen, kann mich jedoch nicht dazu durchringen. Stattdessen habe ich sie vernagelt. Licht fällt nur noch durch die intakten Scheiben herein, was vollkommen ausreicht.

Ich wische mir über die Stirn und nehme gerade einen Schluck von dem kalten Bier, das mich über den Tag retten soll, als ich eine Bewegung wahrnehme. Draußen vor einem der unvernagelten Fenster ist jemand vorbeigegangen. Wahrscheinlich wieder irgendwelche Kinder, die den Kick suchen.

Das Haus steht seit vielen Jahren leer, es ist eine Art Schandfleck und Mahnmal zugleich geworden. Vor allem die Kids machen gerne Mutproben.

Wer traut sich ins verfluchte Haus?

Ein Grund mehr, endlich neue Fenster einzusetzen, denn ich habe keine Lust darauf, dass sie mir die Wände mit irgendwelchen Graffiti beschmieren oder sich sonst wie hier drin austoben.

Ich nehme noch einen Schluck, stelle die Flasche weg und ziehe mein Shirt über, um die Narben zu verdecken. Nicht, dass mir die Schnittverletzungen peinlich wären. Doch ich muss die Kids nicht auch noch anstacheln.

Wer traut sich ins Haus des verfluchten Narbenmanns?

Ich setze mein Basecap auf und gehe zur Hintertür, um die Bengel auf frischer Tat zu ertappen. Ich reiße sie auf und wünsche mir im nächsten Moment, ich hätte es nicht getan.

Denn ich blicke ausgerechnet in *ihr* Gesicht.

***

Ich pralle zurück, stolpere über ein paar herumliegende Holzlatten und würde rücklings im Gras landen, wären da nicht zwei starke Hände, die mich an den Oberarmen packen und festhalten.

»Vorsicht«, knurrt der Kerl, der mich vor dem Sturz bewahrt hat und lässt mich los. Er weicht zurück in die Schatten jenseits der Haustür, als hätte ich eine ansteckende Krankheit.

»Verzeihung, ich ...«

Was sage ich jetzt? Ich wollte herumschnüffeln und hatte keine Ahnung, dass hier jemand wohnt?

Das wäre irgendwie peinlich, aber andererseits ist es auch eine gute Idee. Die Wahrheit ist immer der beste Weg.

»Entschuldigung. Ich wusste nicht, dass das Haus bewohnt ist.«

»Ist es.«

»Es ... stand eine ganze Zeit leer«, erkläre ich sinnigerweise. Als wäre das nicht klar.

Die Fassade ist verwittert und teils rußgeschwärzt. Vor fünfzehn oder zwanzig Jahren ist hier ein Ehepaar verbrannt. Soweit ich weiß, hat seitdem niemand mehr in dem Gebäude gewohnt.

Die Bewohner von Bar Harbor machen seit jeher

einen großen Bogen darum, als läge ein Fluch darauf. Als ich noch klein war, haben meine Eltern mir eingebläut, dass ich mich dem Haus nicht nähern darf. Es sei einsturzgefährdet.

Doch als Teenagerin kam ich mit meinen Freundinnen öfter her, um mir die nötige Portion Gänsehaut abzuholen. Zuerst drückten wir uns nur die Nasen am Bauzaun platt, der das Grundstück umgeben hat. Dann quetschten wir uns durch eine Lücke im Zaun und schlichen durch den Garten, so wie ich jetzt gerade.

Daher kenne ich auch die alte Birke, die immer noch an Ort und Stelle steht und träge ihre Äste hängen lässt.

»Ist noch was?«

Der Typ ist ja die Freundlichkeit in Person. Zu gerne würde ich sein Gesicht erkennen, doch er verbirgt es unter dem Schatten einer Käppi, der noch dazu dadurch verstärkt wird, dass er im Halbdunkel des Hauses steht. Außerdem ist die Sonne heute so gleißend hell, dass ich sowieso nur schlecht sehen kann.

»Ja, ähm ...« Ich deute auf die Birke, die sich keine zehn Meter von mir entfernt befindet. »Der Baum ...«

»Die Birke.« Ich höre Skepsis in seiner Stimme. »Was ist damit?«

»Kann ich mich vielleicht mal im Haus umsehen?«,

frage ich ohne weitere Umwege, weil ich genug von meinem Gestammel habe. Der Kerl hält mich sowieso für total bekloppt, also kann ich es auch ganz auf die Spitze treiben.

»In meinem Haus?« Er schnaubt. »Sicher nicht.«

»Ich glaube, ich war hier schon mal«, gebe ich zu.

»*Jeder* aus Bar Harbor war hier schon mal. Das Haus ist quasi die einzige Attraktion, die wir haben. Sonst noch was?«

Höflich ist der Kerl wirklich nicht. Doch ehrlich gesagt kann ich von mir selbst gerade nichts anderes behaupten. Ich habe mich nicht einmal vorgestellt.

»Ich bin Juliet«, sage ich und halte ihm die Hand hin.

Ich kann sein Zögern körperlich spüren, doch dann ringt er sich dazu durch, meine Hand kurz und kräftig zu schütteln. Dabei nuschelt er etwas, dass sich wie »Aiden« oder »Dan« anhört.

»Gibt es da drin eine Schaukel?«

»Hör mal ...«

»Oder eine rote Wand?«

»Nicht, dass ich wüsste.« Aiden, Dan oder weiß der Teufel, wie dieser Sturkopf heißt, macht Anstalten, die Tür zu schließen.

»Warte!« Schnell schiebe ich meinen Fuß dazwischen. »Also, warum ich hier bin ...« Ich beschließe, mich einer Notlüge zu bedienen. »Ich habe von diesem Haus geträumt. Dabei war das Innere so plastisch, als wäre ich schon mal hier gewesen.«

»Aha.«

»Das klingt komisch, schon klar, aber ...«

»Nein. Tut es nicht.«

»Ach nein?«, frage ich überrumpelt.

Mein Herz beginnt etwas schneller zu schlagen und ich habe für einen Augenblick das Gefühl, einen Verbündeten gefunden zu haben.

»Nein. Wie gesagt. Jeder war schon mal im alten Collister-Haus.«

Mit einem Mal komme ich mir vollkommen blöd vor. Er hat recht. Wahrscheinlich ist das die Erklärung. Lindsay, Stephanie und mir wurde es bestimmt irgendwann zu langweilig, nur durch den Garten des Gruselhauses zu laufen und wir sind durch eins der zerschlagenen Fenster hineingeklettert. Zwar weiß ich das nicht mehr, aber mein Unterbewusstsein entsinnt sich sehr wohl. Daher also meine Erinnerung an ein Haus, das nicht Mom und Dad gehört, und an eine Schaukel, die nicht meine ist.

»Es tut mir leid«, sage ich kleinlaut.

»Schon gut. Bist nicht die Einzige, die neugierig ist.«

Ich beschließe, mich nicht noch einmal zu erklären und nicke nur.

»Kann keiner verstehen, dass ich die Bude gekauft habe.« Auf einmal wirkt Aiden-Dan überraschend redselig.

»Ich verstehe es ehrlich gesagt auch nicht«, gebe ich zu.

Es stehen, vor allem zu Dads Leidwesen, so viele Immobilien in Bar Harbor leer, dass ich mich frage, was ihn an einem Haus mit so einer Geschichte gereizt hat. Aber wahrscheinlich ist es gerade das – die Tragödie, die hier passiert ist.

»Was kann das Haus für seine Vergangenheit? Es ist zu schade, um es verrotten zu lassen«, erklärt er mir. Dann wird sein Tonfall wieder distanziert und gelangweilt. »Entschuldigst du mich jetzt? Hab noch ’ne Menge zu tun.«

»Klar. Und sorry für die Störung.« Ich trete den Rückzug durch den Garten an und fühle mich nach der ersten Ernüchterung plötzlich erleichtert.

Ich fange also doch nicht an zu spinnen, sondern habe als Kind einfach nur etwas getan, das sich für die Tochter des Bürgermeisters nicht gehört: Ich bin mit meinen Freundinnen in ein leerstehendes Haus eingedrungen, um dort unbeobachtet ein wenig Spaß zu haben. Was ist schon dabei?

***

So eine Scheiße! Das hätte verdammt nochmal ins Auge gehen können. Was hatte sie hier zu suchen? Wieso stellt sie all diese Fragen?

Ahnt sie womöglich etwas?

Und dann diese Kette um ihren Hals. Ich habe das Schmuckstück schon mal gesehen. Es hat sich in mein Hirn eingebrannt.

Das alles läuft völlig falsch! Warum ist sie nicht einfach in Williamstown geblieben?

Ich feuere das Basecap in die Ecke, reiße mir mein Shirt vom Leib und wische mir damit durchs Gesicht. Mit einem Mal kommt es mir hier drinnen noch wärmer vor als bisher. Als würde immer noch ein Feuer lodern, versteckt hinter den Wänden und unter dem hölzernen Boden. Flammen, die nur darauf warten, wieder hervorzubrechen und ihr zerstörerisches Werk zu beenden ...

Das ist natürlich Blödsinn. Das Feuer ist seit vielen Jahren erloschen, trotzdem fühle ich die Hitze, rieche den Rauch und spüre die Enge, die der Brand um mich herum erzeugt.

Ich höre die Schreie des Ehepaares, das hier gestorben ist, nehme ihre Panik wahr und ihre verzweifelten Versuche, sich zu retten.

Das Haus knarrt bedenklich, etwas zerspringt klirrend, die Schreie werden zu einem Wimmern. Aus der Ferne sind Sirenen zu hören und dann ...

... ist es endlich vorbei.

Schwer atmend greife ich nach der Bierflasche und leere sie auf ex, um meine Nerven wieder in den Griff zu bekommen.

Dabei wandern meine Gedanken gegen meinen Willen erneut zu Juliet.

Ich war nicht darauf vorbereitet, ihr so plötzlich gegenüber zu stehen. Doch selbst, wenn ich es gewesen wäre, weiß ich nicht, ob ich mich gegen das hätte wehren können, was sie in mir ausgelöst hat.

Aus der Nähe ist sie noch beeindruckender, noch schöner als aus der Ferne. Ihr Haar ist seidig und glänzt beinahe unnatürlich in der Sonne. Ihre braunen Augen strahlen wie geschliffene Topase und ihr Lächeln ist selbst dann noch atemberaubend, wenn sie unsicher ist.

Sie hat etwas so Unschuldiges an sich, dass es mir schwerfiel, sie unhöflich zu behandeln. Gleichzeitig wirkt sie aber auch entschlossen, wie eine junge Katze, die genau weiß, was sie will, aber noch nicht, wie sie es erreichen kann.

Die vier Jahre, die sie aus Bar Harbor fort war, haben

sie verändert. Auf eine positive Art.

Verflucht nochmal. Ich darf nicht zulassen, dass sie mir den Kopf verdreht.

Denn von allen Frauen auf der Welt ist sie die Einzige, die für mich tabu ist.

***

Drei WhatsApp-Nachrichten von Preston, eine SMS von Dad und zwei Anrufe von Mom. Zumindest vermute ich das.

Ich glaube, dass ich meine Familie nicht länger ignorieren sollte, doch ich bin zu träge, mich aus dem warmen Sand zu erheben, in dem ich liege. Mit geschlossenen Augen lausche ich dem Ozean und male mir aus, welche Geheimnisse sich in seinen Tiefen verbergen mögen. Wie viele Schätze er bewahrt, bis er bereit ist, einige davon gehen zu lassen und sie an Land zu spülen.

Meine Finger fahren über die Kette an meinem Hals.

Schmuckstücke wie dieses, die so viel mehr sind als bloße Anhänger. Die eine Geschichte haben.

Aber welche?

Ich stelle mir wieder das kleine Mädchen vor, das am Strand mit ihrem Vater herumtollt. Jetzt, wo ich keine Angst mehr haben muss, den Verstand zu verlieren, lasse ich zu, dass sie ein Gesicht bekommt. Ich gebe ihr eins mit einer niedlichen Stupsnase und klugen braunen Augen. Es ist nicht meins. Und auch der Mann ist nicht mein Dad.

Ich lasse die beiden durch die Wellen springen. Warum auch nicht? Es ist schließlich meine Fantasie.

Das Mädchen am Strand habe ich mir ausgedacht, nachdem ich die Phiole gesehen habe und die Schaukel ... Tja, wie es aussieht, stammt dieses Bild tatsächlich aus meinen Erinnerungen an einen unerlaubten Ausflug ins Collister-Haus.

Rätsel gelöst.

Ich denke zurück an Aiden oder Dan und frage mich, was ihn zu einem solchen Einsiedler gemacht hat. Wieso kauft man sich eine derartige Bruchbude und vergräbt sich in den alten Mauern, um sie allein wieder auf Vordermann zu bringen?

Seine geheimnisvolle Art hat mich neugierig gemacht und ich werde versuchen, etwas über ihn herauszufinden.

Doch erstmal muss ich mein Handy zum Verstummen bringen, das in diesem Moment schon wieder zu klingeln anfängt.

Ich gehe ran, ohne drauf zu sehen. »Hi, Mom.«

»Ich habe ein paarmal versucht, dich zu erreichen, Schätzchen.« Sie klingt nicht vorwurfsvoll, nur besorgt.

»Ich bin am Strand.«

»Kommst du zum Essen? Joshua Lincoln und seine beiden Neffen kommen zu Besuch. Sie sind in deinem und Prestons Alter.«

Kurz überlege ich. Warum eigentlich nicht? Vielleicht sind die beiden ja gar nicht so verkehrt. Und zur Not ist ja immer noch Preston da.

»Ich beeile mich.« Schnell stehe ich auf und schlüpfe in meine Schuhe. »Bis gleich.«

Damit lege ich auf.

Irgendwie bin ich aufgeregt. Ich bin seit knapp drei Monaten zurück in Bar Harbor und hatte so gut wie keinen Kontakt zu Gleichaltrigen. Es könnte also lustig werden.

***

Zurück im Haus habe ich noch gute fünfzehn Minuten Zeit, um mich fertig zu machen. Ich springe unter die Dusche, um Schweiß, Sand und Meersalz abzuwaschen und versuche, meine Haare so gut es geht zu bändigen. Als ich fertig bin, fallen sie in ungleichmäßigen, aber gewollt aussehenden Locken über meine Schultern. Da es noch immer sehr warm ist, entscheide ich mich für ein luftiges rotes Sommerkleid, denn wir werden im Garten essen.

Als ich runterkomme, sind Joshua Lincoln und seine Neffen bereits da. Luke, der Ältere der beiden, sieht aus wie die jüngere Version seines Onkels. Etwas zu kleine Augen, eine etwas zu hohe Stirn. Doch er begrüßt mich freundlich, bevor er anfängt, sich angeregt mit Preston zu unterhalten. Das Tennismatch war allem Anschein nach wohl doch nicht so übel.

Während Mom und Dad sich um Mister Lincoln kümmern, bleibe ich mit Pete, dem Jüngeren, zurück. Er ist zwanzig und hat nicht das Schweinchengesicht seines Bruders. Bei ihm stimmen die Proportionen und sein legerer Kleidungsstil gefällt mir. Anders als die anderen trägt er keine Krawatte. Sein Hemd steht ein Stück offen und die Ärmel hat er hochgeschoben.

»Ganz schön heiß«, sagt er und rückt ein Stück weiter zu mir in den Schatten.

Ich lehne mich an die Wand unseres Hauses, um ihm etwas Platz zu machen.

»Ja, das ist ungewöhnlich für Juni. Manchmal liegt bei uns im Mai noch Schnee.«

»Schnee, Sonne, keine Ahnung, was das ist.«

Ich sehe zu Pete hinüber.

Er grinst und zeigt mit beiden Daumen auf sich. »Londoner. Geboren im Dauerregen.«

Ich erwidere sein Grinsen. »Mein Beileid.«

»Oh, ja. Ich bitte darum.« Er lässt die Arme sinken und seufzt. »Luke will in die Geschäfte unseres Onkels einsteigen und ich ...«

»Du musstest mit«, vervollständige ich seinen Satz.

Pete nickt. »Du kennst das wohl.«

»Ja«, sage ich, auch wenn Mom und Dad mich nie mit zu Geschäftstreffen geschleift haben. Hätten sie aber ruhig gekonnt. Doch wenn ich das so sage, hält mich Pete wahrscheinlich für die totale Spießerin. Das will ich nicht. Es tut gut, mit jemandem in meinem Alter zu sprechen. Vielleicht könnten wir …

»Hey, hast du Lust auf eine Bootstour?«

»Jetzt?« Pete sieht bedauernd zu dem riesigen BBQ-Grill, auf dem Dad höchstpersönlich würzig riechende Spareribs zubereitet, während Mom und Mister Lincoln weintrinkend daneben stehen.

Ich bemerke seinen Blick und muss lachen. »Wir können ein paar Rippchen mitnehmen.«

Dieses Versprechen sorgt dafür, dass Petes Gesicht sich aufhellt. »Dann bin ich sofort dabei!«

***

Das gibt es doch nicht. Es ist, als wäre sie ein Magnet, der mich magisch anzieht. Immerzu treffe ich auf sie. Auch wenn Bar Harbor mit fünftausend Einwohnern eine Kleinstadt ist, sind wir uns jahrelang nicht über den Weg gelaufen. Doch plötzlich ändern sich die Dinge.

Nachdem ich für heute fertig mit den Renovierungsarbeiten war, bin ich zum Hafen hinunter und wen musste ich sehen?

Juliet.

Sie sitzt mit irgendeinem Anzugspinner in ihrem blau-weißen Ruderboot, das sie unsinnigerweise *Ruby* getauft hat. *Rubinrot*.

Die beiden dümpeln im Hafenbecken herum, trinken Wein und essen in der Abendsonne fettig glänzendes Fleisch.

Ich kann nicht anders, als sie zu beobachten. Nicht aus Neugier, sondern aus einem viel einfacheren Grund.

Ich fühle mich verantwortlich für Juliet, vielleicht, weil ich die Wahrheit kenne.

Noch wirkt das Meer ruhig, aber das kann sich schnell ändern. Und die beiden sind betrunken. Wasser kann genau so gefährlich sein wie Feuer.

Eine Weile sehe ich ihnen zu, wie sie sich unterhalten und lachen. Doch nichts passiert. Juliet wirkt unbeschwert und glücklich.

In mir hingegen macht sich Beklemmung breit.

Plötzlich komme ich mir wie ein Stalker vor. Jemand, der unerlaubt an ihrem Leben teilnimmt.

Ich stehe auf und wende mich ab, ohne nochmal zurück zu sehen.

Sie ist jetzt erwachsen und kann auf sich selbst aufpassen.

***

Das *Harper's Harbor Lane 1* ist die typische kleine Fischerdorfkneipe, die es in jedem Küstenort gibt. Dunkles Holz, ein grandioser Blick aufs Wasser und tags wie nachts besetzte Tische.

Die Fischer kommen nach ihrer Arbeit auf dem Meer hierher, um sich bei kalten Getränken abzukühlen oder im Winter aufzuwärmen. Doch nicht nur sie besuchen das *Harbor Lane*. Eigentlich treffen sich hier alle, die, keine Lust auf die High Society oberhalb vom Ortskern haben. Unser Bürgermeister Gerard Lockland und sein verkommener Sohn sind die Gründe, aus denen auch ich mich lieber unten am Hafen aufhalte.

»Cayden, wie schön!« Owen, der Barbesitzer, kommt

hinter der Theke hervor und umarmt mich. Irgendwie hält er sich für meinen Vater, seit dieser gestorben ist. Er drückt mich so fest an sich, dass es mir fast die Luft aus den Lungen treibt, dann verfrachtet er mich auf einen Barhocker. »Du musst den Westshire 23er Single Malt probieren. Der wird dir schmecken.«

Ehe ich dazu komme, etwas zu sagen, schenkt er mir ein großes Glas Whisky ein.

»Dein Bruder sollte auch jeden Moment auftauchen«, sagt er und verdirbt mir damit vollends den Tag.

Nicht, dass ich Knox nicht lieben würde, ich kann ihm nur einfach nicht in die Augen sehen. Selbst nach all der Zeit nicht.

»Ah, da ist er ja schon.«

Owen springt erneut hinter der Theke hervor, diesmal um seinen älteren ‚Sohn' in Empfang zu nehmen.

Knox legt ihm den Arm um die Schultern und lässt sich auch von den anderen Kneipengästen begrüßen. Er ist noch im ölbeschmierten Arbeitsoverall aus der Werkstatt, was niemanden zu stören scheint.

»Unnormal, diese Hitze. Da kommt gleich ganz schön was runter.«

Automatisch sehe ich nach draußen und verstehe, was er meint. Am Horizont brauen sich dicke Wolken zusammen, die extrem schnell näherkommen. Schon bald werden sie die letzten Sonnenstrahlen vertrieben haben.

»Brüderchen!« Knox packt meinen Kopf und knutscht mich aufs Haar, als wäre er ein Mafiapate. Dann lässt er sich neben mich fallen und schnappt sich wie selbstverständlich meinen Whisky.

»Wie läuft's mit der Bruchbude?«

»Bestens.«

Owen schiebt mir wortlos ein neues Glas herüber und ich trinke ein paar große Schlucke, um bloß so schnell wie möglich wieder verschwinden zu können. Der Whisky brennt in meiner Kehle und ich muss mich beherrschen, damit mir nicht die Tränen in die Augen steigen.

Verflucht gutes Zeug, da hat Owen Recht.

»Ich hab nichts anderes erwartet. Find ich übrigens gut, was du machst.«

Sein gleichmütiger Tonfall provoziert mich mehr, als es jede Beleidigung könnte.

Ich sehe zu ihm herüber und glaube fast, dass mein Blick Funken sprüht. »Irgendeiner muss ja aufräumen«, zische ich.

Knox zuckt mit den Schultern. »Aber das bist nicht du. Wenn du mich fragst, dann ...«

»Ich frage dich aber nicht.«

»Du solltest trotzdem –«

Der Rest seines Satzes geht in ohrenbetäubendem Donnergrollen unter.

***

Kapitel 3

Juliet

Ich liege neben Pete im Ruderboot und genieße die abendlichen Sonnenstrahlen. Ein leichter Wind ist aufgekommen, aber es ist trotzdem noch schön warm. Die *Ruby* schaukelt sanft auf den Wellen und ich fühle mich müde und leicht zugleich. Das muss am Wein und Petes ungezwungener Gesellschaft liegen. Er ist ohne Zweifel genau so angetrunken wie ich, das höre ich an der schleifenden Art, auf die er redet.

»Wie kommt es, dass du keinen Freund hast?«, fragt er, ohne, dass es anzüglich wirkt.

Tja, gute Frage. Wie kommt es, dass ich generell keine Freunde mehr habe?

Bis ich aufs College ging, waren da Lindsay und Steph. Mit ihnen habe ich mir nach meinem Weggang ein paar Mal geschrieben, wir haben im ersten Semester noch telefoniert und geskypt und Treffen vereinbart, die nie zustande kamen. Dann ist der Kontakt eingeschlafen.

Und die Leute in Williamstown? Mit ihnen habe ich mich gut verstanden, mehr aber auch nicht. Ich bin auf Partys eingeladen worden, einfach, weil niemand einen

Grund hatte, es nicht zu tun. Aber enge Freundschaften gab es dort keine. Ich hatte auch nicht das Bedürfnis nach einer Beziehung. Meine Unschuld habe ich auf einer dieser Partys verloren, die im Haus von irgendwem stattfinden, dessen Namen keiner kennt. Es ging schnell, tat weniger weh als gedacht und ich habe das Ende verschlafen. Zu viel Fruchtbowle.

Den Typen habe ich danach nie wiedergesehen. Er könnte mich auf der Straße umrennen und ich würde ihn nicht erkennen.

»Irgendwie fällt es mir schwer, Menschen an mich ranzulassen.«

»Warum?« Das Boot wackelt etwas stärker, als Pete sich auf die Seite dreht, um mich anzusehen.

Ich drehe den Kopf und erwidere seinen Blick.

»Je weniger du hast, desto weniger kannst du verlieren«, sage ich, ohne lange über meine Worte nachzudenken.

Dann runzle ich die Stirn. Ich glaube, bisher war mir selbst nicht klar, dass ich die Dinge so sehe.

Pete schaut mich nachdenklich an und ich habe das Gefühl, dass es eine Spur dunkler und kühler wird. Vielleicht liegt das am Thema.

»Das ist keine gesunde Einstellung. Hast du mal jemanden verloren, der dir nahestand?«

»Nein. Aber vielleicht ist es gerade das. Dass ich

bisher so viel Glück hatte. Ich traue der Sache einfach nicht.«

»Hm.« Pete schließt die Augen und scheint über meine Worte nachzudenken.

Ich mache auch die Lider zu und recke mein Gesicht den letzten Sonnenstrahlen entgegen. Das Meer lässt unser Boot jetzt ein bisschen heftiger schaukeln und ich muss aufpassen, dass ich nicht einschlafe.

»Manchmal glaube ich, dass wir uns viel zu viel durch unsere Grübelei kaputtmachen. Wir lassen Dinge sein, aus Angst vor Enttäuschungen oder Verletzungen – dabei entgeht uns aber eine ganze Menge«, philosophiert Pete nach einigen Minuten des Schweigens.

»Wir sind feige«, stimme ich ihm zu.

»In gewisser Weise.«

Ich öffne den Mund, um etwas zu erwidern, als ein fetter Tropfen auf meiner Oberlippe landet.

Oh bitte, bitte keine Möwenscheiße!

Kurz darauf landen ein zweiter und ein dritter Tropfen auf meiner Nasenspitze und meiner Stirn. Dann prasselt der Regen auf mich ein, als läge ich unter einer Gießkanne.

Pete und ich setzen uns gleichzeitig auf und starren in den Himmel, der jetzt dunkelgrau ist und immer finsterer wird. Am Horizont zucken grelle Blitze und ich höre es in der Ferne grollen.

Ich stelle fest, dass wir uns aus dem Hafenbecken entfernt haben. Jetzt müssen wir ganz schön paddeln, um zurück an Ufer zu kommen.

»Ist ja wie in London«, sagt Pete enttäuscht, wobei er die letzten Spareribs in Papier wickelt.

»Wir müssen uns beeilen.« Ich setze mich auf die Bank und spüre, wie mir der Alkohol zu Kopf steigt. Hitze, Wein, das Schaukeln des Meeres und der plötzliche Wetterumschwung vertragen sich wohl nicht so gut.

Die Wellen werfen unser kleines Boot mittlerweile ganz schön hin und her und der dichte Regenschleier lässt mich kaum noch die Küste sehen.

Ich zucke zusammen, als es über uns donnert. Das Unwetter ist bereits viel zu nah.

Ich greife nach dem Paddel auf meiner Seite und will mir dann das zweite nehmen, doch Pete hat wohl die gleiche Idee und wir kommen uns in die Quere. Das Paddel rutscht aus der Verankerung und wird von den Wellen verschluckt.

»Mist, ich hol's zurück«, lallt Pete und ehe ich ihn aufhalten kann, springt er schon kopfüber von Bord.

Das Boot wackelt, die Wellen heben es an und lassen es dann wieder herabsausen. Geradewegs gegen den Kopf von Pete, als er prustend an die Oberfläche kommt.

»Oh nein!«, schreie ich und greife nach Pete, als er mit verdrehten Augen zurück ins Wasser sinkt. Ich bekomme gerade noch seinen Hemdkragen zu fassen.

»Hilfe!!«, brülle ich. Doch das Gewitter verschluckt meine Worte, als hätte ich sie nie gesagt.

***

Ich renne den Steg entlang und bin bereits nach wenigen Metern nass bis auf die Knochen. So schnell ich kann, eile ich zum Ankerplatz der *Ruby*, doch sie ist natürlich nicht da.

Warum zur Hölle hat Juliet nicht umgedreht, als das Unwetter aufgezogen ist? Wahrscheinlich war sie zu sehr mit ihrem Date beschäftigt. Mit diesem kleinen …!

Ich schiebe meinen Zorn beiseite; jetzt ist es erstmal wichtiger, dass ich Juliet finde.

Mit der Hand schütze ich meine Augen vor dem Regen und suche das Meer nach ihr und diesem Loser ab. Zuerst scheint vor mir nur eine graue, wogende Masse zu liegen, doch dann blitzt etwas Rotes in einem Wellental auf.

Juliet trägt ein rotes Kleid, wenn ich mich richtig erinnere. Und sie scheint Probleme zu haben, denn anstatt näher zu kommen, treibt der rote Punkt mit jeder Wellenbewegung weiter fort.

Ich laufe los und hole den Schlüssel meines Bootes aus der Hosentasche. Für den Seegang ist die *VIP Louisiana* bestens geeignet. Ich habe sie vor Jahren als Schrotthaufen gekauft und wieder flott gemacht. Ihr Topspeed beträgt mehr als sechzig Meilen pro Stunde, die ich jetzt bestens gebrauchen kann.

Schnell löse ich die Vertäuung und springe hinter das Steuer. Ich starte die *Louisiana* und sie springt problemlos an.

»So kenne ich dich, Baby«, sage ich, während ich, so zügig es bei dem Wellengang geht, aus dem Liegeplatz rangiere. Ein paar Mal schlägt eins der anderen Boote gegen meins, doch das ist nicht weiter tragisch.

Als ich aus der Mole raus bin, gebe ich Gas.

Dabei versuche ich den roten Fleck in all dem Grau fest im Auge zu behalten, was gar nicht so leicht ist.

Der Regen wird stärker, Blitze zucken über den Himmel und der Donner grollt so laut, dass jedes andere Geräusch mühelos übertönt wird. Gischt spritzt mir ins Gesicht und der Wind peitscht Wassertropfen in meine Augen, die sich wie Nadelstiche anfühlen.

Endlich kommt die *Ruby* in Sicht. Verloren lässt sie sich von den Wellen hin und her werfen.

Es ist niemand mehr an Bord.

Mein Herz beginnt schneller zu schlagen und meine Kehle fühlt sich wie zugeschnürt an.

Was hat das zu bedeuten?

Wo ist Juliet?

***

Ich presse Pete mit einem Arm an mich und versuche, seinen Kopf über Wasser zu halten. Mit der anderen Hand klammere ich mich an meinem Boot fest, weil mich mittlerweile die Kräfte verlassen und ich kaum noch schwimmen kann. Der Ozean ist tierisch kalt und der eisige Regen, der mich von oben durchnässt, tut ein Übriges, damit ich mich wie tiefgefroren fühle.

»Halte durch, Pete«, rufe ich ihm über das Getöse hinweg zu.

Nachdem ich ihn aus dem Wasser gefischt hatte, war er einen kurzen Moment bewusstlos, dann kam er langsam zu sich, doch seit einiger Zeit wirkt er wieder abwesender auf mich.

Zwar strampelt er ab und zu mit den Beinen und versucht sich ebenfalls am Boot festzuhalten, aber der Schlag gegen den Kopf hat seinen betrunkenen Körper nicht gerade koordinierter werden lassen.

Egal. Wir müssen nicht mehr lange durchhalten.

Vor einigen Minuten ist am Hafen ein Speedboot gestartet und hält seitdem Kurs auf uns. Wir sind also bald in Sicherheit.

Am liebsten würde ich winken, doch ich traue mich nicht, *Ruby* geschweige denn Pete loszulassen.

Das Boot wird langsamer und ich frage mich, was das

soll. Auf einmal macht sich Panik in mir breit. Vielleicht ist es gar nicht wegen uns rausgefahren.

Was ist, wenn es kurz vor uns kehrt macht? Dann haben wir ein riesiges Problem.

»Hier sind wir!«, kreische ich gegen das Unwetter an. »Hilfe!«

Pete krächzt ebenfalls nach Hilfe. Er klingt erschöpft und seine Worte hören sich verwaschen an.

Ich hoffe, dass er ohne Schaden aus der Sache heraus kommt. So ein Schlag gegen den Kopf kann ernsthafte Folgen haben. Wie konnten wir auch das aufziehende Gewitter übersehen?

Plötzlich wird das Speedboot wieder schneller und mein Herz macht einen erleichterten Hüpfer.

Gleich sind wir in Sicherheit.

***

Am liebsten will ich Juliet als Erstes aus dem Wasser holen, aber ich sehe ein, dass es der Trottel in ihren Armen dringender nötig hat. Blut läuft von seinem Haaransatz über sein Gesicht und er ist so bleich, als wäre er bereits tot.

»Gib ihn mir an!«, rufe ich Juliet zu und strecke die Arme aus.

Sie versteht sofort und reicht mir einen Arm des Typen. Ich ziehe ihn zu mir heran, packe ihn unter den Achseln und hieve die Flachzange zu mir an Bord.

Er nuschelt etwas, aber ich habe jetzt keine Zeit, mich mit ihm bekannt zu machen. Eilig laufe ich zurück zur Reling.

Juliet klammert sich jetzt keine drei Meter von mir entfernt mit beiden Händen an die *Ruby*.

»Kannst du zu mir rüberschwimmen?«, frage ich, dann greife ich mit einer Hand nach dem Steuerrad und bringe die *Louisiana* wieder auf Kurs.

Juliet darf auf keinen Fall in die Schiffsschraube kommen.

»Hey, hörst du mich?«

Juliet nickt, lässt widerwillig ihr Boot los und krault zu mir rüber. Ich reiche ihr die Hand und ziehe sie zu mir herauf.

»Danke«, keucht sie und lässt sich erschöpft auf die Knie sinken.

Ich ziehe das Hemd, das ich über meinem Shirt trage, aus und lege es ihr um. Es ist zwar ebenfalls nass, aber vielleicht bringt es wenigstens ein bisschen was.

»Geht es dir gut?«

Sie nickt. »Mein Boot«, sagt sie dann und sieht zu mir auf.

Ich verstehe, halte ihr die Hände hin und sie steht auf. Ihre Haut fühlt sich eiskalt an, sie sollte sich dringend aufwärmen.

Vorsichtig nehme ich ihre Handgelenke und lege ihre Finger ans Steuerrad. »Kannst du den Kurs halten?«

»Einfach nur halten? Ja.«

»Gut. Gib mir zwei Minuten.«

Ich streife meine Schuhe ab und verschwinde mit einem Kopfsprung in den Fluten.

Das Wasser ist kälter, als ich gedacht hätte und so aufgewühlt, dass man von Glück sagen kann, dass die beiden es überhaupt darin ausgehalten haben.

Ich tauche auf und brauche einen Moment, um mich zu orientieren. Dann entdecke ich das kleine Holzboot und schwimme darauf zu. Es schaukelt wie wild hin und her, doch nach einigen Versuchen bekomme ich das Tau zu fassen. Mit der Leine fest in der Hand kraule ich los und zerre die *Ruby* hinter mir her wie einen störrischen Hund.

»Gib mir das Seil«, ruft mir jemand zu.

Der Trottel hat es auf die Beine geschafft und streckt mir seine Finger entgegen. Ich kann nur hoffen, dass die Sache nicht eine Nummer zu groß für ihn ist und er in der Lage ist, ein Seil anzunehmen. Ich muss es wohl drauf ankommen lassen.

Ich werfe ihm das Tau zu und er fängt es tatsächlich.

Schnell klettere ich an Bord und helfe ihm, die Leine an der Louisiana zu befestigen, damit wir das Boot abschleppen können.

»Danke«, sagt Juliet und sieht mich aus ihren strahlenden Augen an.

Ich nicke knapp und schiebe sie vom Steuer fort. »Kümmere dich um deinen Freund.«

Es fällt mir schwer, aber wir sollten nicht mehr Kontakt haben als nötig.

***

Irgendwer hat mir eine Decke umgelegt, jemand anderes hat mir eine heiße Tasse Tee in die Hand gedrückt.

Während Pete in einem Notarztwagen behandelt wird, sitze ich auf den Stufen des *Harper's Harbor Lane 1* und sehe dabei zu, wie unser Retter und zwei weitere Männer erst die *Louisiana* vertäuen und dann auch noch die *Ruby* sicher festmachen.

Ich kann gar nicht in Worte fassen, wie erleichtert und dankbar ich bin.

Leider hatte ich noch keine Zeit, unserem Retter wirklich zu danken.

Auf der Fahrt hierher hat er stur geradeaus in den Regen gestarrt und kaum waren wir an Land, wurden wir direkt von mehreren Leuten in Beschlag genommen.

Aber jetzt scheint mein Moment gekommen zu sein.

Seite an Seite mit einem älteren Mann und einem jüngeren, der sein großer Bruder sein könnte, kommt mein Retter den Steg entlang.

Ich stehe auf und gehe auf die drei zu.

»Hi.« Ich stelle mich ihnen kurzerhand in den Weg.

Die drei sehen mich wortlos an.

»Können wir kurz reden?«

»Klar«, sagt der Ältere der beiden Brüder und nimmt den anderen Mann, dem glaube ich das *Harbor Lane* gehört, mit vom Steg.

Während sich die beiden entfernen, mustere ich unseren Retter verstohlen.

Er ist groß und gut gebaut, wie sein durchnässtes Shirt zeigt. Seine Arme sind muskulös, ohne dabei aufgepumpt zu wirken – als stammten die Muskeln von harter Arbeit und nicht aus dem Fitnessstudio.

Eine dünne weiße Narbe zieht sich über seine rechte Schläfe bis hinunter auf die Wange.

Doch sie entstellt ihn nicht, sondern verleiht seinem Gesicht vielmehr etwas Einzigartiges. Genau wie seine grünen Augen, an deren dunklen Ton ich mich genau erinnere: Ich habe ihn erst vor Kurzem in dem Opalring am Eagle Lake gesehen.

Das dunkle Haar klebt ihm nass in der Stirn und ich unterdrücke den Impuls, es fortzustreichen.

»Ich bin Juliet«, beginne ich und reiche ihm die Hand. »Ich wollte mich bedanken.«

»Gern geschehen.«

Zuerst wirkt es, als wollte er meinen Händedruck gar nicht erwidern.

Dann tut er es doch, er umschließt meine Finger mit seinen ... und auf einmal wird mir klar, dass wir uns schonmal begegnet sind.

»Wir kennen uns!«, bringe ich hervor.

***

Was? Oh nein. Sie darf mich auf keinen Fall erkannt haben. Es ist doch so lange her, wieso ausgerechnet jetzt? Vielleicht hat der Schock ihr –

»Du wohnst im Collister-Haus, richtig?«

Oh, Fuck.

Natürlich. Das meint sie nur.

Ich spüre, wie mir tausend Steine vom Herzen fallen.

»Ja«, gebe ich zurück und bin erleichtert.

»Aiden, oder?«

Na toll. Was sage ich jetzt? Lügen will ich nicht, aber kann ich ihr die Wahrheit sagen? Kurz überlege ich, ob sie meinen Namen überhaupt kennen kann. Ich denke nicht. Und falls ich sie im Glauben lasse, dass ich Aiden heiße, wird sie nur misstrauisch werden, wenn sie irgendwann meinen echten Vornamen erfährt.

»Cayden«, sage ich daher. »Cayden Moore.«

»Entschuldige.«

Sie lächelt auf diese für sie typische, strahlende Art und ich kann gar nicht in Worte fassen, wie unsagbar froh ich bin, dass sie lebt. Als ich gesehen habe, dass die *Ruby* leer ist, habe ich bereits das Schlimmste befürchtet. Ich sah praktisch vor mir, wie das Meer sie verschluckt und die Bilder sorgten dafür, dass sich eine eisige Faust um mein Herz krampfte.

Aber ihr ist nichts passiert.

»Du solltest reingehen und dich aufwärmen. Dein Freund wird sicher noch eine Weile untersucht.«

»Er ist nicht …« Sie schüttelt den Kopf und sieht kurz verlegen zu Boden. »Er ist nur …«

Sie spricht nicht weiter, aber das muss sie auch nicht. Ich weiß, dass sie meist allein unterwegs ist. Ich würde sie am liebsten in meine Arme schließen, so verloren wirkt sie gerade auf mich. Aber das wäre falsch und vollkommen unangemessen. Also ergreife ich stattdessen ihre Hand.

»Komm, ich bring dich rein.«

Ich will losgehen, aber sie hält mich mit erstaunlich viel Kraft zurück.

»Moment, da ist noch etwas. Ich würde mich gerne … erkenntlich zeigen.« Ihr Blick bohrt sich in meinem und ich schaffe es nicht, wegzusehen.

Was kommt jetzt? Bietet sie mir was vom Lockland-Vermögen an? Besten Dank auch, aber ich verzichte.

»Ich möchte dir gern meine Hilfe anbieten. Mit dem Haus.«

Überrascht und entsetzt zugleich sehe ich sie an. Auf keinen Fall. Das kommt gar nicht infrage.

Doch bevor ich mit einer Ausrede um die Ecke kommen kann, ruft einer der Sanitäter nach Juliet.

»Entschuldige mich.« Sie lächelt kurz, dann eilt sie

los und in den Krankenwagen zu ihrem Freund, von dem ich in diesem Augenblick wünschte, ich hätte ihn untergehen lassen.

***

Pete muss zur Sicherheit ins Krankenhaus. Nachdem ich mich im Krankenwagen von ihm verabschiedet und ihm versprochen habe, seinen Onkel zu benachrichtigen, sehe ich mich nach Cayden um.

Ich entdecke ihn unter dem Vordach des *Harbor Lane*. Allein steht er dort und sieht in meine Richtung. Seine Klamotten sind immer noch klatschnass, er hat sich nichts Trockenes angezogen, auch wenn es nur noch ein bisschen nieselt.

Das Unwetter hat sich so schnell verzogen, wie es gekommen ist.

Langsam lösen sich auch die Grüppchen auf, die sich nach unserer Rettung am Steg versammelt und geholfen haben. Die meisten Helfer gehen ins *Harbor Lane* und ich werde noch ein paar Mal gefragt, ob ich mich nicht lieber drinnen aufwärmen will.

Nein, eigentlich möchte ich nur nach Hause, heiß duschen und dann ins Bett. Meine Muskeln brennen nach der Zeit im Wasser und ich bin total müde.

Doch vorher habe ich noch etwas zu erledigen.

Ich steuere auf Cayden zu, der an der Fassade lehnt, einen Fuß lässig dagegen gestemmt, und eine Zigarette raucht.

Langsam gehe ich die Treppen zu ihm hinauf.

»Du beobachtest mich«, stelle ich fest.

Cayden bläst Rauch in die Luft und nickt. »Man weiß ja nie.«

Ich lächle. »Für heute habe ich genug vom Wasser, versprochen.«

»Na, immerhin.«

»Hör mal ... Was ich vorhin gesagt habe, meine ich ernst. Ich würde dir gern im Haus helfen.«

Das stimmt. Ich weiß sowieso nichts mit meiner Zeit anzufangen und Cayden ist mir trotz seiner mürrischen Art sympathisch. Er wirkt so echt auf mich. So erwachsen und männlich.

Cayden öffnet den Mund und ich kann seinen Protest förmlich hören, bevor er ihn ausspricht.

»Keine Widerrede. Es gibt keinen Grund, aus dem du meine Hilfe ablehnen solltest. Ich kann arbeiten und eine weitere helfende Hand schadet dem Haus sicher nicht.«

Außerdem wäre das die perfekte Gelegenheit, mich dort doch noch einmal umzusehen.

Cayden scheint perplex. »Hast du denn kein ... nichts ... Solltest du nicht ...?«

»Siehst du?«, schmunzle ich. »Es gibt nichts, was dagegen spricht.«

Cayden sieht ziemlich überrumpelt aus, aber das ist mir egal. Manche Leute muss man zu ihrem Glück zwingen.

»Also? Wann soll ich da sein?«

Cayden scheint sich wieder gefangen zu haben. Er schüttelt den Kopf, nimmt einen letzten Zug und tritt seine Zigarette aus. »Komm. Ich fahr dich jetzt erst mal nach Hause.«

Instinktiv erwarte ich, dass er seinen Arm um mich legen wird, auch wenn es dafür eigentlich keinen Grund gibt. Doch als wir losgehen, hält er den größten Abstand zu mir, der möglich ist, ohne, dass es auf Außenstehende komisch wirken muss.

Was hat er nur?

Wie schon bei unserer ersten Begegnung benimmt er sich, als wäre ich ansteckend, doch dieses Verhalten verletzt mich nicht, denn ich habe eigentlich nicht das Gefühl, dass er irgendwas gegen mich hat. Seine Art wundert mich lediglich. Und sie weckt auch meine Neugier.

Vielleicht finde ich ja in den nächsten Tagen heraus, warum er sich so seltsam aufführt.

Denn eines steht fest: Ich werde mich für unsere Rettung revanchieren, ob er will oder nicht.

***

Ich bin froh, als ich endlich im Auto sitze. Es ist ein

schwarzer Pick-up mit der Aufschrift *Joseph's Garage and Gas Station*. Er gehört also zur Autowerkstatt an der Stadtgrenze.

Ob Cayden dort arbeitet?

Fröstelnd ziehe ich die Decke, von der ich weiß, dass sie aus dem *Harbor Lane* stammt, enger um meine Schultern und schaue zu ihm herüber.

Er sieht so konzentriert aus, als koste es ihn eine Menge Anstrengung, den Wagen zu steuern. Aber ich bin mir sicher, dass es daran nicht liegt. Er versucht, einem Gespräch mit mir aus dem Weg zu gehen, das ist alles.

Dabei habe ich nie etwas getan, was seine Starrköpfigkeit begründen würde. Vielleicht hat er einfach was gegen meinen Vater. Als Bürgermeister ist man nicht bei allen beliebt. Aber Cayden wird schon sehen, dass zumindest ich so verkehrt nicht bin.

»Arbeitest du bei *Joseph's*?«

Caydens Kopf ruckt kurz zu mir herüber, dann dreht er die Heizung höher, wofür ich ihm dankbar bin. Aber eine Antwort ist das nicht.

»Cayden?«

Eine weitere Minute Schweigen, dann: »Joseph war mein Vater.«

War. Er sagt nicht *ist*, was nur bedeuten kann ...

»Oh. Das tut mir leid.«

Cayden nickt knapp. »Danke.«

Ich presse die Lippen zusammen und sehe nach draußen. Ein tolles Thema habe ich da angeschnitten.

»Die Tankstelle haben wir verpachtet, aber mein Bruder hat die Werkstatt übernommen und ich arbeite dort«, fährt Cayden fort.

Ich bin überrascht, dass er von sich aus weiterspricht und lächle.

»Wenn du nicht gerade alte Häuser renovierst.«

»Oder Boote.«

Ich bin beeindruckt. Auf dem College waren die Jungs immer aufgeschmissen, wenn mal irgendwas kaputt ging. Im Wohnheim wurde sogar der Hausmeister gerufen, wenn eine Glühbirne durchgebrannt war.

Mein Blick fällt wieder auf Caydens muskulöse Figur. Kein Wunder, dass er so gut gebaut ist, wenn er so hart arbeitet.

»Also bist du nicht neu in der Stadt«, stelle ich fest.

Cayden lacht leise. »Nein. Ganz sicher nicht.«

Ja, das dachte ich mir schon. Ich hatte mich nur gewundert, dass wir uns vorher nie begegnet sind. Aber wer weiß. Vielleicht sind wir das ja und er ist mir vorher nur nie aufgefallen. Schließlich war ich vier Jahre weg. Und davor ...

Als ich siebzehn war, muss er Mitte zwanzig gewesen

sein. Ich war ein bisschen unreif und habe mich nur für die Jungs aus meiner Stufe auf der Privatschule interessiert. Damals wäre mir Cayden viel zu alt gewesen. Heute allerdings ...

Ich schaue auf seine Hände, kann aber keinen Ring daran entdecken. Verheiratet scheint er schon mal nicht zu sein.

Merkwürdig, dass mich das plötzlich interessiert. Ich hatte noch nie eine Beziehung, zumindest keine ernsthafte, weil mich die meisten Jungs schnell langweilen. Aber Cayden ist auch kein Junge mehr, sondern bereits ein Mann. Und seine geheimnisvolle Art macht ihn auf eine Weise attraktiv, die ich bisher gar nicht kannte. Ich würde gerne hinter seine Fassade sehen.

»Woher hast du die Narbe?«

»Wird das ein Verhör?«

»Nein. Es interessiert mich nur. Du musst auch nicht antworten«, sage ich schnell.

»Gut.«

Ich muss schmunzeln und sehe nach draußen. Es ist dunkel und der Regen hat wieder eingesetzt. Cayden schaltet die Scheibenwischer ein und eine Zeitlang ist ihr Quietschen das einzige Geräusch im Wagen.

Doch schließlich bricht Cayden das Schweigen.

»Was ihr gemacht habt, war total leichtsinnig.«

Da gebe ich ihm recht.

»Ja, es war ziemlich blöd, dass wir getrunken und das Wetter nicht im Auge behalten haben.«

Was soll ich auch anderes sagen?

»Hattest du kein Handy dabei? Du hättest Hilfe rufen können.«

Theoretisch ja. Aber Pete hatte Angst, dass sein Bruder oder sein Onkel ihn mit Anrufen nerven würden, also hat er sein Telefon kurzerhand bei uns im Haus gelassen und mich gebeten, meins ebenfalls nicht mitzunehmen. Ich habe mir gedacht, dass schon nichts passieren wird, schließlich waren wir zu zweit.

So schnell kann man sich irren.

»Nein. Das war alles in einem eine bescheuerte Geschichte.«

Im Nachhinein und im Anbetracht der Umstände war sie das wirklich. Dabei wollten wir eigentlich nur ein ungestörtes Picknick auf dem Wasser machen.

»Dein Freund hätte ein bisschen mitdenken müssen.«

»Hältst du mir jetzt einen Vortrag?« Ich schaue wieder zu ihm herüber.

»Hört sich das so an?« Cayden erwidert meinen Blick auf seine undeutbare Art.

»Ein bisschen schon«, gebe ich patziger zurück, als ich es will.

»Du solltest etwas mehr am Leben hängen, Juliet.«

Ich lache schnaubend. »Komm schon, es war nur ein Gewitter.«

»Du hättest draufgehen können.«

»Bin ich aber nicht!«

»Ja, aber nur dank mir.«

Bäm. Das hat gesessen.

War ich dem Tod wirklich so nah, wie er tut? Im Wasser habe ich mir nur Sorgen um Pete gemacht. Aber was war mit mir? Wie lange kann man es in der Kälte des Atlantik aushalten? Und selbst wenn ich Pete aufgegeben, ihn losgelassen hätte – was niemals infrage gekommen wäre – und zurück ins Boot geklettert wäre ...

Hätte ich es bei dem Wetter und mit nur einem Paddel wieder an die Küste geschafft? Nein, wahrscheinlich wäre ich aufs offene Meer getrieben worden. Wie lange hätte es gedauert, bis man mich findet? Wäre ich überhaupt gefunden worden?

Erst jetzt wird mir das ganze Ausmaß der Geschehnisse bewusst.

Wir waren wirklich mehr als leichtsinnig.

Ich atme durch und es klingt zittrig. Ich fühle mich, als würde mich doch noch der Schock erfassen, der nach so einem Erlebnis vermutlich normal ist.

»Ist schon gut.« Cayden legt eine Hand auf meine

und drückt sie kurz. Es ist ein schönes Gefühl. Warm und beschützend. »Es ist ja nochmal gut gegangen. Kein Grund zu weinen, du bist in Sicherheit.«

Erst jetzt spüre ich, dass tatsächlich Tränen über meine Wangen laufen. Ich wische sie nicht fort, er hat sie ja ohnehin schon gesehen.

Cayden nimmt die Hand wieder weg und ich würde ihn gerne bitten, sie dort zu lassen. Doch ich tue es nicht.

Cayden setzt den Blinker und biegt in unsere Straße ab.

»Tu mir den Gefallen und pass ein bisschen besser auf dich auf. Gut möglich, dass ich mal nicht in der Nähe bin.«

Etwas am letzten Satz ist seltsam und es kommt mir so vor, als hätte Cayden ihn gar nicht aussprechen wollen. Als wäre er ihm so rausgerutscht. Aber das ergibt eigentlich keinen Sinn, wir kennen uns ja kaum.

»Ich meine …«

»Ich verstehe schon«, sage ich. »Wir hatten Glück, dass du uns trotz des Starkregens entdeckt hast.«

Cayden hält vor unserem Haus und blickt mich wieder an. Es sieht so aus, als würde er mir noch etwas sagen, etwas gestehen wollen. Doch dann greift er nur über mich hinweg und öffnet meine Tür.

»Bleib sitzen, ich hole dich.« Damit steigt er aus und

lässt mich ziemlich perplex zurück.

***

Während ich durch den Nieselregen um den Pick-up herumgehe, rasen hunderte Gedanken durch meinen Kopf.

Juliet macht mich noch vollkommen wahnsinnig. Einerseits ist es ihre junge, abenteuerlustige und unbeschwerte Art, die ich an ihr so mag. Andererseits führt dieses Verhalten aber auch dazu, dass ich sie ständig um mich haben und sie beschützen will.

Meine Reaktion auf ihre Nähe zeigt mir deutlich, dass ich sie schon viel zu nah an mich herangelassen habe. Am liebsten würde ich zulassen, dass zwischen uns mehr entsteht. Zumindest Freundschaft. Doch über kurz oder lang würde ich sie nur verletzen. Egal, was ich tue, ihr Herz wäre hinterher auf die eine oder andere Weise gebrochen.

Ich hätte gar nicht herkommen sollen. Owen hätte sie fahren können. Oder Harper, Betsy oder sonst wer aus der Bar.

Aber nein. Ich musste es ja selbst tun.

Und jetzt muss ich mich dazu zwingen, die nötige Distanz zu wahren. Ich darf sie nicht umarmen, wenn sie weint und nicht zu viele Emotionen zeigen. Am besten soll sie mich schnellstmöglich vergessen.

Ob das jedoch jetzt noch möglich ist, wage ich zu

bezweifeln. Wir sind keine Fremden, das spürt sie genau wie ich – da bin ich mir leider vollkommen sicher.

»Soll ich die Decke kurz halten?«

Juliet nickt und ich helfe ihr, sich aus der rauen Rettungsdecke zu wickeln. Dann stütze ich sie und helfe ihr beim Aussteigen.

Glücklicherweise fühlt sich ihre Haut mittlerweile wieder warm und lebendig an. Ihre Wangen haben seit unserer kleinen Auseinandersetzung ein wenig Farbe, und die Lebendigkeit in ihren Augen ist trotz der Strapazen ungebrochen.

»Fühlst du dich so weit gut?«, frage ich dennoch.

»Ich bin nur etwas müde, mehr nicht.«

Ich schließe die Autotür und wickle Juliet wieder in die Decke, ehe ich sie auf das Haus der Locklands zuführe. Es liegt auf einem Hügel und überragt Bar Harbor wie das Schloss einer bösen Königin. Alles in mir sträubt sich dagegen, an die Tür zu klopfen, doch was habe ich für eine Wahl?

»Du weißt also, wessen Tochter ich bin«, sagt Juliet.

»Sicher«, sage ich, auch wenn das gar nicht so sicher ist. »Bar Harbor ist nicht gerade eine Großstadt«, füge ich als Erklärung an.

Juliet scheint sie mir abzukaufen, auch wenn sie so gut wie ich wissen muss, dass die Locklands großen

Wert auf die Wahrung ihrer Privatsphäre legen. Sie lächelt ein bisschen wehmütig und ich frage mich, ob sie ihre Zeit am Williams College vermisst. Dann fängt sie sich wieder und drückt auf die Klingel. Einen Schlüssel hatte sie offenbar auch nicht dabei.

Eine Melodie ertönt, die in den Ohren weh tut.

Auch Juliet verzieht das Gesicht. »*Ode an die Freude*. In mancher Hinsicht sind meine Eltern ziemlich protzig.«

Die Tür öffnet sich und ich sehe mich ausgerechnet dem Lockland gegenüber, der mein Blut binnen Sekunden hochkochen lässt.

»Du?« Prestons Blick richtet sich direkt auf mich.

Er wirkt vollkommen überrumpelt und sieht mich an, als stünde er dem Geist der vergangenen Weihnacht gegenüber. Irgendwie tut er das ja auch. Nur, dass es damals Sommer war und nicht Weihnachten.

»Ihr kennt euch?«, fragt Juliet neben mir.

»Von meinem Bruder«, sage ich, während Preston »Von früher« stammelt.

»Cool, dann komm doch noch mit rein. Ihr beide könntet ...«

»Das geht nicht«, sage ich schnell und konzentriere mich nur auf Juliet, um Preston nicht jeden Zahn einzeln aus der Visage zu boxen.

»Jule, was ist passiert?« Preston scheint erst jetzt zu bemerken, dass sie patschnass ist. »Und wo ist Pete?«

»Das erzähl ich dir drinnen. Cayden, willst du wirklich nicht mit rein?«

Ich schüttle den Kopf und deute hinter mich. »Muss los.«

»Schätzchen!«, kreischt Misses Lockland im Hintergrund herum, dann erscheint sie in der Tür und reißt Juliet an sich wie eine übergroße Puppe. »Ich habe es gerade erfahren. Mister Lincoln hat mich angerufen, nachdem ihn das Krankenhaus kontaktiert hat.« Sie führt Juliet ins Haus, die sich spürbar dagegen sträubt. »Geht es dir gut? Hast du dich untersuchen lassen?«

Misses Locklands Stimme wird immer leiser, bis sie schließlich nicht mehr zu hören ist und ich mit Preston allein bin.

Er sieht kurz hinter sich, dann tritt er zu mir nach draußen.

»Was soll das, Moore?«, zischt er. »Was hast du hier zu suchen? Willst du ihr alles kaputt machen? Ich dachte, wir hätten eine klare Abmachung!«

Eine Abmachung. Dass ich nicht lache.

Ich wurde vor vollendete Tatsachen gestellt, das ist alles.

»Ich habe ihren verzogenen Arsch gerettet«,

erwidere ich, was mir sofort leidtut, denn sie trifft keine Schuld. Zum Glück hat sie das nicht gehört.

»Danke.« Preston nickt mir zu. »Aber ab jetzt hältst du dich wieder fern.«

Allein für seine Ausdrucksweise könnte ich Preston eine reinhauen. Er spricht über mich, als wäre ich ein räudiger Köter.

»Nichts lieber als das!«, sage ich stattdessen und stürme zurück zum Wagen, ehe ich mich vergesse.

Ich soll mich von ihr fernhalten? Als wäre das so leicht. Als wäre da nicht etwas zwischen uns, das mich immer wieder zu ihr hinzieht, egal, wie sehr ich mich dagegen wehre.

Ich starte den Wagen und wende mit quietschenden Reifen. Auch wenn ich nicht zurückschaue, fühle ich Prestons Blick so deutlich im Rücken, als würde er mir eine Pistole zwischen die Schulterblätter drücken.

Und ich schätze, genau das würde er am liebsten auch tun. Die Frage ist, ob er auch fähig wäre, abzudrücken. Aber ich fürchte, schon – denn Preston Lockland ist zu einigen Dingen fähig, die man ihm mit seiner perfekten Harvard-Visage nicht zutraut.

***

Kapitel 4

Juliet

Als ich aufgeheizt aus der Dusche steige, wartet Mom bereits mit einem übergroßen rosafarbenen Bademantel auf mich. Sie wickelt mich darin ein, als wäre ich drei und keine einundzwanzig Jahre alt.

Ich lächle ihr dankbar zu. Ihre Fürsorge fühlt sich gut an. Nach der Zeit im kalten Atlantik erscheint es mir hier im Haus extrem herzlich und warm.

»Du kannst ihn behalten, wenn du möchtest.«

»Danke schön.« Ich vergrabe die Hände in den flauschigen Taschen des Bademantels.

»Und jetzt ab ins Bett.« Mom führt mich rüber in mein Schlafzimmer und ich wäre nicht überrascht, wenn sie mir gleich noch eine Gute-Nacht-Geschichte vorlesen würde. Doch sie begnügt sich damit, mir die Decke aufzuhalten und mich dann bis zum Kinn zuzudecken.

»Brauchst du noch etwas? Eine heiße Schokolade gegen die Frostbeulen?«, fragt sie und setzt sich zu mir auf die Bettkante.

Ich muss schmunzeln. »Ich hoffe ja wohl, dass da keine sind!«

Mom lächelt mich an, wobei in ihren Augen ein nachdenklicher Ausdruck liegt. »Dieser Ausflug hätte schlimm enden können.«

»Ja. Ich weiß. Und ich bin froh, dass Cayden da war. Ich hätte es vielleicht wieder ins Boot geschafft, aber Pete …« Allein der Gedanke an einen anderen Ausgang der Geschichte lässt mich frösteln und ich kuschle mich tiefer in Moms Frotteemantel.

»Cayden«, wiederholt Mom leise.

Ich mustere sie. Kennt sie ihn? So wie Preston?

»Kennst du ihn?«

»Er ist dein Schutzengel, wie es aussieht.« Mom reißt sich sichtlich von den Gedanken los, die sie verfolgt haben und sieht mich an. »Sein Bruder Knox war früher ein Freund von Preston. Ihn persönlich kenne ich allerdings nicht. Die Moores wohnen unten am Hafen. Zumindest wohnten sie früher dort.«

Das ist Begründung genug. In Bar Harbor ist es so, dass die wohlhabenden Familien, die Anwälte und Geschäftsleute, oben auf den Hügeln wohnen, so wie wir. Mit Blick aufs Meer und über den Ort. Unten, am Hafen leben die *gewöhnlichen* Leute. Fischer, Kneipenbesitzer, Werkstattbetreiber. Manche von ihnen verdienen sicher so gut wie ein Anwalt, aber für dieses Geld arbeiten sie körperlich, und das unterscheidet sie von uns. Sie machen sich die Hände schmutzig, die Bewohner der Hügel nicht. Diese unsichtbare Grenze hat die Menschen in Bar Harbor seit jeher getrennt.

Ein Wunder also, dass Preston einen Freund vom Hafen hatte.

»Schlaf jetzt ein bisschen.«

»Mache ich.«

Mom drückt mir einen Kuss auf die Stirn und steht auf. »Wenn etwas ist, ruf mich.«

»Eins wäre da. Kannst du Preston zu mir schicken?«

»Ja, ist gut.« Mom lächelt, dann geht sie raus und lehnt die Tür an.

Ich warte, aber es dauert nicht lange, bis mein Bruder ins Zimmer kommt.

»Geht's dir gut?«

Ich nicke und mache ihm Platz.

Er setzt sich neben mich ins Bett und legt einen Arm um meine Schultern. Seufzend lehnt er sich ans Kopfende.

»Das hätte echt ins Auge gehen können.«

»Das Gespräch hatte ich gerade erst mit Mom.«

»Oh, gut. Dann spare ich mir wohl die Standpauke.«

»Hast du was von Pete gehört?«

»Ja. Sein Bruder sagt, sie behalten ihn nur zur Sicherheit da.«

Das ist gut. Ich bin froh, dass er nichts Schlimmeres

hat. »Sag mal ...«

Preston wendet mir den Kopf zu.

»Du kennst Cayden?«

Preston nickt unwillig. »Ja«, knurrt er dann und ich spüre, dass er sich unwohl zu fühlen beginnt.

Ich runzle die Stirn. »Du scheinst ihn nicht sonderlich zu mögen.«

»Ich bin ihm dankbar, das muss reichen.«

Ich sehe meinen Bruder immer noch an.

»Erzähl mir was von ihm«, fordere ich.

Preston schüttelt den Kopf. »Der Typ ist nichts für dich, Jule. Schmink dir das besser direkt ab.«

»Ich will nur mehr über ihn wissen und ihn nicht gleich heiraten«, lache ich.

Preston lacht nicht mit. Ihm scheint das Ganze ernst zu sein. »Ich weiß aber nichts über ihn. Außer einer Sache: Wenn du den Moores zu nahe kommst, wirst du es über kurz oder lang bereuen. Sie werden dir wehtun. Dein ... dein ganzes Leben zerstören.« Er sieht mich eindringlich an.

Ich bin irritiert von seinem Verhalten. So ernst und besorgt kenne ich ihn gar nicht. »Ist das nicht ein wenig sehr theatralisch?«

»Nein«, sagt Preston. »Glaub mir. Cayden wird dich nur unglücklich machen.«

»Erklär mir bitte, was dich da so sicher macht.«

»Das kann ich nicht. Vertrau mir einfach.« Preston steht auf und wendet sich ab. »Schlaf jetzt.«

»Nein! Preston, warte! Sag mir, wie du das meinst.«

»Gute Nacht, Juliet.«

»Preston!«

Ich schnaube, als er wortlos die Tür hinter sich schließt. Einen Moment warte ich darauf, dass er zurückkommt, doch er bleibt fort.

Ich muss wohl einsehen, dass ich heute keine Antwort mehr auf meine Frage bekommen werde.

Also werde ich versuchen, zu schlafen und morgen nochmal mit ihm zu reden. Oder am besten frage ich gleich Cayden.

Ich gähne und schließe die Augen.

Zuerst beschwört mein Gehirn die Bilder von vorhin herauf, weil es noch nicht verstanden hat, dass Schlafenszeit ist. Es zeigt mir den rauen Atlantik, lässt mich die Kälte und Petes Gewicht in meinen Armen spüren.

Dann gleite ich langsam in den Schlaf und Traumbilder mischen sich zwischen die aus der Realität. Ich bin wieder im Wasser, doch diesmal wiegt Petes Körper plötzlich gar nichts mehr. Ein paar Hummer helfen mir, tragen ihn in Richtung Ufer. Ich fühle mich auf einmal ganz leicht und schwimme zwischen ihnen her, als wäre das Meer ein ruhiger See und nicht aufgewühlt vom Gewitter.

Als wir am Strand ankommen, steht dort die *Ruby*. Auch sie hat es heil aus dem Unwetter geschafft.

Flink verziehen die Krustentiere sich zurück ins Wasser. Nur ein Hummer bleibt im Sand sitzen. Es sieht aus, als würde er mir eine seiner Zangen entgegenhalten. Etwas baumelt daran.

Ich bücke mich und stelle fest, dass es die Phiole ist.

Meine Kette.

Ich schrecke aus dem Traum auf und betaste meinen Hals.

Die Kette. Sie ist fort!

Ich suche das Bett ab, schaue auf dem Boden nach, doch da ist sie nicht.

Wie kann das sein?

Für einen Moment fürchte ich, dass ich sie im Meer verloren haben könnte, dann bin ich mir jedoch ziemlich sicher, dass ich sie im Auto noch hatte. Und vorhin im Bad, als ich mich aus den nassen Sachen geschält habe, ebenfalls. Auch wenn ich glaube, dass ich sie zum Duschen nicht abgenommen habe, eile ich ins Badezimmer um dort nachzusehen. Irgendwie hänge ich an der Kette und komme mir nackt vor ohne sie.

Ich schaue auf dem Waschbeckenrand, auf der Ablage unter dem Spiegel, ja sogar im Wäschekorb nach.

Doch sie ist weg.

Jemand muss sie im Schlaf von meinem Hals genommen haben.

***

Ich stehe im Eingangsbereich des Collister-Hauses, unfähig mich zu rühren. Überall ist Rauch, aus jedem Zimmer züngeln Flammen. Ich höre Schreie und will etwas tun. Mich endlich bewegen, aber ich kann nicht.

Wie gelähmt stehe ich da, spüre die Hitze und rieche das verbrannte Holz.

»Hilfe!« Juliet.

Sie ruft nach mir.

Ihr Gesicht taucht im Flammenmeer auf, ihre Stirn glänzt schweißfeucht im Feuerschein. Neben ihr steht Pete. Eine Hälfte seines Kopfes ist bereits schwarz vom Ruß. Doch er lächelt.

Sein halbes Gesicht brennt und der Idiot ist immer noch guter Dinge, unglaublich, schießt es mir durch den Kopf.

Was sucht er überhaupt hier?

Plötzlich weiß ich es.

Er und Juliet scheinen jetzt anstelle des Collister-Ehepaares hier zu leben. Und zu sterben, wenn sie weiter tatenlos herumstehen.

Ich öffne den Mund, will Juliet und ihm zurufen, dass sie verschwinden und nie wieder einen Fuß in dieses Haus setzen sollen, doch ich kann nicht. Ich bringe kein Wort heraus.

Untätig muss ich zusehen, wie erst Pete zu Staub zerfällt, dann fängt auch Juliet Feuer.

Zuerst fressen ihr die Flammen die langen Haare vom Kopf. Dann züngeln sie nach ihren Wimpern.

Juliet schreit.

Ich schreie.

Und wache endlich schweißgebadet auf.

Mein Herz rast und ich sehe mich schnell in der Dunkelheit um.

Keine Flammen. Kein Rauchgeruch. Und keine Schreie.

Nur ein weiterer Albtraum, der mich auch jetzt, wo ich wach bin, kaum aus seinen Fängen lassen will. Wenn ich mir vorstelle, dass Juliet etwas zustößt, dass sie einfach vernichtet wird, ihr Lächeln verschwindet in einer Hölle aus ...

Schluss damit.

Diese Gedanken helfen niemandem weiter, das weiß ich aus Erfahrung.

Ich erhebe mich von der Matratze, die ich seit meinem Einzug ins Collister-Haus jeden Tag in ein anderes Zimmer lege. In der Hoffnung, dass die Albträume irgendwo weniger heftig, weniger *lebendig* sind.

Doch stattdessen werden sie nur jede Nacht schlimmer.

Barfuß laufe ich durchs Haus und zur Hintertür, um frische Luft zu schnappen und die letzten Albtraumfetzen zu verjagen. Ich öffne sie und der Anblick dahinter trifft mich wie ein Schlag ins Gesicht.

Im Gras, in den Ästen der Birke und in der Luft flirren lauter leuchtende Punkte.

Glühwürmchen.

Ihr Anblick fasziniert mich und ruft gleichzeitig Erinnerungen an den schlimmsten Augenblick meines Lebens wach.

An den Tag, als ich eine Entscheidung traf, die ich noch heute bereue.

***

Nach meiner morgendlichen Hummerrunde kaufe ich mir im *Harbor Lane* einen Coffee to Go und setze mich auf den Steg. Dabei fällt mein Blick auf Caydens Schnellboot, das dicht neben der *Ruby* liegt. Es ist ein altes Modell, soweit kenne ich mich mit Booten aus. Doch Cayden hat es aufgemöbelt und es glänzt wie frisch lackiert in der Morgensonne.

Der Atlantik ist heute friedlich. Das Hafenbecken ist ruhig und auch außerhalb der Mole schäumt und tobt er nicht halb so wild wie gestern.

Ich trinke meinen Kaffee, genieße die Sonne auf meinem Gesicht und freue mich auf mein Treffen mit Cayden. Gut, genau genommen ist es kein richtiges Treffen, weil er mich nicht da haben will und ich mich einfach aufdränge, aber was soll's?

Ich glaube nicht, dass er wirklich eine Abneigung gegen mich hegt. Es wirkt eher gespielt auf mich. Wahrscheinlich mag er tatsächlich einfach Dad nicht. So geht es den meisten hier. Egal, welche Entscheidung er als Bürgermeister trifft, mindestens die Hälfte der Menschen aus Bar Harbor ist dagegen. Trifft er eine andere, regt sich die zweite Hälfte auf.

Doch auch wenn ich seine Tochter bin, habe ich mit den Leuten hier unten keine Probleme. Einzig mit den

Hummerfängern könnte es welche geben, wenn sie erfahren, was ich jeden Morgen tue.

Aber das ist mir egal.

So viel in Bar Harbor geht vor die Hunde. Einige Einrichtungen wie die örtliche Bücherei mussten sogar wegen Personalmangels schließen und eine Grundschule gab es schon damals nicht mehr, als ich klein war. Ich kam auf eine Privatschule und die anderen Kinder wurden auf umliegende staatliche Schulen verteilt. Mein Vater bietet den Fischern sogar Boni, wenn sie die Fischerei bleiben lassen und umschulen. Doch sie scheinen allesamt Sturköpfe zu sein.

Ich leere meinen Kaffee, dann stehe ich auf und mache mich auf den Heimweg hügelaufwärts.

Mittlerweile müssten meine Eltern und Preston wach sein.

***

Ich finde alle drei am Esstisch vor.

»Morgen.«

Meine Familie blickt synchron auf. Bis auf Preston, der weiß, was ich so treibe, wirken sie überrascht.

»Du bist schon auf?«, fragt Dad.

»War eine Runde schwimmen.«

Mom verzieht das Gesicht. »Bist du dir sicher, dass es nach gestern …«, beginnt sie vorsichtig, aber ich unterbreche sie.

»Es wird nicht gleich wieder passieren.«

»Setz dich doch.« Dad deutet auf meinen freien Platz.

»Danke, ich muss gleich wieder los. Vorher wollte ich nur fragen, wo ihr meine Kette hingelegt habt.«

»Wir?« Mom wechselt einen irritierten Blick mit Dad, dann schaut sie mich an. »Welche Kette?«

Ihre Augen huschen zu meinem Hals, doch dass sie da nicht ist, sollte sie sich eigentlich denken können.

»Die ich gestern um hatte«, sage ich und beobachte alle drei ganz genau.

Preston schaufelt grinsend Cornflakes in sich rein, als ginge ihn das alles nichts an. Dabei kann er es genau so gut gewesen sein.

Als mich Mom und Dad immer noch nur verwundert anblicken, helfe ich ihnen auf die Sprünge.

»Eine silberne Kette mit einer Phiole.«

»Eine silberne Kette zu den Schuhen mit der goldenen Schnalle? Das passt aber nicht zusammen, Schätzchen«, versucht sich Mom an einem Scherz.

»Kommt schon. Irgendwer von euch muss sie haben.«

»Rück sie raus, Dad. Jule steht sie besser«, feixt

Preston.

Dad sieht jetzt verärgert aus. »Ich trag doch nicht die Kette deiner Schwester.«

Preston verdreht die Augen. »Das war ein *Scherz*, Mann.«

»Nicht besonders lustig.«

»Könntet ihr mir bitte eine Antwort geben?«, grätsche ich zwischen die ewigen Streitereien von Dad und Pres.

»Ich glaube, wir wissen alle drei nichts von einer Kette«, sagt Mom vorsichtig und sieht in die Runde.

Dad schüttelt den Kopf und Preston hebt schmunzelnd die Hände. »Also, ich hab sie nicht um.«

Langsam kommt mir die ganze Sache komisch vor. »Aber ihr habt gesehen, dass *ich* sie umhatte.« Es ist mehr eine Frage als eine Feststellung.

Preston zuckt ratlos mit den Achseln. Mom und Dad sehen sich an, wobei ein seltsamer Ausdruck in ihren Augen liegt. Halb fragend, halb verwundert.

»Vielleicht siehst du mal in deinem Schmuckkästchen nach«, sagt Mom.

Als hätte ich das nicht längst getan, auch wenn es unsinnig war, die Kette dort zu vermuten. Ich wüsste doch, wenn ich sie hineingelegt hätte.

»Gestern Abend hatte ich sie noch«, wiederhole ich abermals, da meine Familie nicht zu verstehen scheint.

»Und dann war sie auf einmal weg.«

»Juliet.« Dad richtet sich auf und lehnt sich auf seinen Stuhl zurück. »Kann es nicht sein, dass du hier gerade Traum mit Realität verwechselst?«

Wie bitte? Ich soll mir die Kette eingebildet haben?

Zweifelnd sehe ich meinen Vater an, anschließend meine Mutter, die mich mit einem ähnlich sorgenvollen Blick misst wie er. Und zuletzt Preston, der sich wieder seinen Cornflakes widmet und dabei wirkt, als wolle er vor allem meinem Blick ausweichen.

»Sie war da«, sage ich nochmal, so eindringlich ich kann.

Damit verlasse ich das Esszimmer.

***

Die Kette ist weg, meine Familie hält mich für verrückt und ich weiß nicht mehr, was ich glauben soll. Zuerst diese Visionen, kurz darauf das merkwürdige Verhalten meiner Eltern und meines Bruders am Frühstückstisch. Seit mir dieser Spiegel auf dem Flohmarkt kaputtgegangen ist, läuft dieser Sommer immer bizarrer.

Die Arbeit bei Cayden wird mir guttun und mich ablenken – sofern er irgendwann nach Hause kommt.

Ich sitze bereits seit zwei Stunden in der Sonne vor

seinem Haus und habe das Gefühl, bald zu Staub zu zerfallen. Lediglich der Wind, der immer wieder in kurzen, heftigen Böen die Hitze aufwirbelt, verschafft mir etwas Linderung und trocknet meine schweißfeuchte Haut.

Ich sitze auf dem Bordstein, mit dem Rücken am Bauzaun, der schon hier stand, als ich klein war. Ich hätte auch im Schatten auf dem Grundstück warten können – schließlich weiß ich, wo der Zaun kaputt ist – aber ich will Cayden nicht gleich verärgern.

Wenn er doch nur endlich auftauchen würde.

Es vergeht eine weitere halbe Stunde, in der ich fast wegdämmere, bis endlich ein Auto zu hören ist.

Ich kneife meine Augen hinter der Sonnenbrille zusammen, um besser in der Mittagssonne sehen zu können. Der Pick-up, mit dem mich Cayden gestern nach Hause gebracht hat, hält vor dem Haus. Den Fahrer erkenne ich wieder, ich habe ihn gestern am Hafen gesehen. Aus der Nähe fällt seine Ähnlichkeit zu Cayden noch mehr auf. Das muss Knox Moore sein, der große Bruder, von dem alle reden. Er hat sich eine Sonnenbrille lässig ins Haar geschoben und schaut argwöhnisch zu mir rüber.

Cayden öffnet die Beifahrertür, doch als er mich erblickt, sieht er aus, als würde er sie am liebsten wieder schließen und noch eine Runde fahren.

Was hat er nur gegen mich? Vielleicht liegt es irgendwie an Preston und daran, was zwischen ihnen vorgefallen ist.

Ich hebe die Hand und lächle.

Knox sagt etwas, das ich nicht verstehe.

Cayden schüttelt unwillig den Kopf, steigt aus und mir bleibt völlig unerwartet der Atem weg.

Er trägt tiefsitzende Jeans, Boots und ist oberkörperfrei. Sein Körper ist definiert und ich entdecke Ölspuren auf seiner gebräunten Haut. Und noch etwas. Feine Narben, die sich über seine rechte Seite ziehen. Bevor ich genauer hinsehen kann, schnappt sich Cayden ein schwarzes Muscle-Shirt vom Beifahrersitz, zieht es über und kommt auf mich zu.

Ich merke, dass ich ihn ziemlich unverhohlen angeglotzt habe und senke den Blick. Trotzdem kann ich seinen Körper noch vor mir sehen und stelle fest, dass ich gern mehr von diesem Anblick hätte.

Ich höre, wie der Pick Up wegfährt, dann Caydens Stimme.

»Du lässt nicht locker, was?« Er ist dicht vor mir stehen geblieben. Seine Haut riecht nach Sonne und einer Mischung aus Motorenöl und Aftershave.

Ich sehe auf und blicke direkt in seine Augen, versuche zu erkennen, ob er verärgert ist.

»Versprochen ist versprochen«, sage ich und meine

Stimme klingt fester, als ich erwartet hätte, denn Cayden raubt mir immer noch den Atem.

»Ich brauche keine Hilfe.«

»Unsinn.« Ich werfe demonstrativ einen Blick hinter mich.

Das Haus ist keine totale Katastrophe mehr, aber auch noch lange nicht fertig.

»Wenn du mich nicht reinlassen willst, fange ich mit dem Garten an. Ich kann das Unkraut jäten oder –«

Cayden schüttelt den Kopf und marschiert widerstrebend auf die Haustür zu. »Komm mit. Du bist jetzt schon krebsrot. Ich kann dein Angebot zwar nicht annehmen, aber ich lasse dich sicher nicht noch länger in der Sonne stehen.«

Überrascht blicke ich ihm nach. Das ist doch immerhin schon mal ein Anfang.

Ich folge ihm und betaste dabei mein Gesicht. Es fühlt sich tatsächlich etwas warm an, doch das ist halb so wild. Spätestens heute Abend bin ich nicht mehr rot, sondern braun, denn ich konnte die Sonne schon immer gut vertragen. Aber das muss Cayden ja nicht wissen.

Er schließt die Tür auf, atmet durch und lässt mich dann rein.

Ich trete an ihm vorbei ins Innere und schiebe mir die Sonnenbrille ins Haar. Es ist wider Erwarten kühl hier drinnen und riecht nach frischer Farbe.

Alles ist in neutralem Weiß gehalten, durch die teils vernagelten Fenster fällt gerade genug Licht, um sich nicht die Knochen zu brechen.

Ich lasse den Blick durch den Eingangsbereich schweifen. Hier unten befinden sich vier Türen. Ein Stück vor mir führt eine Treppe nach oben.

»Jetzt zufrieden?«, raunzt Cayden.

Oh, na klar. Er glaubt, ich bin immer noch als Schaulustige hier, die nur mal einen Blick ins Collister-Haus werfen will.

Ich drehe mich zu ihm um. »Erst, wenn du mir eine Aufgabe gibst.«

»Das kannst du vergessen. Ich arbeite lieber allein.«

Verständnislos schüttle ich den Kopf. »Wieso?«

Cayden verschränkt die Arme vor der Brust, mustert mich und scheint darüber nachzudenken, mir eine ernsthafte Antwort zu geben. Zu meiner Enttäuschung überlegt er es sich jedoch anders. »So bin ich eben. Sieh dich hier unten um und dann verschwinde wieder in die Harbor Hills.«

Mich umsehen? Ich habe schon genug gesehen. Auf den ersten Blick ist es ein Haus wie jedes andere auch.

Keine Schaukel, keine rote Wand.

Und selbst wenn ich neugierig auf das Innere war, ist das trotzdem nicht der Hauptgrund, aus dem ich hier bin. Das soll dieser verdammte Sturkopf endlich begreifen.

Ich trete einen Schritt auf ihn zu. »Ich habe keine Ahnung, was für ein Problem du mit mir hast und warum es dir so schwerfällt zu akzeptieren, dass ich nur helfen will. Doch genau so ist es: Du hast mir und einem Freund von mir das Leben gerettet und ich würde mich gerne erkenntlich zeigen, indem ich für dich arbeite. Was anderes habe ich leider nicht anzubieten. Aber meine Familie. Wenn du mich also nicht helfen lässt, dann bitte ich meinen Dad, eurer Werkstatt eine Spende zukommen zu lassen. Wahrscheinlich ist es das sowieso, worauf du gehofft hattest!«

Ich merke selbst, dass ich mich in Rage rede und mache auf dem Absatz kehrt, um zu verschwinden.

Ich komme bis zur Haustür, als Cayden sagt: »Also schön. Bleib.«

***

Ich kann die Worte nicht mehr zurückhalten und höre mich sie aussprechen.

Habe ich Juliet gerade wirklich die Erlaubnis gegeben, zu bleiben? In diesem grässlichen Haus?

Was habe ich mir dabei gedacht? Das war nun wirklich die dümmste Entscheidung, die ich hätte treffen können.

Ich kann nur hoffen, dass es ihr nicht wie mir geht. Dass sie nicht die Flammen sieht und die Schreie hört.

Ich wollte sie doch schützen! Für einen Moment komme ich mir wie der größte Schwachkopf des Universums vor.

Dann dreht Juliet sich um und das Lächeln auf ihren himbeerroten Lippen entschädigt mich für alles.

Verdammt nochmal. Wieso nur muss so eine Schönheit aus ihr geworden sein? Und warum ist sie so liebenswert?

»Ehrlich?« Sie strahlt. »Ich kann mich wirklich im Garten nützlich machen oder irgendwo streichen. Möbel aufbauen kann ich auch. Und wenn du mir zeigst, wie man –«

Ich muss über ihre ungestüme Art lachen. Es fühlt sich falsch an, weil ich es hier drinnen tue. »Langsam, langsam. Ich hol dir erstmal was Kaltes zu trinken.

Willst du eine Coke?«

Juliet kräuselt die Lippen, dann fragt sie: »Hast du auch Bier?«

Verwundert sehe ich sie an. Sie überrascht mich immer wieder.

»Klar. Bin gleich zurück.« Ich verschwinde in die Küche, doch ich öffne nicht direkt den Kühlschrank.

Stattdessen warte ich.

Worauf, ist mir selber nicht klar. Aber irgendwas muss doch passieren. Sie und ich in diesem Haus. Hier, wo alles begonnen hat.

Ich hätte gedacht, dass es sich komisch anfühlt. Falsch. Doch das tut es nicht.

Im Gegenteil. Es kommt mir mit einem Mal richtig vor. Als würde man zwei Scherben eines zersprungenen Gegenstands wieder zusammenfügen.

Juliet dreht nicht durch. Sie sieht nicht, was ich jede Nacht sehe. Für sie scheint es nur ein gewöhnliches Haus zu sein.

Ich habe mir ganz umsonst Sorgen gemacht und kann mich auf einmal doch freuen, dass sie hier ist.

Grinsend gehe ich zum Kühlschrank, als plötzlich eine Böe ums Haus fegt und oben etwas gegen eins der Fenster kracht. Erst einmal, dann nochmal. Dann splittert Glas.

Oh, Scheiße. Ich hätte die Äste der Birke schon lange

zurückschneiden sollen. Das habe ich jetzt davon.

»Warte hier!«, weise ich Juliet an, während ich an ihr vorbei nach oben eile.

***

Kapitel 5

Juliet

Glas splittert.

Cayden läuft an mir vorbei die Treppe hoch.

Ich muss ihm nicht folgen, um zu wissen, wie es oben aussieht.

Ein kleiner Flur, zwei Türen. Eine führt ins türkis gekachelte Bad, die andere ins Schlafzimmer. Das Fenster im Schlafraum ist kaputt. Lauter Scherben liegen herum. Und inmitten davon befindet sich ein zuckendes Federknäuel. Eine Taube, die aufgeregt versucht herumzuflattern, doch es gelingt ihr nicht. Ein Flügel ist gebrochen und sie verteilt bei ihrem Fluchtversuch Bluttupfer über den ganzen Boden.

»Bleib zurück. Hier sind überall Scherben«, warnt mich eine Männerstimme.

Fasziniert und ängstlich zugleich sehe ich zu, wie der Mann sich mit einem Schuhkarton zu der Taube hockt und sie behutsam hineinsetzt.

»Deine Mom soll sie sich ansehen und dann kannst du sie gesundpflegen.«

Ich nicke.

Dann ist die Vision so plötzlich zu Ende, wie sie

gekommen war.

Ich stehe immer noch in der Diele, aber es fühlt sich an, als wäre ich zwischenzeitlich ganz woanders gewesen. In einem ganz anderen Leben, auch wenn das nicht sein kann.

Ich bin hier. Der Wind pfeift durch die vernagelten Fenster und ich höre, wie Cayden oben mit den Scherben zugange ist. Keine Männerstimme, kein aufgeregtes Flügelschlagen.

Was ist nur los mit mir?

Auch wenn Cayden gesagt hat, dass ich unten warten soll, eile ich die Treppe hoch und öffne die Badtür.

Alles hier drin ist in Türkis gehalten. Die Kacheln, der Boden, die Badewanne.

»Wie in einer Zahnpastatube!«, lispelt eine fröhliche Kinderstimme in meinem Kopf.

Und sie hat Recht. Die Farbe ist wirklich grässlich.

Ich wende mich um und dem Schlafzimmer zu. Glassplitter bedecken den Boden, Genau wie in meiner Vision.

Aber etwas ist anders.

Ein Ast hat das Fenster durchschlagen. Keine verirrte Taube.

»Du solltest doch unten warten! Der Boden ist noch nicht wieder zu hundert Prozent stabilisiert.« Cayden lässt die Scherben sinken, die er gerade aufsammelt und steht auf.

»Ich geh schon«, murmle ich und kann es mit einem Mal kaum erwarten, an die frische Luft zu kommen.

***

»Geht es dir gut?«

Ich sitze im Gras vor dem Haus und spüre, wie Cayden mir über den Rücken streicht. Ich habe ihn gar nicht kommen gehört und sollte mich wahrscheinlich eher erschrecken. Doch stattdessen fühlt sich seine Berührung durch den dünnen Stoff meines Tops gut an und ich entspanne mich in Sekundenschnelle. Von mir aus könnte er stundenlang damit weitermachen.

Aber kaum habe ich den Gedanken beendet, nimmt er seine Finger von mir und tritt neben mich.

»... Ja«, sage ich mit trockenem Mund.

»Hier, trink was.« Cayden hält mir ein Bier hin und lässt sich zu mir auf die Wiese sinken.

Ich schließe beide Hände um die kalte Flasche, kühle meine Handgelenke daran.

»Was ist denn los?«, fragt Cayden.

Ich zögere, als ich an die Blicke meiner Familie beim Frühstück denke. Ich möchte ungern, dass noch jemand an meinem Verstand zweifelt. Aber irgendwie habe ich das Gefühl, dass ich Cayden trauen kann. Also blicke ich zu ihm herüber und frage: »Hattest du schon mal ein Déjà-vu?«

Cayden kneift die dunklen Brauen zusammen, dann nickt er. »Hat das nicht jeder mal?«

»Vermutlich schon, aber ich sehe Momente aus den Leben von anderen Menschen«, sage ich, auch auf die Gefahr hin, dass er mir nicht glaubt. Doch anstatt seine Hand auf meine Stirn zu legen und etwas von einem Hitzschlag zu sagen, fragt Cayden nur weiter nach.

»Wie meinst du das?«

»Manchmal ...«, ich nehme einen Schluck von dem herben Bier und lege mich ins Gras. Über mir wiegen sich die Äste der Birke im Wind. Ich mag dieses raschelnde Geräusch. »Manchmal sehe ich etwas, einen Gegenstand oder einen Ort und dann habe ich dazu eine kurze Momentaufnahme im Kopf. So plastisch, als wäre ich Teil dieses Augenblicks.«

Cayden sieht auf mich runter. Der Ausdruck in seinen Augen hat sich nicht geändert. Er hält mich nicht für verrückt.

»Klingt einfach nach einem klassischen Déjà-vu, wenn du mich fragst. Was macht dir daran Sorgen?«

»Dass es so gehäuft auftritt«, erkläre ich. »Seit einiger Zeit.«

»Soweit ich weiß, sind Déjà-vus Erinnerungstäuschungen, die zum Beispiel nach

Stressphasen auftreten können. Hattest du viel Stress in letzter Zeit?«

Ich überlege. Mein Uni-Abschluss, der Umzug zurück in mein Elternhaus, das Grübeln über die Zukunft ... All das kann man schon als stressig bezeichnen. Und die Sache gestern kann ich auch nicht einfach auf die leichte Schulter nehmen. Schon auffällig, dass ich danach gleich zwei komische Erlebnisse hatte. Erst verschwindet die Kette, die es vielleicht nie gegeben hat, und jetzt diese *Vision*. Gut möglich, dass mir mein überreiztes Hirn einen Streich spielt.

»Déjà-vus können ausgelöst werden durch Orte, Sätze, Geräusche, Gerüche und andere Sinneseindrücke«, sagt Cayden.

Er hat ein Handy in der Hand und liest offenbar einen Artikel vor.

»Sie treten häufiger in Lebensphasen starker Anspannung auf und lassen nach, wenn auch der Stress nachlässt. Vor allem Menschen mit ausgeprägter Fantasie neigen zu Erinnerungstäuschungen.«

Ich drehe den Kopf zu Cayden und fühle mich mit einem Mal schon ein bisschen erleichterter, was nicht zuletzt daran liegt, dass er der Erste ist, der mich ernst nimmt. Das, was er vorgelesen hat, klingt nach mir.

Ich entsinne mich vage daran, dass ich schon mal so eine Phase hatte, kurz bevor ich in die Grundschule gehen sollte. Mom hat Tage damit zugebracht, meine Gedanken mit mir zu sortieren. Ich hatte schon als Kind eine blühende Fantasie.

Wahrscheinlich versucht sie einfach nur, sich einen Platz in meinem Kopf zu schaffen. Mich zwischen all den Grübeleien über meine Zukunft und den komischen Erlebnissen daran zu erinnern, dass sie noch da ist.

Ich blicke zu Cayden auf, der mich mit zusammengekniffenen Augen ansieht. »Mach dir nicht zu viele Sorgen, Juliet. Es ist Sommer, hm? Genieß dein Leben.«

Damit dreht er den Kopf nach vorn und trinkt ebenfalls einen Schluck Bier.

Ich betrachte sein Profil, den leichten Bartschatten an seinem Kinn. Er sieht nicht nur gut aus, sondern hat auch Ahnung vom Leben. Von den Dingen, die wirklich wichtig sind. Ich schätze, es war genau die richtige Entscheidung, heute herzukommen.

»Danke, Cayden«, sage ich und lächle. »Wieder einmal.«

***

Ich stecke mein Smartphone ein, bevor Juliet noch auf die Idee kommt, ebenfalls einen Blick in den Artikel zu werfen. Was ich vorgelesen habe, hat sie beruhigt und das ist das Wichtigste.

Trotzdem komme ich mir vor wie der absolut größte Mistkerl auf Erden.

Denn was ich ihr über Déjà-vus gesagt habe, ist nur eine von mehreren Thesen. Die zweite behalte ich lieber für mich.

Die Wahrheit sollte sie sowieso niemals erfahren, also bringt es auch nichts, wenn sie sich unnötig sorgt.

Ich betrachte ihr Gesicht. Mittlerweile deutlich entspannter liegt sie neben mir im Gras. Die großen Gläser ihrer Sonnenbrille spiegeln die Äste der Birke, hin und wieder biegen sie sich zur Seite und lassen zu, dass ein paar Sonnenstrahlen Juliets Gesicht treffen. Sie ist so hübsch, dass ich sie stundenlang einfach nur ansehen könnte. Doch das würde vermutlich ziemlich gruselig auf sie wirken.

»Du solltest was unternehmen«, schlage ich vor. »Um auf andere Gedanken zu kommen.«

»Und was?« Sie sieht mich an.

Ich zucke mit den Schultern. »Was ihr Mädchen so macht.«

»Shoppen und ins Make-up-Studio?«

»Äh ja. Zum Beispiel.« Es fällt mir schwer, sie mir dabei vorzustellen.

»Das ist nichts für mich. Vor allem nicht alleine.« Juliet seufzt. »Immer das gleiche leidige Thema.«

Mir ist klar, welches Thema sie meint: die Tatsache, dass sie im Grunde niemanden hat. Auch wenn es mir die meiste Zeit über nicht vorkommt, als würde sie das besonders stören.

»Okay«, höre ich mich selber sagen. »Worauf hast du Lust?«

Spätestens jetzt sollte eigentlich alles in mir protestieren, aber mein Verstand hat wohl bereits eingesehen, dass es sinnlos ist.

»Wie? Jetzt?« Juliet setzt sich ein Stück auf.

»Überleg dir schon mal, wo du hin möchtest.« Ich stehe auf.

»Das muss ich nicht.« Ihre Augen strahlen mich durch die Sonnenbrille an. »Egg Rock.«

»Zum Leuchtturm? Gib mir zehn Minuten.« Ich warte ihre Antwort nicht ab, sondern gehe rein, um zu duschen.

Während ich das kühle Wasser über meine erhitzte Haut plätschern lasse, mache ich mir ein letztes Mal klar, dass das, was ich gleich vorhabe, ungefähr allem widerspricht, was in den letzten siebzehn Jahren mein

Leitsatz war.

Was immer du tust, halt dich von Juliet fern.

Doch es ist zu spät, um einen Rückzieher zu machen.

Und mir bleibt nur zu hoffen, dass wir dadurch nicht geradewegs auf eine Katastrophe zusteuern.

***

Egg Rock ist eine winzige, Bar Harbor vorgelagerte Insel. Bis auf raues Gestein und den Leuchtturm gibt es dort nichts. Ich bin gespannt, was Juliet an diesem Ort fasziniert.

Ich steuere die *Louisiana* durch die schäumenden Wellen und bin froh, dass es zu laut für eine Unterhaltung ist.

Juliet sitzt hinten und lässt es sich in der Sonne gutgehen, während ich versuche, meine Gedanken zu sortieren.

Seit sie zurück ist, hat mich das ungute Gefühl begleitet, dass es in einem Desaster enden würde, wenn wir uns begegnen. Doch ich habe mich geirrt. Nicht einmal ihr Besuch im Haus hat die Bombe platzen lassen.

Ich habe mir umsonst Sorgen gemacht. Bin ihr unnötigerweise ausgewichen. Auch wenn sie mich, als ich sie nach Jahren zum ersten Mal unten am Strand gesehen habe, augenblicklich in ihren Bann gezogen hat, dachte ich, dass es das Beste für sie wäre, wenn ich mich fernhalte.

Ich blicke zurück zu ihr.

Das Haar weht wild um ihren Kopf, sie hält die Augen geschlossen und das Gesicht der Sonne entgegen.

Kein Zweifel.

In den vier Jahren, die sie fort war, ist sie erwachsen geworden. Das kleine, schüchterne Mädchen ist verschwunden.

Ich sehe sie jetzt mit anderen Augen und je öfter ich sie treffe, desto schwerer fällt es mir, Abstand zu ihr zu halten.

Warum auch? Sie ist seit drei Monaten zurück, sie hat mich gesehen, sie war im Collister-Haus und es ist nichts geschehen.

Sie hat ein paar Déjà-vus, die sie nicht näher definiert hat. Aber ich glaube, dass sie meine Erklärung beruhigt hat. Und das ist doch das Wichtigste, oder? Sie soll glücklich sein. Und wenn dafür Lügen notwendig sind, dann ist das eben so. Ich habe mit dem schlechten Gewissen zu leben. Das ist der Preis, den ich gerne zahle. Er ist lächerlich gering im Vergleich zu der Schuld, die ich trage.

»Warst du schon mal hier?«, ruft Juliet über das

tosende Wasser hinweg.

»Nein, du?«

»Ja. Früher bin ich öfter rüberfahren.«

»Mit deinem *Ruderboot*?«, frage ich ungläubig.

»Jepp.«

Ein Wunder, dass sie noch am Leben ist. Es sind zwar nur gute vier Meilen und auch wenn der Atlantik hier durch die zahlreichen Inseln nicht ganz so wild und rau ist, wie weiter draußen, grenzt es doch an Selbstmord, nach Egg Rock zu rudern.

»Man sollte dir die *Ruby* wegnehmen«, sage ich kopfschüttelnd.

Juliet lacht. Es ist ein heller, befreiter Laut, der trotz der Wellen gut zu hören ist. In diesem Augenblick scheint es nichts mehr zu geben, das sie bedrückt.

Und mit einem Mal weiß ich, so unlogisch es mir auch erscheint, dass es die richtige Entscheidung war, Juliet nicht weiter aus dem Weg zu gehen.

***

Seit ich im Haus war und Cayden feststellen durfte, dass ich nicht nur eine *Katastrophentouristin* bin, verhält er sich weniger abweisend. Ich bin froh darüber und fühle mich bei ihm noch wohler als zuvor.

Er macht die *Louisiana* am felsigen Ufer von Egg Rock fest und hilft mir aus dem Boot, damit ich keine nassen Füße bekomme.

»Da wären wir.« Cayden lässt meine Hand los und sieht sich um.

Ich kann mir denken, wie es ihm gerade geht. Als ich das erste Mal hier war, habe ich mich gefühlt wie auf dem Mond. Felsen, so weit das Auge reicht. Und inmitten davon steht der Leuchtturm.

Es ist kein gewöhnlicher rot-weiß gestreifter Turm, der alles überragt. Viel mehr handelt es sich um ein weißes, rechteckiges Häuschen, auf dessen rotem Dach ein schwarzes Türmchen steht.

Die Leuchtturmwärterin heißt Edda Walters und lebt seit dem Tod ihres Mannes allein auf Egg Rock. Einzig ihr rotes Motorboot ist ihre Verbindung nach Bar Harbor. Auch wenn es etwas einsam ist, stelle ich mir das Leben hier traumhaft vor. Um einen herum nichts als der Ozean und die wilde Natur.

»Komm«, fordere ich Cayden auf. Er wirkt zögerlich,

deshalb füge ich an: »Ich darf hier sein. Edda kennt mich. Als ich klein war, hat mein Mut sie und ihren Mann so beeindruckt, dass sie mir erlaubt haben, jederzeit herzukommen.«

Cayden sieht zum Leuchtturm rüber, dann mich an. »Wann warst du zuletzt hier?«

»Vor vier Jahren«, antworte ich.

»Eine lange Zeit.«

»Oh ja.« Ich bin gespannt, wie Edda reagiert.

Was mein Verhältnis zu ihr angeht, habe ich Cayden gegenüber ein bisschen untertrieben, um nicht seltsam zu klingen.

In Wahrheit war sie immer wie eine Oma für mich. Vermutlich liegt das daran, dass ich nie richtige Großeltern hatte. Mom und Dad bekamen mich spät, ihre Eltern waren da schon tot. Preston jedoch hatte das Glück, sie noch kennenzulernen. Früher habe ich ihn oft gebeten, mir von ihnen zu erzählen. Dann lernte ich Edda und ihren Mann kennen und fand, dass sie sich mir gegenüber genauso benahmen wie unsere Großeltern in den Erzählungen von Pres.

Wann immer ich herkam, machten sie mir, je nach Jahreszeit, heißen Kakao oder setzten mir ein Glas kalte Limonade vor. Sie fragten mich Dinge über die Schule und zeigten mir die Natur der kleinen Insel.

Ich war immer gern hier und es fühlt sich besonders

an, ausgerechnet mit Cayden wieder herzukommen. Auch wenn ich mich frage, ob es ein Fehler ist, ihm gegenüber so viel von mir zu enthüllen, während er sich nach wie vor geheimnisvoll gibt.

Nebeneinanderher laufen wir den schmalen Weg hinauf, der durch die spärlich bewachsenen Felsen zum Gebäude führt. Ich bin ein paarmal versucht, seine Hand zu nehmen. Ihm scheint es nicht anders zu gehen. Immer wieder streifen seine Finger meine, doch aus irgendeinem Grund hält er sich zurück.

So, wie er es schon die ganze Zeit tut, seit wir uns begegnet sind.

Ich blicke zu ihm herüber und betrachte die lange dünne Narbe, von der ich mittlerweile weiß, dass sie nicht die einzige an seinem Körper ist.

Ob er mir irgendwann verraten wird, woher sie stammen? Seine Schweigsamkeit und Zurückhaltung mir gegenüber aufgeben? Oder ist das ganz einfach seine Art und er verhält sich immer so?

Je länger ich Cayden kenne, desto neugieriger werde ich auf ihn.

Gern würde ich etwas sagen, um herauszufinden, wie er wirklich zu mir steht. Wieso er sich bereiterklärt hat, mit mir herzukommen.

Doch als ich gerade den Mund öffne, um ihn danach zu fragen, ist vor uns das Quietschen der Tür zu hören.

Und dann fragt eine Frauenstimme: »Wer seid ihr und was habt ihr auf meiner Insel verloren?«

***

Ich sehe Juliet an, wie sie die Fragen der alten Frau verwirren. Sie scheint nicht zu wissen, was sie erwidern soll.

»Wir wollten Sie besuchen«, helfe ich ihr auf die Sprünge. »Juliet ist seit ein paar Wochen vom College zurück und hat mir erzählt, dass Sie hier draußen ganz allein wohnen.«

Edda Walters, die in der Tür zu ihrem Häuschen steht, sieht erst mich, dann Juliet an. Ich kenne sie nicht besonders gut, habe sie ein oder zweimal drüben in Bar Harbor gesehen, aber das ist auch schon Jahre her und damals wirkte sie noch bedeutend fitter. Jetzt jedoch sieht sie fast zerbrechlich dünn aus, als könnte die nächste Windböe sie hinaus aufs Meer wehen.

»Wer?«, fragt Misses Walters, wobei sie von mir zu Juliet und wieder zurück blickt.

»Juliet Lockland«, sagt Juliet mit fester Stimme und tritt einen weiteren Schritt auf die alte Dame zu. »Ich war früher immer mit der *Ruby* hier, weißt du nicht mehr?«

Edda Walters kneift die Augen zusammen und mustert Juliet, dann hellt sich ihr Blick auf. »Ach, die *kleine Meerjungfrau*! George und ich haben dich draußen bei den Felsen entdeckt, als du gerade dein

Boot festgemacht hast. Warte, ich hole ihn schnell, er wird sich sicher freuen, dich zu sehen.«

Damit macht sie auch schon kehrt und verschwindet im Haus.

Juliet sieht ihr nach, dann blickt sie mich an, und plötzlich ist er doch wieder da – dieser verlorene Ausdruck, den sie auch schon an sich hatte, nachdem ich sie und den Spinner aus dem Wasser geholt hatte.

»Sie hat vergessen, dass er nicht mehr lebt«, sagt sie leise. »Kannst du dir das vorstellen? Dass ein Mensch, den du liebst, stirbt und du es einfach vergisst? Es muss furchtbar sein, wenn es ihr wieder einfällt. Als würde sie ihn jedes Mal aufs Neue verlieren.«

Ihre Worte treffen mich auf eine Weise, die sie sich nicht vorstellen kann. Und könnte sie es, dann wäre sie mit Sicherheit nicht mit mir hier.

»Willst du reingehen?«, frage ich und Juliet nickt.

»Jemand sollte bei ihr sein, wenn sie merkt, dass sie George nicht findet.«

Ich bringe gemeinsam mit ihr das letzte Stückchen Weg hinter mich, aber zögere dennoch, bevor ich eintrete.

Seit Jahren halte ich mich aus den Leben fremder Menschen fern – und damit auch aus ihren Tragödien. Juliet hingegen scheint fest entschlossen, die alte Dame in ihrer Trauer nicht allein zu lassen, und dafür bewundere ich sie.

Nacheinander betreten wir das Haus, in dem es überraschend warm ist. Eine Klimaanlage gibt es hier bestimmt nicht und auch keine Bäume in der Nähe, die Schatten spenden könnten.

Durch einen winzigen Windfang gelangen wir direkt in die Küche, und was ich dort, sehe, erstaunt mich.

Anstatt verwirrt durchs Haus zu laufen und nach ihrem Mann zu suchen, steht Misses Walters vor dem laufenden Wasserhahn und spült ein paar Gläser aus.

»Setzt euch, setzt euch«, sagt sie. »Und entschuldigt das Chaos. Ich hatte ewig keinen Besuch!«

Erleichterung ergreift von mir Besitz. Edda Walters scheint das Vorhaben, ihrem Mann von unserem Auftauchen zu erzählen, bereits wieder vergessen zu haben. Ich hoffe, dabei bleibt es, denn ich will nicht dabei sein, wenn ihr der wahrscheinlich schmerzlichste Verlust ihres Lebens wieder bewusst wird. Vor allem jedoch will ich nicht, dass Juliet dabei ist.

Man weiß nie, was eine solche Situation in ihr auslösen könnte.

***

Es ist schön, mit Edda zu reden, auch wenn ich fürchte, dass sie den Leuchtturm nicht mehr lange halten können wird. Sie ist verwirrt und erzählt uns vor allem anfangs alles doppelt und dreifach. Doch als sie mich nach ein paar Minuten eingeordnet hat, lauscht sie meinen Erzählungen vom College und über das, was ich erlebt habe, seit ich wieder hier bin. Ich berichte ihr von meinem zugegebenermaßen ziemlich dämlichen Ausflug mit Pete und sie amüsiert sich prächtig.

Als ich dazu komme, wie Pete sich verletzt und Cayden uns gerettet hat, wird sie jedoch nachdenklich. Ihre Aufmerksamkeit wendet sich von mir ab, immer wieder wandert ihr Blick herüber zu meinem Begleiter.

Auch ich sehe Cayden an.

Er sitzt neben mir in Eddas Essecke, seine ganze Haltung wirkt angespannt und er starrt in die Limonade, die er nicht angerührt hat, als gäbe es am Grund des Glases etwas unheimlich Spannendes zu entdecken.

»Cayden hat uns wirklich das Leben gerettet«, sage ich. »Uns beiden.«

»Jetzt übertreibst du«, murmelt er, auch wenn es gar nicht lange her ist, dass er mir selbst noch Vorhaltungen gemacht hat, weil ich bei der Aktion hätte draufgehen können.

»Cayden Moore, richtig?«, fragt Edda, die sich ihm jetzt voll und ganz zugewandt hat.

Ich bin ein wenig überrascht, dass sie ihn kennt. Sie lebt hier draußen, ich drüben in Bar Harbor und doch bin ich diejenige, die bis vor Kurzem noch nie was von Cayden gehört hat. Schon seltsam in einer so kleinen Stadt. Als hätte uns das Schicksal voreinander versteckt.

»Ja, Ma'am«, erwidert er und trinkt nun doch einen Schluck. Es wirkt, als wolle er damit nur vermeiden, dass er noch mehr sagen muss.

»Du hast einen Bruder, nicht wahr? Wie war noch gleich der Name ...«

»Knox«, sagt Cayden, dann sieht er mich an. »Hey, wolltest du mir nicht noch den Leuchtturm zeigen?«

Etwas überrascht sehe ich zu ihm hoch und spüre, wie mir das Blut in den Kopf steigt. Langweilt ihn das Treffen mit Edda? Ja, vermutlich, was irgendwie auch klar ist. Da schlägt er mir vor, dass wir unternehmen, was immer ich will und ich schleppe ihn zu meiner Ersatzoma.

»Ja, sicher«, sage ich schnell. »... Wenn du nichts dagegen hast, Edda?«

»Oh nein, geht nur, Kinder. Aber verlauft euch nicht. George passiert das in letzter Zeit ständig und ich kann euch nicht alle wieder einsammeln.«

Ihre Worte berühren mich tief und ich weiß nicht, was ich hoffen soll.

Dass es ihr einfällt, damit sie trauern und Georges Tod überwinden kann?

Oder dass sie weiterhin glaubt, dass sie ihn draußen auf der Insel wiederfinden wird?

Also stehe auch ich auf, umrunde den Tisch und drücke Edda an mich. »Mach's gut. Und wenn du George findest ... grüß ihn von mir.«

Damit wende ich mich ab und verlasse gemeinsam mit Cayden das kleine Häuschen.

***

Kapitel 6

Cayden

Wir umrunden das Gebäude, wobei wir über den felsigen Grund klettern müssen. Ich folge Juliet, bereit, sie festzuhalten, falls sie abrutscht. Doch sie ist geschickt und man sieht ihr an, dass sie diesen Weg schon unzählige Male hinter sich gebracht hat.

An der rückwärtigen Seite öffnet sie die Tür zu einem Treppenhaus.

»Hier geht es nach oben«, sagt sie.

Ich lege meine Hand ans Türblatt und deute Juliet, dass sie zuerst eintreten soll. Der Wind pfeift im Inneren des Turms, es riecht feucht und ein wenig modrig.

»Danke.« Mit einem kurzen Lächeln verschwindet sie im Inneren und ich folge ihr, wobei ich mich frage, ob ich gerade nicht reichlich unhöflich zu Edda Walters war.

Kaum jemand kennt die ganze Wahrheit und die verwirrte Edda weiß mit Sicherheit nicht mehr, was damals passiert ist. Trotzdem hatte ich ein schlechtes Gefühl, als sie anfing, nach Knox zu fragen.

Knox und Preston.

Das sind so ungefähr die letzten beiden Menschen, über die ich in Juliets Nähe reden möchte.

»Ich hoffe, du hast ein bisschen Kondition«, scherzt sie und steigt vor mir die schlichte schwarze Gittertreppe hinauf.

Ihre Schritte hallen von den Leuchtturmwänden wider und mischen sich zwischen das Heulen des Windes.

»Keine Sorge, davon habe ich eine Menge.« Ich bin dicht hinter ihr und es fällt mir schwer, nicht andauernd auf ihren Hintern zu sehen. Sie hat eine gute Figur. Sportlich, was wahrscheinlich an ihren morgendlichen Schwimmausflügen liegt. Trotzdem wirkt alles an ihr weich und weiblich, dabei aber auch kraftvoll.

Sie ist zweifellos die schönste Frau in ganz Bar Harbor.

Und vermutlich weit darüber hinaus.

»Pass auf. Hier oben ist es windig«, sagt sie und reißt mich damit aus meinen Gedanken.

Während ich die letzten Stufen nach oben nehme, öffnet sie bereits die Metalltür, die auf die Plattform des Leuchtturms führt. Über die Schulter lächelt sie mich an, wobei der Wind ihr langes Haar aufbauscht. Und dann verschwindet sie nach draußen.

Ich atme tief durch, kann es immer noch nicht ganz

fassen, dass wir beide gemeinsam unterwegs sind. Wenn mein Bruder uns sehen könnte.

Wenn ihre Eltern es könnten.

Die Tür fällt hinter Juliet zu und das Halbdunkel wirft mich für einen Augenblick in die Vergangenheit zurück.

Flammen. Schreie.

Dann habe ich die Treppe hinter mir und trete nach draußen in den grellen Sommertag.

Juliet steht an der Brüstung und sieht aufs Meer. Wir befinden uns hier auf der Seite, von der aus man nicht nach Bar Harbor, sondern raus aufs offene Meer sieht und ich bin froh darüber.

In der anderen Richtung liegt unsere Vergangenheit mit all ihren Geheimnissen.

Hier vor uns jedoch gibt es nur blaues Wasser, blauen Himmel – und uns.

Ich trete neben Juliet und sehe wie sie übers Meer.

»Würdest du gerne mal rausfahren?«, fragt sie.

»Was meinst du?«

Sie zuckt mit den Schultern. »Dir dein Boot nehmen und einfach losfahren. Sehen, wohin das Meer dich bringt. Du weißt schon.«

»Ich weiß vor allem, dass wir zwei richtig Ärger miteinander bekommen, solltest du das mit der *Ruby* jemals versuchen.«

Juliet dreht sich mit einem amüsierten Funkeln im Blick zu mir um. »Keine Sorge, so leichtsinnig, wie es bisher vielleicht wirkte, bin ich nicht. Über Egg Rock bin ich nie hinausgerudert. Immer nur bis hier, zum Ende der Bucht.«

Ich erwidere ihren Blick. »Das zeigt nicht, dass du nicht leichtsinnig, sondern nur, dass du nicht vollkommen *wahnsinnig* bist.«

Juliet lacht. Es tut ihr gut, mit mir hier draußen zu sein.

»Was ist?«, fragt sie, als sie merkt, dass ich sie immer noch ansehe. Mit einem Mal klingt ihre Stimme fast herausfordernd, auch wenn in ihren Augen zugleich eine leise Unsicherheit erscheint.

Diese Mischung gefällt mir und ich erwidere: »Was soll denn sein?«

Juliet lacht wieder, leiser diesmal und ich erkenne, dass sie den Blick senken will, es aber nicht fertigbringt. Stattdessen kneift sie die Brauen zusammen, hebt die Hand ... und streicht mit den Fingern über die rechte Seite meines Gesichts. Ihre Berührung ist so sanft, dass ich sie kaum spüre und es dauert einen Moment, bis ich verstehe, was sie da tut.

Sie fährt die Narbe nach.

Ich hebe die Hand, umfasse ihr Handgelenk und ziehe sie näher an mich heran.

Juliet sieht zu mir auf, mit tausend Fragen im Blick, aber statt auch nur eine davon zu stellen, sagt sie bloß leise meinen Namen.

»Pscht«, erwidere ich ebenso leise. »Dafür ist später noch Zeit.«

Damit lege ich meinen Arm um ihre schlanke Taille, ziehe sie das letzte Stück an mich heran, beuge mich zu ihr herunter – und küsse sie.

***

Cayden ist wirklich in jeder Hinsicht anders als die Jungs vom College. Sein Kuss hat nichts Fragendes an sich, nichts, das wirken würde, als müsse er das Küssen erst noch lernen.

Seine Lippen berühren meine zuerst sacht. Dann umschließen sie meine Unterlippe, saugen spielerisch daran und ich öffne ganz automatisch den Mund. Im nächsten Moment spüre ich seine Zunge, die meine findet und sie sanft umspielt. Und spätestens in diesem Augenblick werden mir wortwörtlich die Knie weich.

Ich lege meine Hände an Caydens Seiten und bin überrascht, wie gut er sich anfühlt. Ich überwinde die letzten paar Zentimeter Distanz zwischen uns, spüre, wie seine Körperwärme mich erfasst und genieße, wie seine Hand sich unter mein Top schiebt, auf meinen bloßen Rücken, während unser Kuss tiefer und leidenschaftlicher wird.

Mir ist schwindelig. Ich will die Arme um Caydens Hals schlingen, seinen Duft nach Motoröl und Aftershave einatmen, in seine dunkelgrünen Augen sehen ...

Ich will alles zugleich, doch nichts ist so wichtig wie dieser Kuss. Das Gefühl, wie wir hier, auf dem Leuchtturm, umweht vom Meereswind, miteinander verschmelzen. Wie sich die Welt um mich zu drehen beginnt und ich mit einem Mal ein Flüstern in meinem Kopf höre, Wortfetzen, die Sinn ergeben und dann wieder doch nicht.

Nach draußen ... zu den ...

Es endet viel zu schnell. Beides. Sowohl der Kuss als auch die Stimme. Sie gehörte weder Cayden noch mir, so viel steht fest. Sie klang mehr nach einem Kind. Vielleicht hat der Wind die Worte von einem Boot irgendwo draußen auf dem Wasser zu mir herübergetragen.

Cayden löst seine Lippen von meinen, drückt mir noch einen kleinen Kuss auf den Mund, der meine Gedanken zu einem leisen Kribbeln zerstreut, und betrachtet mich dann, als würde er befürchten, dass ich jeden Moment zu Staub zerfalle.

»Was?«, frage ich leise und setze ein Grinsen auf, um meine Verlegenheit zu überspielen. »Sollte ich jetzt in Ohnmacht fallen oder ...«

Cayden nickt. »M-hm, am besten schon.«

Ich mag den rauen Klang seiner Stimme, der mir zeigt, dass ihm der Kuss genauso gut gefallen hat wie mir.

Dass er ihn wiederholen möchte, genau wie ich.

Doch er beherrscht sich, küsst mich lediglich auf die Stirn und lässt mich dann los. »So langsam sollten wir zurückfahren, ich hab heute noch eine Menge Arbeit vor mir.«

»Ist okay«, sage ich, rühre mich jedoch nicht, sondern betrachte ihn lauernd.

Cayden blickt mich an, gibt ein leises, schnaubendes Lachen von sich – dann küsst er mich nochmal. Und ich hoffe, das wird nicht das einzige Mal sein, dass er sich nicht beherrschen kann.

Ich fürchte, an diese Küsse könnte ich mich gewöhnen.

***

Halt dich von Juliet Lockland fern.

Ich glaube, ich bräuchte beide Hände, um sämtliche Male abzuzählen, als mir irgendwann während der vergangenen Jahre jemand diesen Ratschlag gegeben hat.

Knox. Preston. Mom und Dad, als sie noch lebten.

Jeder Einzelne von ihnen hatte Recht, etwas anderes behaupte ich gar nicht – und trotzdem.

Als Juliet an meiner Schulter lehnt, während ich die *Louisiana* mit gedrosseltem Tempo zurück in Richtung Hafen steuere, bereue ich nichts.

Ich habe den Arm um ihre schlanken Schultern gelegt, atme den süßen Duft ihres Haars und bin mir sicher, dass die Küsse oben auf dem Leuchtturm nicht die letzten zwischen uns waren. Ich weiß nicht, wo das hinführen wird, aber eines steht fest: Es hat sich viel zu gut angefühlt, um einfach so wieder damit aufzuhören.

Am liebsten wäre ich noch stundenlang mit ihr dort oben auf dem Leuchtturm geblieben, möglicherweise, um noch viel weiterzugehen.

Aber es stimmte, was ich gesagt habe: Es gibt noch viel zu tun. Ich darf das Haus nicht vernachlässigen, nicht ausgerechnet jetzt. Wenn ich die Arbeit daran zu Ende bringe, kann ich vielleicht auch meine

Vergangenheit hinter mir lassen. Von vorn anfangen und ein für alle Mal mit dieser Sache abschließen.

»Soll ich dich gleich noch nach Hause bringen?«, frage ich Juliet.

Sie schüttelt den Kopf. »Ich will noch Pete im Krankenhaus besuchen.«

Pete. Den kleinen Deppen. Meiner Meinung nach hat er gar keinen Besuch verdient.

Juliet sieht zu mir auf und ihr vielsagendes Lächeln verrät mir, dass sie mich gerade besser versteht als ich mich selbst.

»Du musst nicht eifersüchtig sein. Da ist nichts zwischen Pete und mir.«

»Ach, nein?«

»Nein. Er ist ein Freund, mehr nicht.«

Freundschaft. War es nicht das, was ich mir in Sachen Juliet anfangs auch vornahm? Es blieb nicht mal für ein paar Tage dabei.

Aber wenn ich diesem Pete schon nicht über den Weg traue, dann sollte ich zumindest ihr trauen. Auch wenn es auf gewisse Weise lächerlich ist, dass ich, was sie angeht, überhaupt Ansprüche stelle.

Trotzdem tue ich es. Ich packe sie an der Taille und drücke ihr kurz vor der Hafeneinfahrt einen weiteren Kuss auf die Lippen.

Und Juliet überrascht mich. Als hätte sie einen Teil

ihrer Schüchternheit auf Egg Rock zurückgelassen, legt sie ihre Hände an meine Oberarme und erwidert meinen Kuss mit einer Leidenschaft, die ich nicht erwartet hätte.

»Danke«, sagt sie dann leise und ein wenig heiser. »Dieser Ausflug war wirklich unvergesslich.«

»Das hoffe ich«, erwidere ich.

Ich hoffe es wirklich.

***

Es fühlt sich komisch an, von Cayden getrennt zu sein. Fast so, als wären wir schon immer irgendwie verbunden gewesen. Der Gedanke ist kitschig und ich muss schmunzeln, als ich durch den Krankenhausflur zu Petes Zimmer laufe. Der Geruch nach zu lange gegartem Abendessen hängt in der Luft und ich hoffe für Pete, dass er bald nach Hause kann.

Ich erreiche das Zimmer mit der Nummer zweiundzwanzig, klopfe und trete ein. Pete hat eins dieser schicken Einzelzimmer, in denen so viel wie möglich aus Holz ist und die Vorhänge nicht abwischbar sind. Trotzdem ist und bleibt es ein Krankenzimmer.

Pete liegt im Bett, hat einen dünnen Verband um den Kopf und sieht zur Tür, als hätte er mich bereits erwartet.

»Ich komme und bringe Geschenke«, sage ich und zerre den überdimensional großen Luftballon mit dem Teddybären darin hinter mir her ins Zimmer. Vielleicht ist der Ballon eher was für Jüngere, aber ich dachte, ein bisschen Kinderkram kann im grauen Krankenhausalltag nicht schaden.

»Du bist verrückt«, entfährt es Pete. Er freut sich offenbar, mich zu sehen, auch wenn er noch ziemlich schwach wirkt.

Ich umarme ihn, knote den Luftballon am Bettpfosten fest und krame in meiner Umhängetasche. »Pralinen«, sage ich und lege ihm die Schachtel in den Schoß. »Coke, weil man die einfach immer braucht.« Ich stelle das Sixpack auf seinen Nachttisch. »Und ...« Ich greife wieder in meine Tasche und ziehe ein Päckchen daraus hervor. »Schwimmflügel.«

Pete lacht gequält. »Du bist fies.«

Ich grinse und werfe ihm die neongelben Schwimmflügel zu. »Aufblasen musst du sie selbst.«

Pete fängt sie und schmunzelt jetzt ebenfalls. »Das verschieb ich auf morgen. Für heute ist kein Hochwasser angesagt.«

Ich setze mich zu ihm auf die Bettkante. »Wie geht es dir?«

»Eigentlich ganz gut. Etwas verwirrt, aber das kann auch an den Schmerzmitteln liegen. Und dir?«

»Ich hatte ja nichts. Auch wenn alle so tun.«

»Du bist braun geworden.« Pete betrachtet mich. »Und du siehst irgendwie ... glücklich aus.«

Ich hätte nicht gedacht, dass man mir das warme Gefühl, das der Tag mit Cayden in mir verursacht hat, ansieht. Noch heute Morgen fühlte sich mein Leben chaotisch an. Ich dachte, ich stünde kurz davor, verrückt zu werden. Ich verdächtigte meine Familie, mich im Schlaf zu bestehlen und wusste nichts mit mir anzufangen. Aber jetzt ist da Cayden, der mir das Gefühl gibt, ganz normal zu sein. Ich werde ihm den Sommer über dabei helfen, das Haus auf Vordermann zu bringen. Und dann ...

Mal sehen. Die ungewisse Zukunft wirkt auf einmal gar nicht mehr so beängstigend auf mich. Wer weiß, vielleicht ist sie ja gar nicht mehr so ungewiss.

Pete setzt sich ein Stück auf und sieht mich neugierig an.

»Okay, sag schon. Wer ist er?«

Ertappt und überrascht zugleich erwidere ich seinen Blick. Er hat eine ziemlich gute Menschenkenntnis, das muss man ihm lassen. Immerhin kennen wir uns kaum.

Vielleicht bin aber auch einfach nur auffallend mies darin, meine Gefühle zu verbergen.

So oder so: Leugnen ist wohl zwecklos.

Also fange ich an zu erzählen.

***

Auf dem Fußweg nach Hause lasse ich mir Zeit und halte Ausschau nach Cayden. Nicht, weil ich ihn ernsthaft zu treffen erwarte, sondern einfach, weil ich hoffe, ihn zu sehen. Leider entdecke ich weder ihn noch den Pick-up. Ich muss mich wohl bis morgen gedulden, auch wenn mir das schwerfallen wird. Doch alles in allem fühle ich mich entspannt. Es hat gutgetan, mit Pete zu reden, weil es die Sache zwischen Cayden und mir irgendwie realer gemacht hat.

Schade, dass Pete nicht auf Dauer in Bar Harbor bleiben wird. Ich glaube, wir könnten gute Freunde werden.

Als ich die Stadtvilla betrete, höre ich Geschirr klappern und Dad mit seriöser Stimme reden. Es ist offensichtlich, dass wir mal wieder Geschäftspartner von ihm zu Besuch haben.

Da ich keine Lust darauf habe, schleiche ich in die Küche, stibitze mir ein bisschen lauwarmen Salzbraten und italienisches Kräuterbrot und eile unbemerkt in mein Zimmer.

Während ich das Essen verschlinge, merke ich erstmal, wie hungrig ich bin. Die Meerluft ist Schuld.

Nachdem ich das Salz von meiner Haut abgeduscht habe, schicke ich Preston eine Gute-Nacht-WhatsApp und kuschle mich ins Bett.

Als ich die Lider schließe, taucht direkt Cayden auf. Ich sehe seine grünen Augen und den verschlossenen Zug um seine Lippen, der ihn so geheimnisvoll wirken lässt. Die feine Narbe, die es nicht mal ansatzweise schafft, sein Gesicht weniger attraktiv wirken zu lassen.

Seine kraftvollen, warmen Hände, von denen ich jetzt weiß, wie sie sich auf meiner Haut anfühlen.

Mit der Erinnerung daran und Caydens Bild vor Augen schlafe ich ein.

***

Kapitel 7

Juliet

Déjà-vus sind ein Phänomen, dessen Entstehung noch nicht gänzlich geklärt werden konnte. Es gibt Hypothesen, die besagen, dass sie bei Menschen mit besonders ausgeprägter Fantasie ...

Ich überspringe den Abschnitt, den mir Cayden gestern bereits vorgelesen hat und strecke die Beine aus, um ein bisschen Sonne abzubekommen.

Ich sitze unter dem schattigen Vordach des Collister-Hauses und warte auf Cayden. Ich bin ein bisschen früh dran, aber das macht nichts. So kann ich wenigstens in Ruhe den Teil über Déjà-vus bei Wikipedia lesen, den Cayden ausgelassen hat.

Déjà-vus werden in anderen Hypothesen als Erinnerungen an vergangene Leben gesehen. Dieser esoterische Ansatz wird damit begründet, dass Déjà-vu-Erlebnisse teilweise vollkommen losgelöst von unserem Alltag erscheinen. So kann den Betroffenen auf einmal eine nie zuvor gesehene Straße vertraut erscheinen. Wissenschaftlich betrachtet ...

Ich lehne mich mit dem Rücken gegen die Haustür und lasse die wissenschaftliche Erklärung über Neuronen und die Amygdala aus.

Der ‚esoterische' Ansatz, wie es so schön heißt, erscheint mir in meinem Fall am passendsten.

Ich google ‚Déjà-vus', ‚Erinnerungen' und ‚früheres Leben' und bin überrascht, in wie vielen seriösen Artikeln diese These aufgegriffen wird.

Wie realistisch erscheint mir das?

Ich habe bisher nie darüber nachgedacht, ob es sowas wie ein Leben nach dem Tod oder ein Leben vor dem Leben gibt.

Willkürlich rufe ich ein paar Artikel von Menschen auf, die über ihre Déjà-vu-Erlebnisse berichten.

Die Erzählungen einer Frau beeindrucken mich dabei besonders.

Die Erinnerungsblitze traten zuerst vereinzelt auf. Meist in Cafés, generell immer in der Öffentlichkeit. Anfangs habe ich nur kurze Bildfetzen gesehen. Eine grüne, sonnige Wiese, prächtig bepflanzte Beete.

Dann kamen Details dazu.

Spitzenkleider, Broschen und verzierte Haarspangen. Ich war mir sicher, dass mir diese Dinge gehören und durchforstete alte Fotoalben. Aber auf keinem der Bilder habe ich derart kitschige Dinge getragen.

Meine Mutter bestätigte mir den Verdacht, dass ich schon als Kind eher sportlich und jungenhaft gewesen bin.

Aber woher kommen dann diese plastischen Erinnerungen?

Mit der Zeit wusste ich zumindest, wie sie ausgelöst werden. Durch das Klirren eines Teelöffels in einer Kaffeetasse. Nachdem mir das klar wurde, rief ich die Erinnerungsblitze selbst hervor.

Mit der Zeit sah ich ganze Momentaufnahmen. Ich sah mich als kleines Mädchen durch bunte Gärten tollen, auf feinen Teepartys und in edlen Kleidern. Ich spürte, dass es Teile meines Lebens waren – aber nicht meines aktuellen.

Ich kneife die Brauen zusammen und spüre, dass trotz der Sonnenstrahlen auf meinen Beinen eine Gänsehaut meinen Körper überzieht.

Was diese Frau beschreibt, klingt so unglaublich und gleichzeitig erkenne ich mich darin wieder.

Also lese ich weiter.

Es war der 23. April 2015, als ich meine Wurzeln fand.

Mein Mann, meine zwei Kinder und ich waren für

ein paar Tage in Paris. Wir besichtigten alles, was man in der Stadt der Liebe gesehen haben muss, und fuhren zum Schluss ins Schloss Versailles. Kaum betraten wir die Parkanlage, wusste ich es: Hier hatte ich früher gelebt. Ich erkannte so vieles wieder, dass es fast unheimlich war.

Mein Mann erklärte mich für verrückt. Bis ich ihn mit geschlossenen Augen durchs Schloss führte und ihm trotz der Augenbinde Dinge verriet, die ich nicht wissen konnte.

Da musste auch er sich eingestehen: Ich habe in meinem früheren Leben im Schloss Versailles gewohnt.

Skeptisch und fasziniert zugleich scrolle ich durch die Kommentare. Die meisten Leser machten sich über die Verfasserin lustig.

Ein paar User hatten ähnliche Dinge erlebt und eins stets gemeinsam: Sie alle stammten vom Adel ab, waren mutige Freiheitskämpfer oder Märtyrer gewesen. Niemand schien ein normales Leben geführt zu haben.

Auch wenn mich der Bericht nicht überzeugt, beinhaltet er dennoch etwas Gutes. Die Idee, Déjà-vus zu provozieren.

Ich springe nochmal zu Wikipedia und lese die Stelle

erneut, in der steht, was als Auslöser in Frage kommt.

Déjà-vus können ausgelöst werden durch Orte, Sätze, Geräusche, Gerüche und andere Sinneseindrücke.

Geräusche.

Bei mir ist es das Splittern von Glas, das sie auslöst.

Weil mir noch ein bisschen Zeit bleibt, bis Cayden von der Arbeit kommt, werde ich ein kleines Experiment starten.

Ich stehe auf und umrunde das Haus fest entschlossen. Im Garten liegen einige Scherben vor den kaputten Fenstern. Mit etwas Glück reichen sie aus.

Ich hebe die größten Scherben auf und atme durch.

Bin ich bereit?

Auch wenn ich weder eine Ahnung habe, was mich erwartet, noch, ob ich wirklich an so etwas glaube, lasse ich den größten Fenstersplitter auf den Haufen Scherben zu meinen Füßen krachen. Es scheppert, doch das meiste wird vom weichen Wiesenboden abgefangen.

Ich schließe die Augen und warte.

Grillen zirpen, irgendwo lachen Kinder, ein Auto fährt vorbei.

Ich versuche, die Bilder herbeizuzwingen, aber es

klappt nicht.

Ernüchtert öffne ich die Augen wieder und komme mir ziemlich dämlich dabei vor, wie ich hier am helllichten Tag mit geschlossenen Lidern im Garten der toten Collisters stehe und Erinnerungen an ein früheres Leben beschwören will.

Kopfschüttelnd wende ich mich ab, werfe die restlichen Scherben achtlos zu Boden …

… und sehe meine Eltern. Es sind nicht wirklich Mom und Dad. Und gleichzeitig sind sie es doch.

Meine Mutter, eine hübsche Frau mit seidig glatten Haaren, sitzt neben mir auf dem Bett und fordert mich auf die Kerzen eines Geburtstagskuchens auszupusten, den sie auf ihrem Schoss balanciert. Vier Kerzen brennen darauf.

Mein Vater steht in der Tür und hakt gerade eine Schaukel mit zwei Karabinern im Türrahmen ein. Eine riesige pinke Schleife ist um die Sitzfläche gebunden.

»Happy Birthday«, rufen meine Eltern wie aus einem Mund.

Aber ich höre sie kaum, habe nur Augen für die Schaukel. Mit den kurzen Beinen einer Vierjährigen klettere ich ungeschickt hinauf und beginne vor- und zurückzuschwingen, bis alles um mich herum verschwimmt.

Vor.

Mein Zimmer besteht aus bunten Schlieren. Nur die Birke vor dem Fenster behält ihre Konturen.

Zurück.

Der Eingangsbereich unseres Hauses ist eine rote, gemütliche Höhle.

Vor ...

Und dann ist es vorbei.

»Heilige Scheiße«, murmle ich.

Ehe ich es realisiere, haben mich meine Beine zu einem der vernagelten Fenster getragen.

Schneller, als ich es mir selbst zugetraut hätte, reiße ich die Bretter herunter und klettere ins Innere.

Das Kinderzimmer. Es liegt im Untergeschoss, gleich neben der Treppe.

Im Halbdunklen stolpere ich vorwärts und auf das Zimmer zu. Ich reiße die Tür auf und registriere am Rande, dass sich das Fenster genau dort befindet, wo ich es in Erinnerung hatte.

Doch das ist gerade unwichtig.

Ich suche den Türrahmen ab und auch wenn er frisch gestrichen ist, fühle ich die zwei Löcher – dort, wo früher meine Schaukel hing.

»Oh Gott«, höre ich mich flüstern.

Dann stürme ich wie in Trance in den Flur.

Ich muss Gewissheit haben, auch wenn mir Cayden

dafür wahrscheinlich den Kopf abreißt.

Kurzerhand hocke ich mich hin und zerre an einer der Fußleisten. Ich muss wissen, welche Farbe die Wände früher hatten.

»Komm schon«, presse ich hervor, aber es nützt nichts. Die störrische Holzleiste will sich einfach nicht lösen lassen.

Na schön. Aber so schnell gebe ich nicht auf.

Ich springe auf und suche nach Stellen, an denen die Tapete nicht ganz fest sitzt. Mein Blick irrt fieberhaft über das makellose Weiß.

Und dann werde ich fündig.

***

Als ich ins Haus komme, traue ich meinen Augen kaum.

Juliet steht im Flur und löst ein großes Stück Tapete von der Wand. Darunter kommen winzige Fetzen der früheren Tapete zum Vorschein, die ich nicht abbekommen habe. Sie sind klein, aber eindeutig rot.

»Oh mein Gott. Oh mein Gott«, murmelt Juliet und schlägt sich beide Hände vor den Mund. Dann taumelt sie einen Schritt zurück und fällt auf die Knie.

»Juliet!« Schnell bin ich bei ihr und nehme sie in die Arme.

Tränen rinnen über ihre Wangen, ein nahezu irres Lächeln überzieht ihre Züge.

Jetzt ist es so weit.

Alles, wovor ich mich gefürchtet habe, seit sie wieder in Bar Harbor ist, wird Wirklichkeit.

»Juliet, was ist denn?«, bringe ich trotzdem hervor.

»Siehst du das?«, schnieft sie und lächelt mich gleichzeitig so erleichtert an, als hätte sie eine schwere Prüfung bestanden. »Die Wand. Sie war früher rot.«

»Kann sein«, stammle ich wenig geistreich.

Warum jagt sie mich nicht zum Teufel?

Warum lässt sie weiterhin zu, dass ich sie im Arm halte?

Vielleicht ist das der Schock.

»Geht es dir gut?«, wage ich einen weiteren Vorstoß.

Juliet nickt, wischt sich ein paar Tränen von den Wangen und sieht mich an. »Du wirst mich für verrückt halten, aber … ich habe schon mal gelebt. Das hier ist der Beweis.«

Was? Schon mal gelebt? Was redet sie denn da?

»Juliet, bist du auf den Kopf gefallen? Hast du zu lange in der Sonne gesessen?« Besorgt fühle ich ihre Stirn, doch sie ist kühl.

Juliet wehrt meine Hand ab.

»Nein. Nein, mir geht es gut. Hör zu …« Sie sieht mich an und ihr Blick ist tatsächlich vollkommen klar. »Ich hab dir doch von den Déjà-vus erzählt. Sie handeln alle von einem kleinen Mädchen, ihren Eltern und diesem Haus.«

Mir schnürt es die Kehle zu und ich bringe nur ein knappes Nicken zustande.

»Ich war dieses Mädchen, Cayden«, spricht sie schnell weiter. »In einem früheren Leben habe ich hier gewohnt. In dem Haus, das später den Collisters gehört hat.«

Wie bitte? Ich höre ihre Worte, verstehe sie aber nicht wirklich.

»Deswegen kenne ich mich hier aus. Weil das früher mein Zuhause war.«

Oh, Scheiße.

Glaubt sie das wirklich? Dann hat sie völlig falsche Schlüsse gezogen.

Das ist ja schlimmer, als wenn sie die Wahrheit erfahren hätte.

»Juliet, ich glaube nicht, dass es sowas gibt …«, sage ich vorsichtig.

»Das habe ich bis gerade auch nicht.« Sie strahlt mich an.

Ihre Tränen sind getrocknet und sie lächelt noch immer.

Mittlerweile wirkt es ein bisschen weniger geistesgestört auf mich, trotzdem machen ihre sogenannten Erkenntnisse mir Sorge.

»Da war diese Frau im Internet. Sie hat früher in Versailles gelebt.« Die Geschichte sprudelt nur so aus Juliet heraus.

Hört sie nicht selber, wie verrückt das klingt?

Gott, das läuft alles vollkommen falsch.

Am liebsten würde ich sie anfahren, dass sie die Klappe halten soll und ihr die ganze verdammte Wahrheit entgegenbrüllen.

Aber das kann ich nicht.

Hier geht es nicht nur um mich. Und so aufgeregt, wie Juliet gerade ist, würde sie mir sowieso nicht glauben.

»Du hast nicht schon mal gelebt«, sage ich matt.

Doch ich kann ihren Redeschwall nicht unterbrechen. Sie ist so überzeugt von diesem Unsinn.

»Und deshalb«, sagt sie schließlich, »werde ich der Geschichte des Hauses auf den Grund gehen. Vielleicht finde ich sogar Fotos.«

»Hoffentlich«, murmle ich, auch wenn ich nicht wirklich weiß, was ich hoffen soll.

Ich fühle mich wie überfahren, bin vollkommen ratlos.

»Sei mir nicht böse, dass ich dir erst morgen helfen kann.« Sie küsst mich auf die Wange und steht auf. »Ich muss ins Stadtarchiv.«

Ich biete nicht an, sie zu begleiten, sehe ihr nur nach, wie sie das Haus verlässt und die Tür hinter sich schließt.

Dann blicke ich auf das Chaos, das sie hinterlassen hat. Unter anderen Umständen würde es mich sauer machen, dass sie die Tapeten zerfetzt hat. Jetzt allerdings macht es mich nur traurig und unendlich müde.

Ich habe mir geschworen, sie zu beschützen. Alles zu tun, was zu ihrem Besten ist. Zuerst schien ihr meine Nähe sogar gutzutun.

Und nun sowas.

Es ist das Haus. Das verdammte Haus, in das sie nie

einen Fuß hätte setzen sollen.

Es lässt sie den Verstand verlieren.

***

Ich bin so aufgeputscht, als wäre ich Fallschirm gesprungen und hätte danach einen Liter Energydrink mit einer großen Menge Ecstasy verdrückt.

Mein Puls rast und ich fühle mich beschwingt.

Als ich die Stufen zum Stadtarchiv nehme, fühlt es sich an, als würde ich auf Wolken laufen, nicht auf Holz.

Ich begrüße die Archivarin überschwänglich, lasse mich von ihr an den Computer führen, von dem aus ich auf die alten Zeitungsartikel zugreifen kann und kann es kaum erwarten.

Sofort, als sie mir den Rücken zuwendet, gebe ich »Collister« in die Suchmaske ein und beschränke meine Anfrage auf Bar Harbor.

NÄCHTLICHER BRAND ÜBERRASCHT EHEPAAR (29†, 33†) IM SCHLAF

Ich klicke auf die oberste Schlagzeile und öffne den Artikel. Ein Foto zeigt die rußig schwarze Fassade des Hauses. Darunter beginnt der Artikel.

Bar Harbor. In der Nacht vom 12. auf den 13. Mai ereignete sich an der Livingston Road ein tragisches

Unglück. Die Tierärztin Doktor May Collister und ihr Mann Everett sind im Schlaf von einem Feuer überrascht worden. Der Brand entstand ersten Informationen nach im Untergeschoss und schnitt den Eheleuten so jeglichen Fluchtweg ab. Nach aktuellem Ermittlungsstand liegt keine Straftat vor. Der leitende Beamte geht von einer nicht richtig gelöschten Zigarette in einem Papierkorb aus.

Mich fröstelt es allein bei der Vorstellung daran, wie die beiden versucht haben, den Flammen zu entkommen. Feuer war mir noch nie geheuer. Ich bin ein Wassermensch. Mich zieht es immer wieder in die Fluten. Wer weiß, vielleicht war ich früher Taucherin, Kapitänin oder Meeresbiologin.

Ich klicke mich weiter durch die Artikel, auf der Suche nach früheren Infos zum Haus. Dabei fällt mir auf, dass die ersten Berichte erst am fünfzehnten Mai, also zwei Tage nach dem Brand, erschienen sind.

Als ich nicht fündig werde, gebe ich ‚Livingston Road' ein. Vielleicht hilft mir die Adresse bei der Suche.

Doch leider habe ich keinen Erfolg.

Etwas ernüchtert gehe ich wieder nach vorne zur Archivarin.

»Entschuldigen Sie?«

Sie sieht auf und blickt mich freundlich an.

»Ich habe hier eine Adresse und würde gerne wissen, wer bereits alles in diesem Haus gelebt hat.«

»Haben Sie es mal mit der Adresse in der Datenbank versucht?«

Ich nicke. »Leider erfolglos.«

»Dann bleibt nur das Landregister. Wenn Haus und Grundstück Vorbesitzer haben, dann sind diese eventuell dort vermerkt.«

Das klingt gut. »Wie komme ich an dieses Register?«

»Sie?« Die Archivarin lächelt mich höflich an. »Sie fragen am besten Ihren Vater. Er verwaltet die Grundbesitztümer von Bar Harbor.«

Das sind ja gute Neuigkeiten.

Ich werfe einen Blick auf die Uhr. Gerade einmal Mittag. Bis er zu Hause ist, bleibt mir noch Zeit für die Archivsuche.

Ich bedanke mich, setze mich wieder an den PC und beschließe, mehr über die Collisters herauszufinden.

Wie war noch gleich der Vorname?

Ich tippe ‚May Collister' ein und komme zu einem Artikel, der übertitelt ist mit:

SENSATIONSGEBURT – DOKTOR MAY COLLISTER HOLT ZWILLINGSFOHLEN ZUR WELT

Ich rufe den Artikel auf und kriege mit einem Mal kaum noch Luft.

Die Frau auf dem Foto kenne ich. Sie saß an meinem vierten Geburtstag an meinem Bett.

May Collister ist die Frau aus meinem Déjà-vu.

Die Tierärztin, die in ihren eigenen vier Wänden verbrannte, ist meine Mutter!

***

»Preston!«

Ich erwische den Bürgermeistersohn auf dem Tennisplatz. Wo auch sonst.

Er spielt mit einem Kerl, der nicht weniger versnobt aussieht als er. Sein Sportdress leuchtet blütenweiß in der Sonne und mir wird bei diesem Anblick übel.

»Preston!«, rufe ich nochmal und überquere schnellen Schrittes den Platz.

Preston sieht mir verdutzt entgegen und schafft es gerade noch, den Kopf wegzuziehen, bevor ihn der Ball seines Gegners erwischt.

»Moore?«, fragt er so ungläubig, als wäre mein Auftauchen ungefähr so wahrscheinlich wie das des Yetis.

»Wir müssen reden. Jetzt!«

Preston versteht sofort. Er ignoriert den fragenden Blick seines Spielpartners, entschuldigt sich höflich und kommt dann zu mir herüber.

»Nicht hier«, zischt er, packt mich am Arm und zieht mich mit sich hinter eine natürliche Platzbegrenzung aus Rhododendronsträuchern.

»Was soll das? Was suchst du hier?«

»Es geht um Juliet.«

Augenblicklich verschwindet der feindselige

Ausdruck aus Prestons Blick und Sorge macht sich darin breit.

»Was ist mit ihr? Ist sie wieder zu weit rausgefahren und ...?«

»Sie war im Haus«, unterbreche ich ihn.

»Was? Warum? Du hättest sie nicht reinlassen sollen, du solltest ihr doch aus dem Weg gehen!«

Das hätte ich tun sollen. Am besten, bevor sie mir so wichtig wurde, dass ich sie am liebsten ständig um mich hätte. Jetzt ist es zu spät. Mein Egoismus hat Konsequenzen und die werde ich schon bald zu spüren bekommen.

Wenn ich die nächsten Worte sage, gibt es kein Zurück mehr. Sobald sie die Wahrheit erfährt, wird sie mich verabscheuen.

Doch auch, wenn der Gedanke daran schmerzt, geht es nicht anders. Ihre psychische Gesundheit ist wichtiger als jedes Gefühl, das ich jemals für sie empfinden könnte.

Ich sehe Preston in die Augen, um mir sicher sein zu können, dass ich ihn auch wirklich erreiche. »Juliet verliert völlig den Verstand«, beginne ich. »Sie erinnert sich an Dinge von früher und zieht vollkommen falsche Schlüsse. Sie denkt, sie hätte bereits ein Leben vor dem als Juliet Lockland geführt. Und zwar im Haus der Collisters. *Bevor* sie dort gewohnt haben.«

Preston hat sichtlich Schwierigkeiten, mir zu folgen. Ich glaube, ähnlich verdutzt habe ich geschaut, als mir Juliet von ihrer sogenannten Theorie erzählt hat.

»Moment, sie denkt was? Wie kommt sie denn darauf?«

»Spielt keine Rolle. Wichtig ist nur, dass ihr Juliet die Wahrheit erzählt, hast du verstanden?«

»Die Wahrheit? Bist du jetzt auch übergeschnappt?« Preston schüttelt fassungslos den Kopf und umklammert den Tennisschläger fester.

»Tu es oder ich mach's«, sage ich unbeeindruckt von seiner Drohgebärde.

»Das wirst du nicht!« Preston tritt einen Schritt vor.

Ich tue es ihm gleich und gehe noch ein Stück weiter, indem ich ihn am Kragen packe und zu mir heranziehe. Im Ernstfall würde er gegen mich den Kürzeren ziehen. Ich hoffe, das ist ihm klar.

»Es geht mir nur noch um sie, kapiert? Ich wollte nie, dass sie die Wahrheit erfährt und verletzt wird, aber dass sie verrückt wird, will ich noch viel weniger. Also werdet ihr Juliet sagen, was damals passiert ist. Noch heute. Sonst tue ich es.«

Damit stoße ich Preston von mir und lasse ihn auf dem hitzeflimmernden Tennisplatz zurück.

***

Kapitel 8

Juliet

Ich habe das Stadtarchiv beinahe fluchtartig verlassen.

Auf dem Weg nach Hause weiß ich nicht mehr, was ich glauben und mit wem ich reden soll. Mein erster Impuls ist es, zu Cayden zu gehen, der mir in den letzten Tagen ein Gefühl von Geborgenheit vermittelt hat. Doch nachdem ich mich gerade wie eine Verrückte aufgeführt und sein mühsam renoviertes Haus wieder zerstört habe, sträube ich mich dagegen.

Zuerst muss ich meine Gedanken ordnen und mir selbst darüber klar werden, was das alles zu bedeuten hat. Denn eins steht fest: May Collister kann nicht meine Mutter sein.

Während ich den schattigen Weg hinauf zu den Harbor Hills gehe, versuche ich, für mich selber Argumente zu finden.

Erstens ist meine Mom meine Mutter. Eve Lockland. Und nicht May Collister.

Das beweist allein der Name in meinem Ausweis.

Zweitens kann ich mich an genügend Bruchstücke aus meiner Kindheit erinnern – und die hat in der Villa in den Hills stattgefunden und nicht etwa im Collister-

Haus. Ich erinnere mich an unzählige Kindergeburtstage, an Sonntagsfrühstücke, Thanksgiving-Gebete und kleine Dramen, wenn ich nach den Ferien wieder zur Schule musste.

Drittens scheinen die Collisters überhaupt keine Kinder gehabt zu haben. Zumindest war davon in den Artikeln niemals die Rede.

So weit, so logisch.

Blieben da nur noch diese seltsamen Déjà-vus, Visionen oder Erinnerungen – weiß der Himmel, wie ich sie nennen soll.

Sie tauchen immer dann auf, wenn etwas zerbricht.

Warum lösen gerade Scherben diese Bilder aus?

Warum verbergen sie sich hinter zerbrochenem Glas?

Ich beschließe, mich erstmal zu sammeln und zu Hause in unseren alten Fotoalben zu stöbern. Vielleicht gibt es dort eine ganz einfache Erklärung. Möglicherweise waren meine Eltern mit den Collisters befreundet und wir waren hin und wieder bei ihnen zu Besuch. Als Kind vermischt man doch gern mal Erinnerungen.

Und was ist mit der These über das frühere Leben?

Auf einmal schäme ich mich, vor Cayden so einen Unsinn geredet zu haben. Fest steht, dass es für diese Déjà-vus eine logische Erklärung geben muss und die beinhaltet sicher nicht, dass ich die Wiedergeburt von irgendwem bin.

Cayden muss mich jetzt für total durchgeknallt halten. Es ist also besser, wenn ich der ganzen Sache erstmal allein auf den Grund gehe.

Ich betrete die Villa und spare es mir, eine Begrüßung zu rufen. Um diese Uhrzeit ist sowieso niemand da und selbst wenn – ich möchte erstmal allein sein.

Soweit ich weiß, befinden sich alle Fotoalben, die wir haben, im Wohnzimmer. Ich hole sie aus dem Fernsehschrank und kann nicht abwarten, bis ich damit in meinem Zimmer bin. Die Neugier überkommt mich und ich halte es nicht länger aus. Kurzerhand setze ich mich aufs Sofa und schlage das erste Album auf.

Es ist ziemlich neu und ich erinnere mich an fast jede Situation auf den Bildern bis ins kleinste Detail.

Preston war damals 26 oder 27 und ich 17 Jahre alt. Es war vor meinem Weggang aufs College.

Ich lege das Album beiseite und suche mir das heraus, in dem sich die ältesten Fotos von mir befinden.

Preston ist auf den Bildern zehn. Ein fröhlicher Junge, der auf einem Segelboot posiert. Mom steht neben ihm und lächelt voller Stolz. Das Datum auf der

Rückseite zeigt mir, dass ich zu diesem Zeitpunkt gerade einmal wenige Tage alt gewesen bin. Moms Figur ist bereits wieder so gut in Form, dass jede andere Frau neidisch geworden wäre.

Auf der nächsten Seite blicke ich in zwei große Kulleraugen.

Das ist eins von Moms Lieblingsfotos von mir. Auch wenn ich darauf erst zwei Wochen alt bin, schaue ich freundlich und neugierig in die Kamera.

Auf der zweiten Seite ist wieder Preston zu sehen. Triefnass kommt er mit Schwimmflossen aus dem Meer gewatschelt.

So geht es immer weiter.

Fotos von Preston und mir wechseln sich ab. Während mein zehnjähriger Bruder in allen möglichen Situationen abgelichtet wurde, liege ich meist friedlich schlummernd in meinem Bettchen, auf einer Decke oder werde von schlanken Armen – vermutlich Moms – gehalten.

Erst weiter hinten werden die Aufnahmen etwas aktueller. Es gibt eine Collage aus vier Fotos von mir, auf dem neusten bin ich vier oder fünf. Eine ähnliche Sammlung gibt es von Preston.

Dann folgt ein Porträt von uns beiden.

Preston ist darauf ein Teenager, ich schätze mich auf fünf und sitze auf seinem Schoß. Im Hintergrund ist unser Garten zu sehen.

Ich seufze.

Was habe ich erwartet?

Die geisterhafte Erscheinung von May Collister auf einem der Bilder?

Gerade will ich das Album wieder schließen, als mir auffällt, dass eins der Collagen-Bilder verrutscht ist. Ich will es wieder richtig schieben, doch diese blöde Folie, die man nur noch in uralten Fotoalben findet, hat wohl etwas dagegen.

Wie elektrisiert klebt sie jetzt an meinen Fingern, dafür aber nicht mehr an den Bildern und die Aufnahmen flattern zu Boden wie welkes Laub.

»Na toll«, murmle ich, klaube sie auf und verharre mitten in der Bewegung, als ich sehe, dass von einem Foto eine Ecke fehlt.

Es ist kein wichtiger Bildausschnitt, nur ein Teil der roten Decke, auf der ich liege. Und trotzdem schlägt mein Herz unendlich schnell.

Die Ecke ist nicht einfach abgerissen – sie ist verbrannt.

Das zeigt mir das zusammengeschmolzene Fotopapier mit dem dunklen Rand ganz deutlich.

»Juliet?« Dads Stimme im Flur.

Ich will ihn nicht sehen, niemanden von ihnen.

»Jule?« Preston.

Ich schlucke, dränge heiße Tränen der Hilflosigkeit zurück.

Was hat das alles zu bedeuten?

»Schätzchen?« Mom kommt als Erste ins Wohnzimmer.

Und dann stehen sie alle drei vor mir.

Meine ganze Familie.

Oder die Menschen, die ich bisher dafür gehalten habe.

***

Ich sitze tief in den Sitz gesunken im Wagen und komme mir wieder einmal vor wie ein Stalker. Ich habe den Pick-up so gut es geht zwischen den Sträuchern vor der Lockland-Villa geparkt und lasse ihre Eingangstür keinen Moment aus den Augen.

Es ist gerade einmal wenige Minuten her, dass die ganze Familie gesammelt das Haus betreten hat. Ich kann nur hoffen, dass das ein gutes Zeichen ist und sie tatsächlich vorhaben, Juliet die Wahrheit über ihre Vergangenheit zu sagen.

Zumindest ein Teil von mir hofft das.

Ein anderer möchte viel lieber nicht von Juliet verachtet werden. Doch genau das wird passieren, wenn sie alles erfährt. Sie wird mich genauso hassen wie Preston und die anderen Locklands.

Vielleicht sogar noch mehr. Spätestens, nachdem wir uns geküsst haben, hätte sie die Wahrheit erfahren müssen, und zwar von mir.

Sie hat mir vertraut, verdammt nochmal!

Mit der Faust schlage ich gegen das Lenkrad. Am liebsten würde ich jedoch Preston verdreschen. Er ist der Schlimmste von allen, doch ich zwinge mich zur Ruhe und sehe wieder zur Tür der Villa.

Der Gedanke daran, Juliet verloren zu haben, ist

unerträglich. Und ich weigere mich, ihn zu akzeptieren. Vielleicht kann ich mit ihr reden, ihr alles erklären, wenn sie den ersten Schreck erstmal verarbeitet hat. Möglicherweise wird sie sogar verstehen, warum ich so lange geschwiegen habe.

Würde ich *ihr* sowas verzeihen?

Schwer zu sagen.

Blut ist dicker als Wasser, heißt es so schön.

Doch ich glaube, dass ich ihr vergeben könnte. Zwischen uns hat immer schon eine unsichtbare Verbindung bestanden, die sich in dem Moment verfestigt hat, in dem sie vor meiner Tür stand. Aus meiner Bewunderung für sie, die ich entwickelt habe, nachdem ich sie bei ihren morgendlichen Streifzügen von Hummerkäfig zu Hummerkäfig beobachtet habe, ist mehr geworden.

Echte Gefühle. Und damit verbunden die Angst sie zu verlieren.

Mit den Augen suche ich die Fenster der Villa ab, in der Erwartung, dass sich dort etwas tut. Dass Juliet dahinter erscheint.

Aber es bleibt alles unbewegt, also richte ich meinen Blick wieder auf die Tür.

Wie ich Juliet kennengelernt habe – impulsiv und emotional – ist es gut möglich, dass sie nach dem Gespräch nach draußen rennt, um nachzudenken. Und dann will ich für sie da sein.

Zumindest aus der Ferne werde ich ein Auge auf sie haben.

So, wie ich es in den letzten Monaten immer hatte.

***

Meine Familie hat gesammelt die gleiche Grabesmiene aufgesetzt. Und ich glaube, dass ich nicht viel anders schaue.

Meine Finger umklammern das zum Teil verbrannte Foto.

Moms Blick fällt darauf, ihre Augen huschen über mein Gesicht und dann zu Preston, der sich sogleich räuspert.

Ich sehe ihn erwartungsvoll an, doch er sagt nichts. Niemand sagt etwas.

Mom setzt sich neben mich und legt mir eine Hand aufs Bein. Am liebsten würde ich sie wegschieben, doch das hätte etwas zu Endgültiges an sich. Es würde zu viel zerstören.

Dad bezieht neben dem Kamin Stellung, wie er es immer tut, wenn er autoritär wirken will, während Preston zuerst unsicher wirkt, wo er Platz nehmen soll.

Dann setzt er sich uns gegenüber aufs andere Sofa.

»Liebling«, beginnt Mom.

Ich schlucke, um den Knoten zu lösen, der sich in meiner Kehle gebildet hat. Was auch immer jetzt genau passiert, es wird mein Leben verändert. Danach wird nichts mehr sein wie vorher.

Ein kindlicher Teil von mir will sich die Ohren

zuhalten und nicht hören, was sie zu sagen haben. Will einfach die Augen vor dem Monster verschließen.

Wenn du es nicht siehst, ist es auch nicht da.

Doch der erwachsene Teil von mir weiß, dass das heuchlerisch wäre.

»Was …?«, frage ich und halte Mom das Foto hin. Mehr bringe ich nicht heraus.

Mit zittrigen Fingern nimmt sie das Bild an sich, streicht gedankenverloren darüber. Ein wehmütiger und liebevoller Ausdruck schleicht sich in ihre perfekt geschminkten Augen.

»Da warst du noch kein Jahr alt«, flüstert sie.

Ich nicke. So viel hat mir bereits der Zeitstempel verraten.

»Ein schönes Bild, oder? Es …« Mom wendet sich ab, nimmt die Hand von meinem Bein und wischt sich durchs Gesicht. »Ich kann nicht …«

Ich sehe sie an, versuche, Mitleid zu empfinden, doch irgendwie ist da gerade nur Leere. Und dahinter eine schreckliche Vorahnung.

»Jule«, versucht es jetzt Preston.

Preston, oh Gott. Er weiß etwas.

Ich möchte das nicht. Ich will, dass er keine Ahnung hat, dass er immer ehrlich zu mir war.

Eltern tun sowas. Sie belügen ihre Kinder aus den unterschiedlichsten Gründen. Aus Sorge, aus Scham …

Aber große Brüder tun so etwas nicht. Sie sind absolut ehrlich. Auch wenn es manchmal schmerzt.

»Preston«, sage ich und höre selbst, wie erbärmlich flehend meine Stimme klingt.

»Es tut mir leid.« Tränen schimmern in seinen Augen.

»Herrgott, jetzt ist aber mal gut!«, geht Dad dazwischen. »Ihr tut ja gerade so, als würde ihr zum Schafott geführt!«

»Gerard!«, fährt ihn Mom an.

Aber ich nehme ihr Gezanke nur am Rande wahr. Fixiere Preston, der Mühe hat, meinem Blick standzuhalten.

»Ist es wahr, dass ... dass ich ...?«

Preston atmet schwer durch, dann nickt er. »Du bist ...«

»Adoptiert, Schätzchen.« Mom legt ihre Hand wieder auf mein Knie, doch ich spüre es kaum. »Du bist mit vier Jahren zu uns gekommen, nachdem deine Eltern ...«

»Verbrannt sind«, wispere ich und starre ins Leere.

Instinktiv erwarte ich, ihre Gesichter in den Flammen vor mir zu sehen. Aber da ist nichts.

»Ja.«

»Aber wieso ... warum habt ihr nicht, ich meine ...« So viele Fragen schwirren durch meinen Kopf, ohne dass ich auch nur eine davon formulieren kann.

»Die Collisters, deine leiblichen Eltern, sind in der Brandnacht ums Leben gekommen«, sagt Dad und klingt dabei so bemüht sachlich, dass es fast lächerlich ist. Ich spüre seinen Schmerz, kenne ihn gut genug, um zu wissen, was sich hinter seiner harten Fassade verbirgt.

»Wo war ich?«, bringe ich hervor.

Auch wenn ich es geahnt habe, wenn es logisch ist und jetzt alles irgendwie Sinn ergibt, kann ich es dennoch nicht richtig erfassen. Ich höre all diese Dinge, ohne mir über ihren wahren Sinn klar zu werden.

»Du warst ebenfalls im Haus, als ... als es passiert ist«, sagt Preston und sieht mich aus feuchten Augen an.

»Preston hat dich gerettet.« Dad blickt zu mir herunter. Er klingt nicht stolz auf seinen Sohn, sondern wirkt einfach nur müde. »Er war unterwegs und hat das Feuer bemerkt. Er hat dich am Fenster im Erdgeschoss gesehen, die Scheibe eingeschlagen und dich rausgeholt.«

Ich wende mich Preston zu.

Er hat die Augen geschlossen, als könnte er die Erinnerungen so ausblenden.

»Du?«, murmle ich.

Unvermittelt zieht mich Mom in ihre Arme. »Wenn

ich mir ausmale, was dir hätte passieren können«, schluchzt sie und schlagartig wird mir etwas bewusst.

Egal, was war, egal welche Lüge zwischen uns geherrscht hat und egal, wer mich zur Welt gebracht hat, die Locklands – Mom, Dad und Preston – sind meine Familie. Siebzehn Jahre lang haben wir hier zusammen gelebt.

Ich liebe sie. Trotz der Lüge.

Und darum kann ich nicht anders, als Moms Umarmung zu erwidern.

»Warum habt ihr mir das denn nicht gesagt?«, frage ich.

Warum mussten mich erst diese Erinnerungen überfallen, die mich dazu gebracht haben, das Foto zu finden?

»Weil ...« Mom löst sich ein Stück von mir und sieht mich an. »Weil es einfach nie den richtigen Zeitpunkt gab. Zuerst warst du zu klein. Dann hast du dich langsam eingelebt, die Albträume hörten auf und du fühltest dich nicht mehr fremd. Du hast gar nicht mehr von deinen Eltern gesprochen und wir wollten dich nicht wieder verstören. Wir haben uns vorgenommen, es dir zu sagen, wenn du sechzehn bist. Daraus wurde achtzehn. Zwanzig ... Wir haben es immer weiter aufgeschoben, weil wir nichts kaputt machen wollten.«

»Warum heute?«, frage ich.

Jetzt ist wieder Preston an der Reihe. Sein Blick ist ein wenig finsterer als zuvor. »Wir dachten uns, dass du etwas ahnst. Die Kette.«

Er zieht die Phiole aus seiner Hosentasche und hält sie mir hin.

Ich habe sie mir also auch nicht eingebildet. Habe meine Familie nicht unfairerweise beschuldigt, sie gestohlen zu haben.

»*Du* hast sie?«

Preston nickt langsam. »Ich hielt es zuerst für besser, wenn du es nicht erfährst. Aber dann …« Er zuckt mit den Schultern, was beinahe trotzig wirkt.

Offenbar hat sich der Familienrat dann umentschieden.

Preston legt die Kette neben mich aufs Sofa, als ich keine Anstalten mache, danach zu greifen. »Sie hat dir als Kind gehört.«

»Und damit ich mich nicht erinnere, habt ihr sie vorsichtshalber im Meer versenkt?«

Keiner sagt etwas, doch das ist Antwort genug.

Langsam werde ich doch noch wütend. Das ist gut, es bedeutet, dass dieses dumpfe Gefühl, dass mich eingehüllt hat, nachlässt. Dass die Wahrheit bei mir ankommt.

»Ihr hattet kein Recht dazu! Habt ihr auch dafür gesorgt, dass ich nicht in den Zeitungsberichten erscheine?«

Dad nickt.

»Und was ist mit meinen Verwandten? Ich muss doch Großeltern haben. Denken die, dass ich auch verbrannt bin?«

»Da gab es niemanden mehr. Du hättest nirgendwo anders hingekonnt«, erklärt mir Mom. »Die Collisters ... ihr seid erst kurz vorher nach Bar Harbor gezogen, habt noch kein halbes Jahr hier gelebt. Deine Mom hat als Tierärztin auf den Rinder- und Pferdefarmen auf dem Land gearbeitet. Dein Vater hat sich zu Hause um dich gekümmert. Ihr hattet kaum soziale Kontakte, keine Angehörigen, also ...«

Ich hatte demnach Glück, dass ich in keinem Heim gelandet bin.

»Die anderen im Ort. Wissen die es?«

»Ein paar. Wir haben versucht, die Sache nicht an die große Glocke zu hängen. Damals war ich noch nicht lange Bürgermeister und nicht mal ein Bruchteil der Menschen aus Bar Harbor wusste etwas über mein Privatleben.« Dad zuckt mit den Schultern wie Preston gerade. Nur dass es bei ihm gleichgültig und nicht trotzig wirkt. »Die, die es hautnah miterlebt haben, Nachbarn und Feuerwehrleute beispielsweise, haben mir versprochen, Stillschweigen zu bewahren, um dich zu schützen.«

Schöne Worte, um zu verschleiern, dass er diese Menschen bestochen hat, damit sie nicht die Wahrheit sagen.

»Was sonst noch?!«

»Nichts.« Mom nimmt meine Hand, aber diesmal stehe ich auf und weiche zurück. »Wir wollten immer nur das Beste für dich.«

Ich sehe meine Eltern und meinen Bruder der Reihe nach an. »Ich liebe euch«, sage ich. »Ihr seid meine Familie, daran wird sich auch nichts ändern. Aber im Augenblick bin ich verflucht wütend auf euch und möchte, dass ihr mich eine Weile in Ruhe lasst. Ist das klar?«

Preston sieht auf den Boden wie ein begossener Pudel, Mom haucht: »Okay, Schatz. Natürlich.«

Dad ist der Einzige, der meinem Blick standhält. »Du weißt, dass wir dich auch lieben«, sagt er. »Und ich hoffe, dass du das in all deiner Wut nicht vergisst.«

Ich sehe ihn noch einen Moment an, dann verlasse ich das Wohnzimmer und kurz darauf die Villa.

Es gibt nur einen Menschen, bei dem ich jetzt sein möchte.

Cayden.

***

Die Tür der Villa geht auf, der Bewegungsmelder auf dem Rasenstück davor springt an, obwohl die Sonne gerade einmal unterzugehen beginnt, und Juliet kommt nach draußen. Ihr Körper wirft lange, weiche Schatten, ihre Haut strahlt im letzten Sonnenlicht in einem warmen Ton.

Doch anstatt das Abendrot zu genießen, starrt sie nur auf den Boden und verlässt mit schnellen Schritten das Grundstück.

Automatisch sinke ich tiefer in meinen Sitz, damit sie mich nicht entdeckt, jedoch ohne sie dabei aus den Augen zu lassen. Sie geht zügig und ich erhasche nur einen kurzen Blick in ihr Gesicht.

Hunderte verschiedene Emotionen spiegeln sich darin wider. Wut, Traurigkeit, Ungläubigkeit. Aber auch eine gewisse Erleichterung. Vielleicht ist sie froh, endlich bei sich selbst angekommen zu sein. Wer weiß, ob sie nicht unterschwellig gespürt hat, dass sie ein Fremdkörper in der Lockland-Villa ist.

Sie wirkt viel gefasster, als ich erwartet hätte, eher nachdenklich als schockiert.

Sicher ist es schwer, so eine Nachricht zu verarbeiten, und ich verstehe nicht, warum nicht wenigstens Preston ihr nachläuft, um mit ihr zu reden und sie zu trösten. Vermutlich weiß er, dass sie seinen Trost nicht annehmen kann und ihn zum Teufel jagen würde.

Genau wie mich, wenn ich mich ihr jetzt zeige.

Deshalb steige ich leise aus und folge ihr mit genügend Abstand. Ich will sie nicht allein lassen, aber sie aus ihren Gedanken reißen will ich auch nicht. Und schon gar nicht möchte ich die Konfrontation mit ihr.

So lange es geht, möchte ich mir noch einreden, dass zwischen uns alles in Ordnung ist. Auch wenn ich es eigentlich besser weiß.

Ich sehe ihr hinterher, wie sie die Hill Road runter zum Hafen nimmt. Sie wirkt, als hätte sie ein Ziel. Wer weiß, vielleicht hat sie vor, nochmal zu Edda nach Egg Rock zu rudern. Sie wirkte so unbeschwert da draußen.

Oder sie paddelt einfach mit der *Ruby* raus, um auf dem Wasser über alles nachzudenken.

Automatisch denke ich an ihren letzten Ausflug mit dem kleinen Ruderboot und an alles, was daraus entstanden ist.

Es fühlt sich komisch an, wie schnell sich in den letzten Tagen alles zum Guten und dann ganz plötzlich wieder zum Schlechten gewandelt hat.

Ich denke an die Leuchtturminsel und unseren ersten Kuss. Für einen Moment habe ich dort meine Schuld und mein schlechtes Gewissen verdrängen können. Und es hat sich einfach nur richtig angefühlt, Juliet im Arm zu halten und sie zu küssen.

Nun hat sich, innerhalb kürzester Zeit, alles geändert. Ich will gar nicht wissen, wie sie nun, da sie die Wahrheit kennt, über mich denkt. Aber ich werde es wohl gleich erfahren, denn anstatt nach der Hill Road auf die Harbor Lane zu wechseln, biegt Juliet nach rechts ab. In Richtung des Collister-Hauses. Meines Hauses.

Ihres früheren Zuhauses.

Anscheinend plant sie, mich sofort mit den Dingen, die sie jetzt weiß zu konfrontieren.

Ich weiß nicht, ob ich bereit dafür bin.

Werde ich jemals dafür bereit sein, dass die Frau, die schon so lange Teil meines Lebens und jetzt sogar der beste Teil davon ist, mir ihre ganze Abscheu vor die Füße wirft?

Ich glaube nicht.

Aber ich bin auch kein Feigling, also folge ich ihr und rufe ihren Namen, kaum, dass sie an der Haustür angekommen ist.

Juliet dreht sich langsam zu mir um.

Ich kann ihr Gesicht im Halbdunkel nicht erkennen, aber es sieht so aus, als würde sich ihre Haltung entspannen, als sie mich entdeckt.

Das verstehe ich nicht.

Ich hatte erwartet, dass sie direkt mit irgendwas auf mich losgehen würde, wenn sie mich sieht.

Doch sie steht nur da, wartet, dass ich mich ihr nähere und kurz bevor ich sie erreiche, sehe ich, dass sie den Mund verzieht.

Sie lächelt mir entgegen und dieses Lächeln löst so viel mehr in mir aus als bloße Erleichterung. Er berührt Dinge in mir, die ich bis vor Kurzem noch nicht einmal kannte. Oder nicht zu spüren bereit war.

Juliet freut sich, mich zu sehen. Und das ist alles, was in diesem Moment zählt.

***

Ich falle Cayden in die Arme und augenblicklich geschieht, womit ich schon viel eher gerechnet hätte: Die Tränen beginnen zu laufen.

Er hält mich fest, streichelt mir über den Rücken und lässt mich weinen. Er drängt mich nicht, zu sagen was los ist und er verlangt auch nicht, dass ich aufhöre und mich zusammenreiße.

Er ist einfach nur da und spendet mir Trost.

Nach einer Weile versiegen die Tränen und Cayden öffnet die Haustür.

»Komm rein«, sagt er, legt mir einen Arm auf die Hüfte und führt mich ins Haus.

Beschämt stelle ich fest, dass die Tapete noch immer halb von der Wand herunter hängt. Ich will etwas dazu sagen, weiß aber nicht, was. Ich schätze, am besten werde ich ihm einfach helfen, das wieder in Ordnung zu bringen. Aber nicht mehr heute.

»Ich mache dir einen Tee. Setz dich doch.« Cayden führt mich behutsam in den Raum, der früher das Wohnzimmer war und verschwindet in der Küche.

Ich sehe mich um. Das Wohnzimmerfenster ist noch heile und die untergehende Sonne lässt orangefarbenes Licht hereinfallen. Ich versuche, mich an früher zu erinnern, doch es will mir nicht gelingen. Das hier ist nur ein weiß getünchtes Zimmer, in dem eine Matratze auf dem Boden liegt. Mehr nicht. Ich habe keine Ahnung, wie es hier früher ausgesehen haben mag. So elegant wie bei Mom und Dad? Eher rustikal? Lag überall mein Spielzeug herum oder waren die Collisters ordentlich?

Ich horche in mich hinein. Was löst die Tatsache in mir aus, dass ich die ersten vier Jahre bei Menschen gelebt habe, an die ich mich kaum erinnere?

Gar nichts, wenn ich ehrlich bin. Ich bin froh, dass mir die Erinnerungsfetzen, die hin und wieder kommen, zeigen, wie glücklich wir waren. Ich freue mich, dass meine leiblichen Eltern gute Menschen waren.

Aber vermisse ich sie? Wünsche ich sie mir zurück?

So hart das klingen mag, ich tue es nicht. Ich kenne diese Leute kaum und wenn mich jemand vor die Wahl stellen würde – die Locklands oder die Collisters – würde ich mich wohl für Preston und meine Eltern entscheiden. Ich bin bei ihnen aufgewachsen und auch wenn sie nicht perfekt sind, liebe ich sie.

»Grüner Tee mit Zitrone«, sagt Cayden und kommt zurück ins Wohnzimmer.

Ich sehe ihm entgegen, schaue in seine Augen, die mich offen anblicken und doch ein Geheimnis verbergen. Und habe plötzlich das Gefühl, dass es

Schicksal ist, dass wir beide hier sind. Dass er ausgerechnet das Haus gekauft hat, in dem ich vier Jahre gewohnt habe. Ich fühle diese Verbundenheit, die ich auch bei unserer ersten Begegnung gespürt habe, möchte sie noch vertiefen.

Ich komme auf ihn zu, nehme ihm die Tasse aus der Hand und stelle sie auf den Boden. Dann richte ich mich wieder auf und sehe Cayden ins Gesicht.

Er lächelt nicht, sieht mich nur ernst an, und trotzdem liegt da so viel Wärme in seinem Blick, dass mir schwindelig wird.

»Juliet«, beginnt er leise, aber ich möchte nicht reden. Ich will ihm nah sein und dieses Band, das uns verbindet, noch stärken.

»Ssh«, mache ich, lege meine Hände an seine Hüften und komme näher.

Langsam streife ich mit meinen Lippen über seine Wange, bevor ich sie auf seinen Mund drücke. Sofort durchfahren mich kribbelnde Stromstöße, als würde in mir ein Sommergewitter toben. Meine Beine werden weich und mein Herz beginnt zu rasen.

Cayden wirkt überrumpelt. Für einen Moment versteift er sich und ich fürchte fast, dass er mich fortstoßen wird. Doch dann packt er ebenfalls meine Hüften und erwidert meinen Kuss.

Es ist wie gestern auf dem Leuchtturm.

Anfangs erkunden unsere Lippen einander zögerlich, dann gleitet Caydens Zunge in meinen Mund und lässt mich alles um mich herum vergessen. Ich fühle mich absolut losgelöst. Als gäbe es nur noch uns zwei.

Ich umspiele seine mit meiner Zunge, spüre seinen Körper dicht an meinem und fühle mich mit einem Schlag absolut glücklich, obwohl ich bis gerade noch wütend und enttäuscht war.

Dieses Gefühlschaos in meinem Inneren sorgt dafür, dass mir erneut die Tränen kommen.

Cayden bemerkt es sofort, löst sich ein Stück von mir und streicht mit seinen Daumen über meine Wangen.

»Juliet«, flüstert er und es sieht so aus, als wären auch seine Augen feucht. »Wir müssen über alles reden.«

Ich schüttle den Kopf. Nicht jetzt. Ich lasse mir diesen Moment nicht von meiner Familienlüge kaputt machen.

»Später«, sage ich.

Cayden sieht mich prüfend an und will offenbar noch etwas sagen, doch ich schüttle den Kopf.

»Bitte«, flüstere ich und bringe ihn mit einem weiteren Kuss zum Schweigen. Ich schiebe ihn zurück, bis er stehen bleibt, weil er mit dem Fuß gegen die Matratze stößt.

Noch einmal sieht er mir prüfend in die Augen.

Dann küsst er mich wieder und wir sinken gemeinsam auf das improvisierte Bett.

***

Wie kann etwas so falsch sein und sich dabei so richtig anfühlen?

Meine Hände streichen über Juliets Hüften, meine Lippen drücken sich auf ihre und jede Faser meines Körpers will nichts dringender, als ihr nah zu sein. Nur mein Verstand protestiert, doch auch dieser Protest wird langsam leiser. Sowas habe ich noch bei keiner Frau zuvor erlebt. Es gab in meinem Leben ein paar, mit denen ich mir etwas Ernsteres vorstellen konnte, aber mein Herz und mein Verlangen haben nie derart die Kontrolle übernommen.

Ich spüre, dass Juliet leicht zittert.

Etwas muss vorgefallen sein. Die Locklands können ihr nicht die Wahrheit gesagt haben, sonst würde sie das hier nicht tun. Aber etwas müssen sie ihr gesagt haben, sonst hätte sie nicht geweint.

Ein Teil von mir verlangt, sofort zu erfahren, was vorgefallen ist. Doch ich weiß, dass es falsch wäre, sie zu drängen.

Sie möchte nicht reden.

Also warte ich, bis sie bereit für ein Gespräch ist.

Wenn ich ehrlich bin, ist es auch besser so. Mit jeder Sekunde, die wir hier zusammen sind, schaltet sich mein Hirn ein Stück weiter ab.

Juliet macht mich verrückt. Ihre Nähe raubt mir den Verstand.

Juliet legt sich auf die Matratze, auf der ich so viele schlaflose Nächte verbracht habe und zieht mich mit sich.

Ich befinde mich über ihr, küsse sie noch immer und spüre, wie sich ihr Brustkorb unter mir hebt und senkt. Ihr Becken drängt sich mir entgegen und in meiner Hose wird es schlagartig eine Spur enger. Meine Hände fahren unter Juliets Shirt und streicheln über die weiche Haut an ihrem Bauch, die sich ein wenig fiebrig anfühlt, dann über ihre Taille.

Juliets Finger gleiten nun ebenfalls unter den Stoff meines Oberteils. So zaghaft ihr Kuss auch ist, so forsch sind ihre Hände. Sie streicheln zuerst über meinen Rücken, dann über meine Brust und schließlich hinauf zu den Narben.

Juliet löst ihre Lippen von meinen. »Zieh dein Shirt aus«, haucht sie und ich tue ihr den Gefallen.

Juliets Blick huscht kurz zu den Schnitten, dann schließt sie die Augen und ich küsse sie wieder.

Sie hält die Lippen für mich geöffnet und während ich sie mit meinem Mund erkunde, tastet Juliet nach dem Reißverschluss meiner Jeans.

Ich spüre, wie sie meine Hose öffnet und spätestens ab diesem Moment denke ich überhaupt nicht mehr nach.

Was auch immer in dieser Nacht noch zwischen uns passieren wird – ich lasse es geschehen.

***

Kapitel 9

Juliet

Ich liege mit dem Kopf auf Caydens nackter Brust, lausche seinen gleichmäßigen Atemzügen und genieße die Wärme seines Körpers sowie das Gefühl, das er in mir hinterlassen hat.

Es war schön mit ihm. Ganz anders als mein erstes Mal.

Ich bereue, dass ich ihm nicht schon viel früher begegnet bin.

Allein durch seine Nähe schafft er es mühelos, mich aufzumuntern und abzulenken. Mit ihm an meiner Seite scheint alles gleich viel leichter zu sein.

Ich öffne die Augen und hebe den Kopf ein Stück, um den schlafenden Cayden genauer betrachten zu können.

Draußen ist es bereits tiefste Nacht, doch das Mondlicht und die Straßenlaternen lassen mich trotzdem genug erkennen.

Sachte fahre ich mit den Fingern über seine versehrte rechte Seite.

Die Narben sind größtenteils ziemlich glatt, nur hier und da spürt man, wie tief sie ins Gewebe gehen. Ich betrachte die lange Linie an seinem Hals und die in seinem Gesicht.

Ob er mir irgendwann erzählen wird, was passiert ist? Mit mir über seine Vergangenheit sprechen?

Wahrscheinlich sollte ich den ersten Schritt machen.

»Ich bin adoptiert«, flüstere ich in die Stille der Nacht hinein.

Es laut auszusprechen ist nicht schwer.

Ich glaube das liegt daran, dass mein Verstand bisher nur einen Bruchteil der Konsequenzen verstanden hat, den dieser Umstand mit sich bringt.

»Die Locklands sind nicht meine richtigen Eltern«, flüstere ich Cayden zu, der immer noch gleichmäßig atmet und die Augen geschlossen hält. »Die Collisters sind meine Eltern. Eigentlich …« Ich schlucke. »Eigentlich heiße ich Juliet Collister.«

Caydens Arme umschlingen mich und er zieht mich an sich.

»Du bist wach«, keuche ich überrascht.

»Ich höre dir zu.«

Ich lächle, weil er einfach in jeder Situation für mich da ist und lege meine Wange wieder auf seiner Brust ab.

»Ich war mit im Haus, als es gebrannt hat«, sage ich.

Kurz fühlt es sich so an, als würde Caydens Körpers sich verkrampfen.

»Aber Preston hat mich gerettet. Ohne ihn wäre ich jetzt tot.«

***

Ich hätte ahnen müssen, dass es keinen Sinn macht, mit den Locklands zu reden – natürlich haben sie die Situation wieder ausgenutzt, um alles zu ihren Gunsten zu drehen. Preston soll Juliet das Leben gerettet haben? Dass ich nicht lache!

Aber es sieht diesem Mistkerl ähnlich, dass er versucht, mit weißer Weste aus der ganzen Sache herauszukommen. Auf diese Weise schlägt er zwei Fliegen mit einer Klappe: Er muss sich nicht länger um Juliets Verstand sorgen und steht gleichzeitig als der große Held da.

Dieser Typ würde alles tun, damit niemand sein wahres Gesicht sieht.

»Preston«, sage ich, damit mein langes Schweigen Juliet nicht verdächtig vorkommt.

Juliet nickt, ihr Haar kitzelt dabei meine Brust. Dann blickt sie zu mir auf. »Ja. Wie es aussieht, hat er sich schon wie mein großer Bruder verhalten, als … als er es noch gar nicht war.«

Sie lächelt, doch zugleich huscht ein Schatten über ihre Augen.

Ich setze mich ein wenig auf und drehe mich mit ihr herum, sodass ich sie ansehen kann. Prüfend mustere ich sie.

Meinen Zorn kann ich später am Haus oder sonst was auslassen, aber in diesem Moment gibt es Wichtigeres.

»Wie geht es dir jetzt?«, frage ich sie.

Juliet erwidert meinen Blick. Wie so oft, wenn sie sich einer Sache nicht sicher ist, ziehen sich ihre Brauen zusammen. »Schwer zu sagen.«

Sie muss doch wissen, ob es sie traurig macht, dass sie adoptiert worden ist. Oder ob sie vielleicht froh ist, dass sie nicht wirklich Teil dieses Misthaufens ...

Nein.

Mein Zorn gegen die Locklands, gegen meinen Bruder und vor allem mich selbst hat nichts mit ihr zu tun und ich darf ihn nicht auf sie projizieren.

Sie weiß jetzt, dass ihr Leben nicht perfekt ist. Ihre leiblichen Eltern sind tot. Das wird schon genug zu verarbeiten sein.

»Bist du traurig?«, frage ich und rechne fest damit, dass sie bejahen wird.

Doch wie so oft überrascht sie mich stattdessen.

»Nein, ich glaube nicht. Oder ... zumindest nicht auf diese Art.«

Sie hebt die Hand und fährt gedankenverloren über das Netz aus dünnen Narben, das sich über meine Schulter und meine Brust zieht. Ich lasse es geschehen.

»Ich bin traurig, dass sie mich so lange belogen

haben. Andererseits haben sie es ja nicht böse gemeint. Sie wollte mich schützen, das ist alles. Und wegen der Collisters ...« Sie hebt die Schultern und das Laken raschelt unter ihrem Körper. »Die einzigen Erinnerungen, die ich an sie habe, sind diese seltsamen Déjà-Vus. Nichts Greifbares. Darum wäre es geheuchelt, wenn ich sagen würde, dass ich sie plötzlich vermisse oder so. Ich meine, sicher hätte ich sie gern kennengelernt. Aber wenn ich an meine Familie denke, sind das immer noch Mom, Dad und Preston.«

Das verstehe ich, sie ist bei ihnen aufgewachsen. Und doch wünsche ich mir in diesem Moment nichts dringender, als dass sie endlich die ganze Wahrheit erfährt. Auch wenn das ein weiterer Schock wäre, der sie nicht nur von ihnen, sondern auch von mir entfernen würde.

»Hey.« Juliets Hand wandert hinauf zu meiner Wange und sie dreht mein Gesicht zu sich. »Was ist denn?«

Ich schüttle den Kopf. Keine Ahnung, was ich jetzt sagen soll – die Wahrheit kann ich ihr nicht verraten. Und lügen will ich nicht.

»Schon gut«, sage ich daher nur. »Ich bin froh, dass du ... Na ja, dass du damit zurechtkommst. Zumindest im Moment.«

Juliets Blick wird nachdenklich. »Es wird sicher komische Situationen geben. Vielleicht, wenn wir das nächste Mal alle zusammensitzen und ich feststelle, dass ich ihnen gar nicht ähnlich sehe.« Sie lacht leise. »Dabei fand ich eigentlich immer, dass Preston und ich uns total ähnlich sehen! Verrückt, oder?«

Ich nicke und die Tatsache, dass sie sich trotz der heftigen Nachricht, die sie zu verkraften hat, nicht unterkriegen lässt, stimmt mich etwas friedlicher.

»Du bist ein ziemlich tapferer Mensch, Juliet«, sage ich leise.

»Ich?« Sie mustert mich zweifelnd. »Ach, komm schon. Was hatte ich denn bisher groß zu verkraften in meinem Leben? Und an das, was ich gerade erfahren habe, erinnere ich mich ja kaum.«

»Das ist es ja. Gerade weil dein Leben bisher so sorglos war, hätte ich erwartet, dass dich sowas weit mehr aus der Bahn wirft.«

Juliet betrachtet mich nachdenklich. Ihre Finger streichen dabei über meine Wange und schließlich stellt sie eine Frage, die unerwartet für mich kommt, auch wenn sie es vermutlich nicht sollte. »Wie sieht es bei dir aus, Cayden?«

Ich sehe sie einen Moment lang an, dann drehe ich mich um und lege mich neben sie.

Es war klar, dass sie irgendwann mehr über mich

wissen will. Spätestens, nachdem wir uns wirklich nahe gekommen sind – und das sind wir ja jetzt.

Aber was soll ich sagen? Was soll ich ihr über mich erzählen, ohne die wirklich wichtigen Dinge zu erwähnen? Alles andere ist bedeutungslos im Vergleich dazu und es zu verschweigen wäre abermals wie eine Lüge.

»Mein Leben war nicht viel spektakulärer oder unspektakulärer als deines«, sage ich.

Das ist vielleicht ausweichend, aber keine Lüge.

Doch so einfach wird sie sich nicht geschlagen geben. Natürlich nicht. Wir haben miteinander geschlafen und es war weit mehr als nur Sex. Kein Wunder, dass sie mich kennenlernen will.

»Wenn du nicht darüber sprechen willst«, beginnt sie vorsichtig, »dann sag es nur. Aber falls es okay für dich ist, wüsste ich gern, woher die Narben stammen.«

Ich sehe sie an. »Wieso?«

Irritiert blickt sie mich an. »Na ja, weil sie ... Sie sind ein Teil von dir.«

Ja, das sind sie. Und sie sind auch ein Teil von ihr. Mir ist klar, dass ich ihr das nicht für immer verheimlichen kann – aber heute kann ich es noch.

Ich will diese Nacht einfach nicht zerstören.

»Ich erzähle es dir irgendwann.«

»Du kannst mir trauen«, sagt Juliet.

Damit legt sie ihren Kopf auf meine Brust und ich küsse ihr seidiges Haar.

Einen Moment lang liegen wir nur da und schweigen beide.

»Was willst du jetzt tun?«, frage ich schließlich. »Ich meine, morgen. Gehst du zu ihnen zurück? Willst du nochmal mit ihnen reden?«

»Ganz ehrlich?«

»M-hm.«

»Ich will zuerst etwas anderes machen. Aber du musst nicht mit, wenn du nicht willst.«

»Du hast den Teil ausgelassen, in dem du mir erstmal sagst, worum es geht.«

Juliet atmet tief ein und aus, ich spüre den sanften Luftzug auf meiner Haut. Dann sagt sie: »Das Grab. Ich würde gern das Grab sehen.«

***

Als Cayden und ich am späten Morgen das Haus verlassen, ist es auf eine angenehme Art warm – als würde man sich an einem kühlen Tag in eine dicke Decke wickeln.

Ich strecke mich und genieße die Sonne auf meiner Haut. Erst jetzt fällt mir auf, wie kühl es im Haus war, was wahrscheinlich an den teils vernagelten Fenstern liegt.

»Steht dir übrigens«, sagt Cayden und zupft am Ärmel des weiten Shirts, das ich trage.

Es gehört ihm. Ich habe hier übernachtet und ihn um etwas zum Anziehen gebeten. Mir gefiel die Vorstellung, etwas von ihm zu tragen.

Vielleicht, weil es sich dadurch anfühlt, als wären wir ein Paar.

Vielleicht, weil es sich anfühlt wie eine Rüstung.

Ich kann mir nicht helfen, aber Mom hatte mit dem, was sie neulich gesagt hat, Recht. Cayden ist mein Schutzengel – seit diese ganze verrückte Geschichte mit dem kaputten Spiegel auf dem Flohmarkt begonnen hat, war er an meiner Seite. Er war da, als ich fast ertrunken wäre und als mich die komischen Visionen überfielen. Als ich mich in die Idee zu verrennen begann, dass ich schon einmal gelebt habe

… und auch gestern, als ich die Wahrheit erfuhr.

Ich bin unendlich dankbar dafür. Wenn ich jetzt allein wäre, würde ich vermutlich durchdrehen. Überhaupt jemanden an meiner Seite zu haben ist schon wundervoll. Aber dass es auch noch ein Mann ist, der mich so umhaut wie Cayden, ist unbezahlbar.

»Danke«, sage ich. »Dann werde ich es behalten.«

Er legt den Arm um mich, während wir Seite an Seite zu seinem Wagen gehen, den er hergeholt hat, als ich im Bad war. Ich liebe es, wie er mir ohne Worte so viel sagt. Allein die Art und Weise, auf die er mich an sich zieht. Oder der Ausdruck in seinen Augen, während er zu mir herunterblickt.

»Was denkst du?«, frage ich trotzdem.

»Dass du öfter bei mir übernachten solltest.«

Mein Herz schlägt bei diesen Worten ein kleines bisschen schneller. Auch ich habe die Nacht unglaublich genossen – ihn zu spüren, seinem Herzschlag zu lauschen. Seinen Duft zu atmen.

»Ich glaube, das lässt sich einrichten.«

Sein Lächeln nimmt eine wehmütige Spur an. »Das würde mich freuen.«

Ich betrachte ihn fragend. Diese plötzliche Wehmut in seinem Blick ist mir schon ein paarmal aufgefallen, genau wie die Tatsache, dass manchmal ein Funken Wut darin aufblitzt, den ich nicht näher deuten kann.

Am liebsten würde ich es nochmal probieren. Ihn nach den Dingen fragen, die ich noch nicht über ihn weiß.

Aber ich schätze, ich sollte nicht zu ungeduldig sein. So wie er jetzt meine Geschichte kennt, wird er mir auch seine verraten, wenn er so weit ist.

Alles zu seiner Zeit.

***

»Da wären wir.«

Cayden hält den Pick-up an und seine Worte reißen mich aus meinen Gedanken. Ich sehe mich um und bin überrascht, wie nahe der Friedhof am Meer liegt. Wir befinden uns nördlich des Hafens, in den letzten Ausläufern der Stadt, wo die Landschaft bereits rauer wird, bis sie in Form einer Steilklippe zum Wasser hin abfällt.

Und genau oberhalb dieser Klippe befindet sich der Salisbury Cemetery.

»Wow«, sage ich. »Es ist wunderschön hier.«

In Bar Harbor gibt es vier Friedhöfe und auf diesem hier war ich noch nie. Er liegt ein wenig außerhalb, was ihn unheimlich friedlich wirken lässt.

»Wenn man es morbide mag.«

Auch Cayden lässt seinen Blick über die Grabmale

schweifen, die sich jenseits der Straße, hinter einem schmiedeeisernen Zaun, über eine langgezogene Wiese verteilen.

Das Tor zum Friedhof steht weit offen, so als hätte man schon mit uns gerechnet.

Ich horche in mich, suche nach Trauer oder zumindest Nervosität. Doch immer noch fühle ich mich seltsam ruhig. Da ist die Enttäuschung über das Verhalten meiner Familie und das Glück, Cayden bei mir zu haben. Aber sonst nichts.

»Gehen wir«, sage ich und steige aus.

Auch hier in der Nähe des Wassers riecht man nun den Sommer. Den erwärmten Sand und das Sonnenöl der Menschen am nahen Strand, den Lilienduft, der aus dem Acadia-Nationalpark herüberweht.

Cayden nimmt meine Hand und das Glücksgefühl wird stärker.

Es ist schon etwas eigenartig, dass ich mich so fühle, während ich das Grab meiner verstorbenen Eltern besuche. Aber ich kann es nicht ändern – das zwischen Cayden und mir passiert einfach.

Und zumindest im Moment will ich nichts anderes, als es zuzulassen.

Egal, wo wir gerade sind und egal, was wir hier tun.

***

Ich weiß, wo sich das Grab der Collisters befindet. Ich war schon mal hier, früher, mit Knox. Bevor wir erwachsen wurden und anfingen, vollkommen unterschiedlich mit den Geschehnissen von damals umzugehen.

Ich erinnere mich genau, an welcher Stelle auf dem Gräberfeld Juliets leibliche Eltern liegen, doch ich kann es ihr nicht sagen, denn das wäre viel zu auffällig. Und so türmt sich Lüge auf Lüge.

Während wir die Grabreihen ablaufen und Namen um Namen lesen, komme ich mir wie der größte Mistkerl vor, wie ein verdammter Heuchler. Wieder einmal.

Juliet hingegen wirkt entspannt. Sie schmiegt sich in meinen Arm und liest, mehr für sich, einen Namen nach dem anderen vor. »Bancroft, Holloway ... Sieh mal. Die beiden sind fast hundert Jahre alt geworden.«

Auch ich sehe auf den Stein des Ehepaars Holloway. »Ja. Und dann mit nur einer Woche Abstand voneinander gestorben.«

»Romantisch«, sagt Juliet und trotz meiner miesen Stimmung muss ich lachen.

»Das findest du romantisch? Ich glaube, du hast eine dunkle Seite, von der ich noch nichts weiß.«

»Haben wir die nicht alle?«, fragt sie und zieht mich weiter mit sich.

Oh doch.

Bei manchen beschränkt sie sich darauf, es romantisch zu finden, wenn nicht einmal der Tod zwei Liebende auf lange Sicht scheiden kann. Und bei anderen ...

»Hier ist es.«

Ich blicke auf und stelle fest, dass wir tatsächlich das richtige Grab erreicht haben.

Juliet bleibt stehen und schaut auf den Stein. Forschend, voller Neugier.

Auch ich lese die wenigen Worte und Zahlen, ein bronzenes Relief auf grauem Granit.

Hier ruhen May und Everett Collister

So groß die Trauer über den zu frühen Abschied ist,
so groß ist auch die Dankbarkeit für das,
was sie in unseren Herzen zurücklassen.

»Von wem stammt die Inschrift?«, fragt Juliet, doch der Unterton in ihrer Stimme verrät mir, dass sie es bereits ahnt.

»Von deinem Dad, nehme ich an«, helfe ich ihr auf die Sprünge.

»Ja, das klingt nach ihm. Er findet einfach immer die perfekten Worte, auch wenn … auch wenn es eigentlich gar keine perfekten Worte gibt.«

Ich ziehe sie enger in meinen Arm und drücke ihr einen Kuss aufs Haar, doch als ich in ihr Gesicht blicke, stelle ich fest, dass sie gar keinen Trost braucht.

Sie weint nicht, sie wirkt auch nicht verzweifelt. Nur irgendwie unsicher, als sie zu mir aufblickt und fragt: »Müsste ich nicht irgendwas spüren, Cayden?«

***

Es ist sonderbar. Jetzt stehe ich hier und trauere immer noch nicht, und mit einem Mal wünsche ich mir, ich hätte mehr Erinnerungen. Mehr, um das ich überhaupt trauern kann.

Aber was soll ich tun?

Dinge zerbrechen, so lange, bis mir alles aus meiner frühesten Kindheit wieder einfällt?

Das wäre doch vollkommen verrückt.

Cayden nimmt mein Gesicht in seine Hände, ich blicke zu ihm auf und da ist es wieder – dieses Glücksgefühl, das mich seit unserem ersten Kuss fast immer erfasst, wenn er in meiner Nähe ist.

»Du musst gar nichts«, sagt er leise, aber bestimmt. »Was immer dir hilft, mit dieser ganzen Sache klarzukommen, ist richtig. Wer weiß, vielleicht bist du jetzt nicht traurig, aber in ein paar Wochen bist du es plötzlich. Aber selbst wenn nicht – niemand macht dir einen Vorwurf, Juliet. Du kannst für alles, was geschehen ist, am allerwenigsten.«

Ich sehe in seine Augen, lausche seiner tiefen Stimme und nicke leicht. Seine Worte die Klarheit und Überzeugung, die darin liegen, machen mir etwas Wichtiges klar und zugleich erleichtern sie mich.

Denn mit einem Mal weiß ich, weswegen ich weder

übermäßig traurig noch zornig bin, weshalb ich trotz des ganzen Chaos nicht verzweifle.

Ich schlinge die Arme um seine Hüften und erwidere, leise, als könnten die Menschen, die auf dem Salisbury-Friedhof ruhen, uns belauschen: »Ich bin so froh, dass ich dir begegnet bin. Du bist es, der das alles hier erträglich für mich macht.« Fast muss ich lachen, weil das Wort so falsch klingt. »Nein, nicht nur erträglich. Es ist ... Trotz allem ist das hier schon jetzt mein schönster Sommer seit langem. Und das dank dir.«

Cayden erwidert meinen Blick, aber nur für einen Moment. Dann zieht er mich enger an sich, drückt seine Lippen auf meine Stirn und ich lasse es nur zu gern geschehen.

Lange stehen wir so da, vor dem Grab der zwei Menschen, die durch einen zerbrochenen Spiegel wieder in mein Leben traten. Menschen, die ganz plötzlich Teil meiner Vergangenheit geworden sind.

Ich werde sicher nochmal herkommen. Werde Blumen ablegen oder vielleicht sogar mit May und Everett reden.

Heute jedoch hat mir mein Besuch auf dem Friedhof vor allem eines gezeigt. Das hier ist nicht die Zeit, um mich mit dem Tod zu beschäftigen, nicht die Zeit, um zu trauern.

Um mich herum blüht alles auf, das Meer rauscht kraftvoll und schäumend an den Strand und ich will, wenn überhaupt, über die Zukunft nachdenken.

So, wie ich meine leiblichen Eltern einschätze, wären sie mir deswegen nicht böse.

Und das ist ein gutes Gefühl.

***

Als wir den Friedhof verlassen, fühle ich mich befreit und voller Tatendrang. Cayden und ich fahren zurück zum Haus und ich löse endlich mein Versprechen ein – ich helfe ihm dabei, es in Ordnung zu bringen.

»Okay, Boss, sag mir, was ich tun soll«, fordere ich, als wir eintreten.

»Ich hätte da was.« Er deutet auf die Wand, an der ich mich ausgelassen habe.

Damit habe ich schon fast gerechnet.

Ich verziehe das Gesicht und trete langsam auf die zerfetzte Tapete zu. »Oh Mist, was ist denn da passiert?«

»Ich weiß auch nicht.«

Cayden schlingt von hinten seine kräftigen Arme um mich und ich lege meine Hände auf seine. Seine Nähe bringt meinen ganzen Körper zum Kribbeln.

»Also, ich habe damit nichts zu tun«, sage ich und

lehne mich an ihn.

»Nein, natürlich nicht. Wahrscheinlich war es ein Waschbär. Die Viecher suchen an den ungewöhnlichsten Stellen nach Futter.«

Ich muss lachen, doch daraus wird ein überraschtes Zischen, als Cayden seine Lippen auf meinen Hals senkt und sanft meine Haut küsst.

In seiner Umarmung drehe ich mich zu ihm um und sehe gespielt empört zu ihm auf. »Was soll das denn werden? Wir sind hier, um zu arbeiten, schon vergessen?«

»Ja«, gibt er zu und drückt mir jetzt einen Kuss auf die Lippen.

»Wenn du so weitermachst, werden wir nie fertig.«

»Oh nein.« Er weist auf die Wand hinter mir. »Wenn *du* so weitermachst, werden wir nie fertig.«

Ich stelle mich auf die Zehenspitzen und küsse ihn ebenfalls. »Es tut mir leid«, sage ich dann aufrichtig.

»Das muss es nicht.« Er streicht mir eine Strähne aus der Stirn. »Du brauchtest Antworten, jetzt hast du sie.«

Ich bejahe und sehe mich um. Dieses Haus strahlt eine Wärme aus, die ich so sicher nicht empfinden könnte, wenn das hier nicht auf gewisse Weise mein Zuhause wäre.

»Was hast du eigentlich damit vor?«, frage ich Cayden. »Willst du hier einziehen, wenn es fertig ist?«

Er zögert, dann jedoch erwidert er: »Könntest du dir das denn vorstellen?«

Stellt er diese Gegenfrage, weil er wissen will, ob ich es okay fände, wenn er im Haus meiner toten Eltern lebt? Oder weil er es für möglich hält, mit mir zusammenzuziehen? Irgendwann in der Zukunft?

Die Vorstellung ist wunderschön.

Aber könnte ich genau hier mit ihm leben?

»Wir müssen das nicht jetzt entscheiden«, sagt Cayden. »Machen wir es erstmal fertig und sehen, was der Sommer bringt.«

Ich denke daran, wie ich vor wenigen Tagen noch überhaupt nichts mit mir anzufangen wusste. Zu sehen, was der Sommer bringt, hört sich mit ihm an meiner Seite mit einem Mal ziemlich gut an.

In einer Sache bin ich mir jetzt schon sicher – ich werde ihn definitiv damit verbringen, hoffnungslos verliebt in Cayden Moore zu sein.

»Einverstanden«, sage ich und löse mich unwillig aus seinem Griff. »Dann zeig mir mal, wo du Spachtel, Kleister und Tapetenrollen hast. Und dann erklär mir, wie man tapeziert.«

***

Als es am frühen Abend an der Haustür klopft, bin ich froh, dass sich Juliet gerade in der Küche befindet. Sie hat darauf bestanden, Nudeln für uns zu kochen. Dazu benutzt sie den Campingkocher, der zusammen mit dem kleinen Kühlschrank, der Kaffemaschine und der Mikrowelle meine derzeitige Kücheneinrichtung darstellt.

Ich lege die Säge, mit der ich die Bodendielen zurechtschneide, beiseite und gehe auf die Eingangstür zu. Etwas in mir ahnt nichts Gutes und ich reiße die Tür fester auf als beabsichtigt.

»Preston«, zische ich, als ich erkenne, wer vor mir steht.

»Ist sie bei dir?« Preston trägt trotz des Dämmerlichts eine Sonnenbrille. Wahrscheinlich versucht er so, auszusehen, als hätte er geheult.

Mit einem kurzen Blick hinter mich vergewissere ich mich, dass Juliet noch in der Küche beschäftigt ist. Anschließend trete ich nach draußen und lehne die Tür hinter mir an.

»Du hast hier nichts verloren, du verlogener Bastard!«

Preston bleibt ruhiger, als ich es angesichts meiner Beleidigung erwartet hätte. »Ich will nur wissen, ob

Juliet hier ist und ob es ihr gut geht. Sie geht nicht an ihr Handy und ich mache mir Sorgen.«

»Sie ist hier«, sage ich, auch wenn Preston von mir aus vor lauter Sorge um Juliet ruhig schlaflose Nächte haben könnte. »Ihr geht es gut, ich kümmere mich um sie.«

Preston blickt an mir vorbei, als könne er sie durch die geschlossene Tür sehen. »Das ist gut. Danke.«

»Komm schon. Du hast ihr schließlich damals das Leben gerettet, also muss *ich* wohl eher *dir* danken«, erwidere ich voller Häme.

Preston verzieht das Gesicht, als hätte ich ihn geohrfeigt. »Mein Vater hat ihr das erzählt.«

Ich verschränke die Arme vor der Brust. »Wie praktisch. Und dabei habt ihr Juliet dann gleich noch ein paar weitere Lügen aufgetischt?«

»Es waren keine Lügen, es ...« Preston fährt sich mit der Hand durchs Haar, was ziemlich verlegen wirkt. »Wie hast du dir das denn vorgestellt?« Er sieht mich an und scheint ernsthaft an mein Mitgefühl zu appellieren. »Kannst du dir nicht ausmalen, was los gewesen wäre, wenn sie *alles* erfahren hätte?«

Oh doch. Das kann ich. Und einerseits bin ich froh, dass sie eben nicht alles weiß. Aber andererseits ...

»Ihr seid jetzt fein raus, während ich sie Tag für Tag belügen muss«, sage ich.

»Bitte, verrat ihr trotzdem nichts.«

Preston tritt einen Schritt auf mich zu und ich weiche zurück. Er soll es ja nicht wagen, noch näher zu kommen, denn sonst weiß ich nicht, ob ich mich noch länger beherrschen kann.

»Ich bin dir rein gar nichts schuldig«, zische ich.

»Denk an Juliet«, fordert er.

»Ich tue nichts anderes.«

»Sag ihr nicht –«

»Preston?« Juliet hat die Tür geöffnet und ist hinter mir erschienen. Sie trägt jetzt ein Arbeitsshirt von mir, das nicht mehr nur mit Farbklecksen, sondern auch noch mit Tomatensoße verschmiert ist.

Mir entgeht der Blick nicht, mit dem Preston sie mustert. Wahrscheinlich fragt er sich, wie es so schnell so ernst zwischen uns hat werden können, dass sie sich in meinem Haus bewegt, als würde sie hier und nicht mehr in den Harbor Hills leben.

Das frage ich mich allerdings auch.

***

Ein Teil von mir hat noch nicht begriffen, dass ich sauer auf Preston bin und mein Herz macht einen freudigen Hüpfer, als ich ihn sehe. Doch die Enttäuschung überwiegt und ich schaffe es, mir meine Freude nicht anmerken zu lassen.

»Was soll Cayden mir nicht sagen?«

Preston sieht mich einen Moment mit offenem Mund an. »Dass ich hier war«, stammelt er dann. »Und gebettelt habe wie ein Köter, dass er mich reinlässt.«

Ich sehe kurz zu Cayden, der neben mir steht wie ein Bodyguard und Preston geringschätzig mustert.

»Ich will dich oder Mom und Dad aber im Moment nicht sehen. Und das weiß er.«

»Aber wir müssen über alles reden, Jule. Ich will dir erklären, warum wir so lange nichts gesagt haben.«

»Das musst du nicht mal. Ich verstehe euch.«

Prestons Stirn kräuselt sich kurz irritiert. »Wirklich?«, fragt er dann.

»Ja. Wirklich. Ich weiß, dass es keiner von euch böse meinte, aber trotzdem brauche ich eine Weile für mich, bevor ich wieder nach Hause komme. Ich möchte meine Gedanken sortieren und in der Zeit hier bei Cayden bleiben.« Mit einem Blick zu Cayden füge ich hinzu. »Wenn das okay ist.«

Cayden legt einen Arm um mich und nickt. »Natürlich.«

»Seid ihr zwei jetzt zusammen?«, murmelt Preston.

»Ich werd dir beizeiten alles erzählen. Aber jetzt geh bitte.«

Preston sieht erst mich und dann Cayden an, bevor er sich geschlagen gibt. »Ruf mich jederzeit an«, sagt er zum Abschied. »Egal, wann.«

»Gute Nacht.«

Seite an Seite sehen Cayden und ich zu, wie Preston den Rückzug antritt.

»Essen ist fertig«, sage ich dann und all meine Glücksgefühle sind schlagartig wieder da.

***

Kapitel 10

Cayden

Ich habe mich nie für sonderlich gefühlvoll gehalten. Doch nach unserer zweiten Nacht in dem unfertigen alten Haus bin ich mir sicher, dass ich für immer mit Juliet hier bleiben könnte.

Keine Albträume, keine Flammen, keine im Feuer schmelzenden Gesichter. Nur ihr warmer, anschmiegsamer Körper in meinen Armen.

Wir schlafen länger, als wir sollten. Aber irgendwann kann ich die Tatsache nicht länger verdrängen, dass ich arbeiten muss und Knox mir die Hölle heißmachen wird, wenn ich nicht auftauche.

Juliet bittet mich, sie unterwegs am Krankenhaus abzusetzen. Als ich den Wagen anhalte, klettert sie raus und fächert sich Luft zu. Kein Wunder. Meine Klimaanlage ist kaputt, ein Grund, aus dem Knox bei jeder sich bietenden Gelegenheit vorschlägt, mich zu fahren.

Juliet beugt sich nochmal zu mir in den Wagen und versieht mich mit einem vielsagenden Grinsen. »Du reparierst die Klimaanlage nur nicht, weil du hoffst, dass ich irgendwann nur noch einen Bikini trage, wenn ich bei dir mitfahre.«

»Erwischt.« Ich zwinkere ihr zu. »Ich hole dich nachher hier ab.«

»Hört sich gut an.«

»Finde ich auch.«

»Ich halte den Bikini bereit.« Juliet küsst mich nochmal, dann richtet sie sich auf, macht die Tür hinter sich zu und ich sehe ihr nach, wie sie im Krankenhaus verschwindet.

Schon jetzt fühlt sich die Aussicht, den Tag ohne sie zu verbringen, ätzend an. Aber ich fürchte, daran werde ich mich gewöhnen müssen. Beim Renovieren schlägt sie sich gut, doch in der KFZ-Werkstatt wird sie wohl kaum anfangen.

Also lasse ich den Motor an und mache mich allein auf den Weg zu meinem Bruder.

***

Knox und ich reden nicht viel. Meist arbeiten wir an unterschiedlichen Fahrzeugen und machen auch nicht zur selben Zeit Pause. Dafür bin ich verantwortlich. Seit Jahren gehe ich ihm aus dem Weg und blocke all seine Versuche, daran etwas zu ändern, konsequent ab.

Knox hat sich davon bisher nie beeindrucken lassen. Die meiste Zeit über versucht er, sich mir gegenüber wie ein normaler Bruder zu verhalten.

Doch als ich die Werkstatt am Stadtrand von Bar Harbor an diesem Morgen betrete, ist etwas anders.

Knox ist schon da, schraubt aber noch nicht an einem Motor oder einer Karosserie herum. Ich entdecke ihn auf der rechten Seite der kleinen Halle, in der wir einen guten Teil unserer Kindheit verbracht haben. Alles ist noch genau wie damals: Die Wände hängen voll mit Werkzeugen und Postern von alten amerikanischen Autos, die Dad vor seinem Tod leidenschaftlich gesammelt hat.

Mein Bruder steht einfach nur da, an die Tür eines alten Challengers gelehnt, hat die Arme vor der Brust seines Jeanshemds verschränkt und sieht mir finster entgegen. Es riecht nach Qualm, was mir gleich auffällt. Genau wie ich raucht Knox nur selten, um seine Nerven zu beruhigen.

»Morgen«, sage ich und mustere ihn, während ich zu dem Buick gehe, an dem ich gerade arbeite. »Ist was?«

Knox antwortet nicht, doch ich spüre seinen unheilvollen Blick im Nacken. Glücklicherweise kenne ich diese Spielchen und lasse mich davon nicht beeindrucken. Er wird schon sagen, was er zu sagen hat. Und tatsächlich – kaum habe ich damit begonnen, den Wagen für den Ölwechsel aufzubocken, bricht mein Bruder sein Schweigen.

»Du musst damit aufhören, Cay«, brummt er. »Du musst es beenden, bevor es ernst und damit schmerzhaft wird.«

Mit der verschmierten Auffangwanne in den Händen, die ich gerade unter den Buick schieben wollte, halte ich inne. »Du meinst die Sache zwischen Juliet und mir.«

»Was auch immer.«

Ich blicke auf. »Nein, nicht was auch immer. Wieso fällt es dir so schwer, die Dinge beim Namen zu nennen?«

Knox presst die Lippen zusammen, wodurch es für einen Moment aussieht, als würde auch *sein* Gesicht und nicht nur meins von einer Narbe geteilt. »Verdammt nochmal, Cayden«, sagt er dann. »Kannst du nicht verstehen, dass es mir ziemlich schwer fällt, zu kapieren, weshalb du dich ausgerechnet an sie heranmachen musstest?«

»Ich habe mich nicht an sie herangemacht«, widerspreche ich. »Das zwischen uns ist einfach passiert.«

Damit gehe ich in die Hocke und platziere die Wanne unter dem Buick. Aus dem Augenwinkel sehe ich, wie mein Bruder sich von seinem Platz löst und näherkommt.

»*Unfälle* passieren, Cay. Oder von mir aus auch

Lottogewinne. Aber es darf einfach nicht passieren, dass du dich auf die Frau einlässt, wegen der ich im Knast landen werde!«

Ich richte mich auf, trete ihm entgegen. »Spar dir deine Paranoia.«

»Das ist eine Tatsache.«

»Nein, ist es nicht, Knox.«

Fassungslos schüttelt er den Kopf. »Du denkst doch nicht, dass du das durchhältst. Dass du es fertigbringst, weiter zu schweigen, wenn sie dich aus ihren großen, vertrauensseligen Augen ansieht!«

Der Spott, der bei den letzten Worten in seiner Stimme mitschwingt, gefällt mir gar nicht. Ich mache einen weiteren Schritt auf ihn zu und zische: »Pass auf deinen Tonfall auf.«

Knox hält meinem Blick mühelos stand. »Was denn? Vertraut dir die Kleine etwa nicht? Vielleicht, weil sie instinktiv spürt, dass du ein Lügner bist?«

Ich hole tief Luft, versuche, die Wut zurückzudrängen, die sich wie eine Gewitterwolke in mir auftürmt. Er hat Recht, ich bin ein Lügner. Und er sollte dankbar dafür sein, denn immerhin lüge ich, um ihn zu schützen.

Doch er sollte sich nicht darauf verlassen, dass es für den Rest meines Lebens so weitergehen wird.

»Sie ist anders, als du denkst, Knox. Sie würde mit

Sicherheit nicht gleich zu den Bullen rennen, allein schon wegen ihres eigenen Bruders. Ich könnte ihr die Wahrheit sagen und dir würde nichts passieren.«

Schnell und unvermittelt packt Knox mich am Kragen. »Wenn du das tust ...!«

Was hat er jetzt vor? Seinem eigenen Bruder eine reinhauen? Mitten in Dads alter Werkstatt? Das kann ich mir beim besten Willen nicht vorstellen und er macht tatsächlich keine Anstalten, das hier zu einer Schlägerei ausarten zu lassen.

Er starrt mich lediglich an, mit einem Ausdruck in den Augen, als wäre er ein wildes Tier, das mehr und mehr in die Enge getrieben wird. Und das trotzdem Skrupel hat, um sich zu beißen.

»Eins sollte dir klar sein«, sagt er schließlich, nicht weniger mühsam beherrscht als ich. »Wenn du das durchziehst, wirst du sie verlieren. Alles, was sie sieht, wird deine Schuld sein.«

»Meine Schuld?«, wiederhole ich spöttisch.

Mein Bruder nickt. »Denk nach, Cay. Erinnerst du dich an den Abend, als es geschah, hm?«

Was soll das werden? Ein weiteres Psychospielchen? Das kann er vergessen. Nur weil Juliet meine Vergangenheit noch nicht kennt, heißt das nicht, dass ich sie vor mir selbst verleugne.

»Natürlich«, sage ich fest. »Ich denke jeden Tag

daran.«

»Und? Glaubst du, deine Schuld ist abgegolten, sobald du es ihr erzählst? Denkst du etwa, du hast damals alles richtig gemacht?«

»Nein, ganz sicher nicht.« Das habe ich nicht, und mein Bruder weiß es so gut wie ich. »Ich bereue, dass ich überhaupt erst ins Haus gegangen bin, dass ich die Flammen nicht gelöscht habe, als sie noch klein waren. Dass ich es einfach geschehen lassen habe. Und ich verabscheue mich dafür, dass mein erster Reflex war, aus dem Haus zu laufen und Juliet verbrennen zu lassen! Ich höre die Schreie der Collisters jede Nacht im Schlaf, also komm mir nicht so.«

Knox stößt mich gegen den Buick, die Karosserie bebt.

»Da haben wir es doch«, blafft er. »Du warst dort und du hast es nicht verhindert. Willst du das deiner Kleinen wirklich erzählen? Dann jagt sie dich zum Teufel und dein letzter lebender Verwandter landet im Knast. Wenn es das ist, worauf du aus bist, dann nur zu! Erleichtere dein Gewissen und zerstör damit gleich drei Leben. Aber erwarte nicht, dass wir zwei danach noch Brüder sind!«

Damit stürmt Knox aus der Werkstatt. Mit einem Mal scheint er es ziemlich eilig zu haben – es dauert keine halbe Minute, bis ich den Motor seines Wagens aufheulen höre.

Misstrauisch sehe ich ihm hinterher und werde das Gefühl nicht los, dass ich gerade einen tollwütigen Hund aus seinem Käfig entlassen habe.

***

Ich atme tief die laue Sommerluft ein. Sie vertreibt auch die letzten Reste des abgestandenen Krankenhausgeruchs, der mir in den Kleidern hängt. Wie es aussieht, kann Pete bald endlich entlassen werden. Ich werde ihn wirklich vermissen, wenn er zurück in London ist und hoffe, dass Mister Lincoln und Dad noch eine Weile mit den Vertragsverhandlungen beschäftigt sein werden.

Ein Blick auf mein Handy zeigt mir, dass ich noch gute zwanzig Minuten habe, bis Cayden mich abholt. Also setze ich mich in die Sonne, schließe die Augen und denke über mein Gespräch mit Pete nach.

Mit ihm kann man wirklich gut reden. Als ich zu ihm ins Zimmer kam, waren blöderweise Preston und Luke da. Auch wenn die zwei direkt gegangen sind und ich versucht habe, mir nichts von unseren Problemen anmerken zu lassen, hat Pete dennoch etwas gemerkt. Und so habe ich ihm von allem erzählt. Der Adoption und meiner Enttäuschung.

Pete war total verständnisvoll und es tat gut, mit ihm zu reden. Er hat mir die Augen für einen anderen Blickwinkel geöffnet und mir klar gemacht, dass es für Mom, Dad und Preston sicher auch nicht leicht war, mir jahrelang etwas vorzuspielen.

Meine Eltern müssen stets mit der Angst gelebt haben, dass ich die Wahrheit herausfinden und sie dafür verachten könnte. Sie fortstoßen könnte. Auch wenn ich nicht ihr eigen Fleisch und Blut bin, habe ich dennoch keinen Zweifel daran, dass sie mich aus ganzem Herzen lieben.

Pete hat mich dazu ermutigt, nochmal mit ihnen zu sprechen und das werde ich auch tun.

Ich höre den Motor eines Autos und öffne die Augen.

Ein Pick-up der Moore-Werkstatt rollt auf mich zu und ich bin verwundert, dass nicht Cayden, sondern sein Bruder am Steuer sitzt.

Er winkt mir zu, hält an und ich stehe auf.

»Cay sagt, du brauchst ein Taxi?«

Irritiert komme ich näher. Eigentlich kann ich vom Krankenhaus problemlos laufen. Ich habe nur hier gewartet, weil Cayden und ich verabredet waren.

»Äh …«

Knox lächelt mich durchs offene Fenster an. »Cayden schraubt noch an einem Motorrad herum und hat mich gebeten, dich runter zum Haus zu bringen.«

Zuerst will ich ablehnen. Es ist warm und sonnig; ein Spaziergang würde mir guttun.

Dann wird mir klar, wir unhöflich das wäre und ich steige ein. Das ist eine gute Gelegenheit, etwas mehr über Cayden zu erfahren.

»Danke«, sage ich und schließe die Tür hinter mir. Im Gegensatz zu Caydens scheint Knox' Klimaanlage zu funktionieren und ich genieße die Luft im Auto, die trotz des geöffneten Fensters erfrischend ist.

Knox wirft mir eine kalte Dose Limo in den Schoß. »Heiß für Juni, was?«

»Oh ja.« Ich schnalle mich an, lehne mich zurück und nehme einen großen Schluck von der kalten Limonade. »Du bist Knox, richtig?«

Er grinst zu mir rüber und ich erkenne Cayden darin wieder. »Richtig. Und du musst Juliet sein. Mein Bruder hat schon eine Menge von dir erzählt.«

Ich lächle, als ich mir vorstelle, wie die beiden Brüder in der Werkstatt über mich sprechen. »Hoffentlich nicht die peinlichen Sachen.«

Knox lacht. »Ich wette, die gibt es gar nicht.«

Hat er eine Ahnung! Grinsend trinke ich noch etwas von der Limo.

»Bist du neu in der Stadt?«

Ich schüttle den Kopf, weil ich den Mund voll habe und lasse das kalte Getränk meine Kehle runterrinnen, bevor ich antworte. »Nicht wirklich. Ich war nur die letzten vier Jahre auf dem College.«

»Schön. Ich meine, dass du wieder da bist, ist schön. Für Cayden«, sagt Knox.

»Ja. Finde ich auch.« Ich sehe raus und wundere

mich ein bisschen, dass Knox einen Umweg fährt. Anstatt die Hauptstraße zu nehmen, steuert er den längeren Waldweg an.

»Warum fahren wir hier her?«

»Unfall auf der Harbor Lane.« Knox sieht mich an und sein Blick bleibt einen Moment an mir kleben, bevor er wieder auf die Straße schaut. »Cayden hat wirklich Glück mit dir. Er ... seit er dich kennt, geht es ihm besser.«

»Besser?« Ich schaue Knox fragend an.

Er zuckt mit den Schultern und dreht das Radio auf.

Doch so leicht kommt er mir nicht davon.

»Knox, was soll das heißen? Wieso ging es ihm denn schlecht?«

»Er hat eine schwere Zeit durchgemacht, mehr wollte ich gar nicht sagen.«

»Was ist passiert?« Ich denke an Caydens Narben, daran, dass seine Eltern tot sind und an seine Geheimniskrämerei.

»Aber sag ihm nicht, dass wir drüber geredet haben.«

Das kann ich Knox nicht versprechen, doch er scheint auch keine Antwort zu erwarten.

»Nach dem Tod unseres Vaters ist er ein bisschen durchgedreht. Er wurde ständig wütend, vor allem auf mich. Er war total aggressiv hat sich ein bisschen was zurecht halluziniert.«

Das klingt mir so gar nicht nach Cayden und ich frage mich, worauf Knox hinaus will.

»Ich denke ...« Er unterbricht sich selbst. »Nein, das steht mir nicht zu. Versprich mir einfach, ihm nicht alles zu glauben, was er sagt und vorsichtig mit ihm zu sein.«

Langsam wird es wirklich seltsam. Es fühlt sich falsch an, mit einem Fremden so hinter Caydens Rücken zu reden. Er kann sich gerade schließlich nicht gegen die Vorwürfe seines Bruders wehren.

»Okay, mach ich. Kannst du mich hier rauslassen?« Ich will nur noch weg von Knox und seinem kryptischen Gerede über Cayden. Wenn sich hier jemand seltsam verhält, dann er.

»Hier?« Knox deutet auf den Wald.

»Ja, ich will noch ...« Blätter sammeln? Rehe beobachten? »Ich möchte in Ruhe über das nachdenken, was du mir gesagt hast.«

Das scheint Knox zu beruhigen.

»Alles klar.« Er fährt rechts ran. »Und sollte Cay mal Probleme machen, rede mit mir.«

»Danke«, sage ich und kann es kaum erwarten, aus seinem Auto zu kommen. »Auch fürs Mitnehmen!« Ich werfe die Tür zu und bin froh, als Knox sich verabschiedet und wegfährt.

Cayden und verrückt.
Etwas Blöderes habe ich ja noch nie gehört.

***

Ich bin etwas zu früh dran und warte vor dem Krankenhaus auf Juliet. Ich habe mich mit der Arbeit beeilt, weil ich auf keinen Fall nochmal auf Knox treffen wollte. Dieser miese Heuchler. Ich habe sogar meine Klimaanlage repariert, damit er bloß nicht nochmal auf die Idee kommt, mich irgendwo hinzufahren.

Sein Verhalten heute hat mir wieder einmal gezeigt, wie grundverschieden wir uns entwickelt haben.

Eigentlich hätte ich ihm –

Mein Handy klingelt und Juliets Name erscheint auf dem Display. Ich nehme ab.

»Hey.«

»Cayden?«

Ihre Stimme klingt etwas unsicher und in mir schrillen direkt alle Alarmglocken.

»Ist alles okay?«

»Ja. Ja schon, nur ... Nicht, dass du dich wunderst. Ich lauf den Rest zu dir.«

Was soll das denn auf einmal? Vielleicht hatte Pete keine Lust mehr auf Besuch und sie ist schon unterwegs. »Also soll ich dich nicht abholen?«

»Du?«

Ich muss lachen. Ist sie betrunken oder was. »Wer

denn sonst?«

»Na, Knox.«

Jetzt versteh ich gar nichts mehr. »Wieso sollte dich mein Bruder fahren?«

»Er hat gesagt, du hättest ihn geschickt, weil du länger arbeiten musst. Er hat sich echt merkwürdig benommen, deshalb bin ich ausgestiegen.«

Augenblicklich kocht Wut in mir hoch. Knox hat sich von ihr fernzuhalten! Seine Psychospielchen hat er weder mit mir noch mit Juliet zu veranstalten.

»Wo bist du jetzt?« Ich starte den Wagen.

»Im Wald. Ich ...«

»Bleib, wo du bist, ich bin in fünf Minuten da!«

Ich lege auf und gebe Gas.

***

Ich habe mich auf einen Stein am Wegrand gesetzt und warte. Die Luft unter dem grünen Blätterdach des Waldes ist angenehm kühl und ein sanfter Wind raschelt in den Zweigen.

Bar Harbor ist so viel schöner als Williamstown. Vielleicht bleibe ich ganz einfach hier und verzichte darauf, weiter zu studieren. Ich weiß schon nicht, was ich mit meinem Wirtschafts-Bachelor anfangen soll, warum also den Master dranhängen?

Außerdem hat Bar Harbor ein gutes Argument fürs Bleiben hinzubekommen: Cayden.

Den verrückten Cayden.

Ich schüttle den Kopf über Knox' Worte. Was ist er nur für ein Bruder? Wahrscheinlich gönnt er Cayden einfach sein Glück nicht. Rivalität unter Brüdern ist keine Seltenheit.

Motorengeräusche reißen mich aus meiner Grübelei, aber diesmal biegt Cayden an Knox' Stelle auf den Waldweg ein.

Ich lächle und stelle mich dem Pick-up in den Weg.

Cayden hält vor mir an, springt aus dem Auto und nimmt mich in die Arme.

»Geht es dir gut? Hat er dir was getan?«

Ich erwidere seine Umarmung und bin überrascht

über seine Frage. »Was getan? Nein, er wollte nur reden.«

»Gott sei Dank.«

Unwillkürlich muss ich an Knox' Worte denken.

Nach dem Tod unseres Vaters ist er ein bisschen durchgedreht. Er wurde ständig wütend, vor allem auf mich. Er war total aggressiv hat sich ein bisschen was zurecht halluziniert.

Ich denke, dass Cayden gute Gründe dafür hatte, wütend auf ihn zu sein. So wie jetzt auch.

»Er meinte, du wärst nach dem Tod eures Vaters verrückt und aggressiv geworden.« Ich versuche ihn raushören zu lassen, dass ich Knox kein einziges Wort von dem Unsinn abgekauft habe. »Und dass ich dir nicht alles glauben soll, was du erzählst.«

Caydens Blick verfinstert sich. »Das hat er gesagt?«

Ich grinse, um Cayden zu zeigen, dass ich Knox durchschaut habe. »Aber ich kann mich gerne jederzeit an *ihn* wenden, wenn es Probleme gibt.«

Cayden schnaubt. »So ein …!« Er packt meine Hand. »Ich fahr dich zum Haus, dann rede ich mit ihm.«

Die Art und Weise, wie Cayden das Wort »reden« betont macht mir deutlich, dass Knox bei diesem Gespräch ein paar Zähne verlieren könnte.

»Hey, komm schon.« Ich halte Cayden zurück. »Regen wir uns nicht über ihn auf. Es ist so schönes

Wetter. Lass uns lieber was unternehmen.«

Cayden sieht mich zweifelnd an und ich drücke ihm einen Kuss auf den Mund.

»Bitte.« Ich sehe ihm tief in die Augen. »Komm schon.«

»Also schön«, knurrt Cayden schließlich. »Aber sollte er sich dir nochmal nähern, dann ...«

Ich zwinkere ihm zu. »Dann versenken wir ihn mit Betonfüßen im See, schon klar, Al Capone.«

»So lustig ist das nicht«, sagt Cayden, doch ich sehe ihm an, dass die Wut langsam verraucht und er schmunzeln muss.

Ich beschließe, ihn endgültig zu besänftigen, schlinge die Arme um ihn und gebe ihm einen langen, innigen Kuss.

***

Kapitel 11

Juliet

Als wir am frühen Abend, nach einem späten Mittagessen im *Harbor Lane*, Arm in Arm durch den Ort spazieren, bin ich überrascht, wie viele Leute Cayden kennt. Gefühlt jeder Zweite, dem wir begegnen, wirft ihm ein kurzes »Hey Cayden« oder »Hallo, Cay« zu.

»Du scheinst beliebt zu sein«, sage ich.

»Ich repariere ihre Autos, natürlich bin ich beliebt.«

Er zieht mich enger in seinen Arm und ich lächle bewundernd zu ihm hinauf. Mir ist schon klar, dass ich dazu erzogen wurde, andere Dinge an Männern zu schätzen. In Moms und Dads Welt sind wirtschaftliches Geschick und Kultiviertheit wichtiger. Aber ich werde es immer lieben, dass Cayden eben keiner dieser Typen ist, mit denen ich aufgewachsen bin.

»Zeigst du mir die Werkstatt?«, frage ich und er blickt mich ein wenig zweifelnd an.

»Da gibt es nichts zu sehen außer ein paar Ersatzteilen und der vermutlich größten Wagenhebersammlung in ganz Maine.«

»Allein schon diese Attraktion ist einen Besuch wert«, erwidere ich und beobachte, wie Cayden anfängt zu schmunzeln.

»Sie ist nicht so spektakulär, wie es klingt.«

»Glaub mir, einen schönen Wagenheber wusste ich schon immer zu schätzen.«

Cayden lacht und ich beobachte die kleinen Grübchen, die dabei auf seinen Wangen entstehen.

»Also schön«, lenkt er ein. »Ich zeige sie dir. Hier entlang.«

Cayden zieht mich mit sich in die Main Street, der wir folgen, bis wir die Werkstatt erreichen. Auch wenn sie an der Stadtgrenze liegt, ist es nicht sehr weit. Alles liegt nah beieinander in Bar Harbor. Früher haben Preston und ich manchmal gescherzt, dass unsere kleine Stadt die perfekte Kulisse für einen Horrorfilm wäre. Aber heute, während die tief stehende Sonne auf die Schaufenster der Restaurants und Geschäfte strahlt und selbst der Asphalt in warmem Orange zu glühen scheint, kann ich diesen Gedanken gar nicht mehr nachvollziehen.

Ehrlich gesagt ist es hier einfach nur schön.

Cayden und ich biegen auf einen Parkplatz ab.

»Was würdest du dazu sagen, wenn ich nach dem Sommer nicht zurück aufs College gehe?«, frage ich ihn.

Überrascht sieht er mich an und bleibt stehen. »Ich wusste gar nicht, dass du das vorhast.«

»Na ja, ich würde jetzt eigentlich das Masterstudium anfangen, also …«

Ich breche ab und mir wird klar, wie wenig Cayden und ich im Grunde noch voneinander wissen. Im Grunde ist es verrückt, wie vertraut wir miteinander sind. Bisher habe ich mir darüber keine Gedanken gemacht, aber mit einem Mal nehme ich sie wahr, die Distanz, die noch zwischen uns herrscht.

Er weiß wenig über mein Leben. Und ich weiß so gut wie nichts über seines.

Noch einen Moment lang sieht Cayden mich an, dann gehen wir weiter. »Es wäre schön, wenn du bleibst«, sagt er.

Fast erwarte ich, dass noch ein Zusatz kommt, sowas wie: *Aber du solltest nicht wegen uns deine berufliche Zukunft riskieren.*

Doch Cayden sagt nichts dergleichen. Und das gefällt mir.

Er führt mich auf eine hellblau gestrichene Halle mit Flachdach zu, die sich jenseits des Parkplatzes befindet. In altmodisch geschwungenen Buchstaben steht über dem Tor: *Joseph's Garage and Gas Station.*

»Da wären wir«, sagt Cayden.

Er öffnet das Tor und ich blicke auf einen großen

staubigen Raum mit winzigen Fenstern, der bereits mehr als der Rest der Stadt im abendlichen Halbdunkel zu verschwimmen scheint. Der Geruch von Gummi und Benzin steigt mir in die Nase und ich trete langsam, fast ehrfürchtig ein.

»War es dein Wunsch, die Werkstatt zu übernehmen?«, frage ich.

»Es war Knox' Wunsch. Mir reicht es, hier zu arbeiten. Ich muss nicht der Chef sein, um an Autos zu schrauben.«

»Aber du machst es gern?«

»Ich bringe gern Dinge in Ordnung.«

Vor einem Buick mit Metallic-Lackierung bleibe ich stehen und spüre, wie Cayden hinter mich tritt.

»Der ist von 1987. Unser Dad war immer der Auffassung, dass man jeden alten Wagen wieder in Schuss bringen kann, wenn man ihn erst versteht. Knox fehlt dazu die Geduld, aber ich mache das gern.«

Es überrascht mich, dass er von sich aus beginnt, über seine Eltern zu sprechen. »Wie war er so?«, frage ich vorsichtig. »Dein Dad.«

Cayden zögert nur einen winzigen Moment, ehe er antwortet: »Er war ein netter Kerl. Hilfsbereit. Bis zu ihrem Tod hoffnungslos verliebt in unsere Mom.«

Ich drehe mich zu ihm um, fange seinen ernsten Blick ein. Ich hoffe, es ist okay, wenn ich frage. Aber ich schätze, sonst hätte er mich nicht hergebracht.

»Woran starb sie?«

»Mukoviszidose. Sie hatte häufig Lungenentzündungen und eines Abends, als mein Vater von der Arbeit kam, fand er sie tot im Bett. Sie war erstickt.«

Er klingt sehr ruhig, beinahe zu sachlich.

Ich greife nach seinen Händen und drücke sie. Sie sind kühl. Ich möchte etwas sagen, das verdeutlicht, wie leid es mir tut, doch sämtliche Sätze, die mir einfallen, klingen nach Floskeln.

Das ist schrecklich.

Das tut mir leid.

»Ich kann mir nicht vorstellen, wie hart das für euch gewesen sein muss«, erwidere ich schließlich, denn es stimmt und mir wird bewusst, wie gut ich es habe.

Der einzige Verlust, den ich je zu verschmerzen hatte, stammt aus einer Zeit, an die ich mich kaum erinnere.

»Das klingt jetzt vielleicht komisch«, sagt Cayden, »aber da wir immer wussten, dass sie nicht sehr alt werden wird, war es kein solcher Schock, wie du glaubst.« Er blickt an mir vorbei auf den Buick. »Dads Tod war härter«, gibt er dann zu.

»Wie ist er gestorben?«, frage ich leise, doch allein der Ausdruck in Caydens Augen lässt mich

Schreckliches ahnen.

»Er hat sich erhängt. Hier in der Werkstatt, einige Jahre nach Moms Tod. Er kam damit nicht klar. Ich glaube, er hat nur gewartet, bis wir alt genug waren, um allein zurecht zu kommen. Dann ist er ihr gefolgt.«

Ich erschauere unwillkürlich und blicke an Cayden vorbei auf die Deckenbalken, von denen Abschleppseile und Werkzeuge baumeln.

»Das ist furchtbar«, sage ich nun doch, weil es genau das ist, was ich fühle.

»Knox war neunzehn und ich siebzehn«, berichtet Cayden weiter. »Von jetzt auf gleich standen wir allein da. Es war hart, aber aus sowas lernt man auch. Man lernt, dass man sich gut überlegen sollte, ob und wie nah man einen anderen Menschen an sich heranlässt.«

Cayden sieht mich an und verschränkt die Arme hinter meiner Taille.

Ich blicke in seine Augen und spüre, was er mir damit sagen will.

Er vertraut mir. Und ich kann ihm auch vertrauen. Verlust kann einen zum Einzelgänger machen. Doch es gibt kein Gesetz dieser Welt, das besagt, dass es für immer so bleiben muss.

Ich stelle mich auf die Zehenspitzen, lege meine Hände auf seine kratzigen Wangen und drücke ihm einen langen Kuss auf die Lippen.

Cayden erwidert meinen Kuss und ich spüre, wie seine finstere Stimmung langsam wieder zurückweicht.

»Lass uns nach Hause gehen«, sagt er leise.

Ich nicke und bin froh, aber auch dankbar, als wir die Werkstatt verlassen. Endlich hat Cayden mir etwas über sich verraten und ich spüre, wie das Vertrauen zwischen uns Stück für Stück wächst.

Auf dem Heimweg lege ich den Arm um Caydens Taille und genieße, wie er mich an sich zieht, als wäre es das Selbstverständlichste auf der Welt, dass wir einander nahe sind.

Als wäre es schon immer so gedacht gewesen.

***

Wir verbringen den Abend draußen. Ich liege erschöpft neben Cayden im Gras vor dem Haus, die Decke unter mir ist weich und kuschelig und eine wohlige Müdigkeit erfüllt mich. Ich könnte ewig hier liegen und mit Cayden in den Himmel starren, der bis eben noch ein blasses Blau hatte. Jetzt überziehen ihn orangene Schlieren, die von Minute zu Minute ihre Form verändert. Rosatöne mischen sich dazwischen, dazu ein helles Lila. Der Sonnenuntergang färbt die wenigen Wolken in den unglaublichsten Farben und ich kann nicht anders, als fasziniert zuzusehen.

»Ist das nicht schön?«, wispere ich.

»Ja«, gibt Cayden ebenso leise zurück und drückt meine Hand sanft.

Um uns herum zirpen die Grillen, ein Abendvogel zwitschert, ansonsten ist es absolut still und friedlich.

Dieser Moment ist so magisch, dass ich mir wünsche, er würde niemals vergehen.

Wir liegen noch eine Weile schweigend im Gras. Ich spüre Caydens Körper nah an meinem, fühle seine Atemzüge und die Wärme, die seine sonnenerhitzte Haut abstrahlt.

Dann glimmt auf einmal etwas neben mir und meine Aufmerksamkeit richtet sich darauf.

Ein leuchtender Fleck zwischen den Grashalmen.

Und noch einer.

Ich sehe mich um.

Auch in den Ästen der Birke glüht etwas, ein paar Lichter flirren sogar durch die Luft. Und werden von Minute zu Minute mehr.

»Glühwürmchen«, sagt Cayden und seine Stimme klingt mit einem Mal brüchig.

»Ich erinnere mich, wie ich sie früher mit meinem Vater beobachtet habe«, flüstere ich.

Tatsächlich blitzen wieder Bilder vor meinem inneren Auge auf. Erinnerungen an meine Kindheit in diesem Haus. Und das, obwohl diesmal nichts zu Bruch gegangen ist.

Cayden dreht den Kopf zu mir. Er sieht mich so ernst an, dass es in dieser wunderschönen Umgebung fast absurd wirkt.

»Juliet. Ich muss dir was sagen.«

Ich sehe Cayden an und ahne nichts Gutes. Plötzlich fröstle ich trotz des lauen Sommerabends. Am liebsten würde ich ihn bitten zu schweigen und den Moment nicht kaputt zu machen.

»Was denn?«, frage ich und meine Worte klingen genau so heiser wie seine.

»Ich kenne dich schon ewig«, bringt er hervor.

Seine Augen sind ein wenig glasig und es fällt ihm sichtlich schwer, weiter Blickkontakt zu halten.

Ich weiß nicht, was ich von dieser Aussage halten soll. Er kennt mich. Was bedeutet das?

»Cayden, was ...?«

Er legt mir eine Hand ins Gesicht. »Es tut mir leid, dass ich dich auch belogen habe. Es ...«

Ruckartig setze ich mich auf.

Er hat mich belogen?

Inwiefern?

Ich verstehe nicht, was er mir sagen will, spüre aber gleichzeitig, wie sich in meinen Gedanken ein Puzzlestück zum anderen gesellt.

Cayden setzt sich auch auf.

»Ich wusste von Anfang an, wer du bist. Wer deine wahren Eltern sind.«

Ich schlucke und lasse das Gehörte auf mich wirken. Schön fühlt es sich nicht an, dass er lange Zeit mehr wusste als ich und es mir verheimlicht hat. Aber kann ich es ihm verübeln? Schließlich war es nicht seine Aufgabe, mir von der Adoption zu erzählen. Sowas bleibt den Adoptiveltern vorbehalten.

Trotzdem schmerzt es ein wenig, dass selbst Cayden nicht immer ganz ehrlich war.

»Okay«, sage ich, starre die Glühwürmchen im Gras an und versuche den Zauber wieder heraufzubeschwören. Leider gelingt es mir nicht.

»Das ist nicht alles«, fährt Cayden fort.

Ich will schreien, dass er still sein soll. Ich will nichts hören. Nichts über früher, über Lügen oder Heimlichkeiten.

Doch natürlich geht das nicht.

Ich kann die Augen nicht einfach vor der Wahrheit verschließen.

»Was noch?« Ich sehe Cayden an.

Er bemüht sich, gefasst zu wirken, doch ich habe ihn in den letzten Tagen schon ein wenig kennengelernt und weiß, dass er mit sich kämpft.

Ein Wagen fährt vor und übertönt für einen Moment

die Grillen.

»Ich war im Haus. In der Brandnacht.«

Wieder arbeitet mein Hirn, versucht fieberhaft, zu verstehen. Automatisch rechne ich zurück. Cayden muss damals zwölf oder dreizehn gewesen sein. Was hat er nachts in unserem Haus gesucht?

Stimmen und Schritte sind zu hören. Ich nehme nur am Rande von ihnen Notiz, bin voll und ganz auf Cayden konzentriert. Ich will es verstehen.

»Ich war da, als deine Eltern starben«, erzählt er weiter. Seine Augen sind feucht und auch wenn er mich ansieht, schaut er dennoch durch mich hindurch.

Er war da. Als sie starben.

Warum?

Ich nehme zuerst nur die Silhouetten der beiden Männer wahr. Sie stürmen auf Cayden und mich zu. Ich glaube, er bemerkt sie auch. Doch er wendet den Blick nicht von mir ab.

»Ich hätte es dir viel früher erzählen müssen.«

Ich will etwas sagen, ihn warnen, schreien, aber ich bin wie erstarrt und kann nur mit ansehen, wie ihn zwei Polizisten in die Höhe reißen.

»Sind Sie Cayden Moore?«

Die Frage scheint dafür zu sorgen, dass Cayden vollends wieder im Hier und Jetzt ankommt. Sein Blick klärt sich, wird erst verständnislos, dann wütend. Er beginnt sich zu wehren, will sich aus dem Griff der Beamten befreien.

»Was soll das?«, fragt er, als ihm einer der Polizisten Handschellen anlegt.

Auch ich erwache endlich aus meiner Erstarrung und springe auf. »Lasst ihn los!«

»Cayden Moore, Sie sind verhaftet wegen des Verdachts des Hausfriedensbruchs«, die beiden Polizisten reißen Cayden grob herum, »der Sachbeschädigung, unterlassener Hilfeleistung sowie Brandstiftung mit Todesfolge in zwei Fällen.«

»Ich habe das Feuer nicht gelegt!« Cayden sieht mich an. »Ich schwör dir, ich war das nicht!«

»Nach vorne gucken!« Einer der Polizisten versetzt ihm einen Stoß, während der zweite mit seiner Belehrung fortfährt.

»Sie haben das Recht zu …«

Weiter kann ich sie nicht verstehen.

Fassungslos bleibe ich zurück und schaue zu, wie sie Cayden ins Polizeiauto verfrachten.

Er sieht nochmal zu mir zurück, aber ich wende den Blick ab.

Träume ich oder passiert das gerade wirklich?

Hat Cayden tatsächlich das Feuer gelegt?

Ist er der Mörder meiner Eltern?

Er sagt, er war es nicht.

Aber er war bei ihnen im Haus, als sie starben.

Auch wenn meine Gedanken und Gefühle wild durcheinander wirbeln, muss ich einen klaren Kopf bewahren, was gar nicht so leicht ist, ohne Cayden als Stütze an meiner Seite.

Was soll ich jetzt tun?

Ich muss mit jemandem reden. Und ich weiß auch schon, mit wem.

Ich kann nur hoffen, dass diese Nacht schnell vergeht.

***

Als ich mich dem Krankenhaus nähere, steht Pete bereits draußen im morgendlichen Dämmerlicht und wartet auf mich.

»Was ist denn los?«, fragt er, als ich in Hörweite bin. Er trägt einen Jogginganzug und sieht bis auf das Pflaster wieder fit aus.

Ich schüttle den Kopf und warte, bis ich bei ihm bin. »Cayden wurde verhaftet«, flüstere ich. Auch wenn wir allein sind, habe ich Angst, dass es jemand hören und Cayden vorverurteilen könnte.

»Verhaftet?!« Pete klingt genau so fassungslos, wie ich mich fühle.

Ich kann es immer noch nicht glauben und deute auf

die Stufen, die zum Krankenhaus hochführen.

»Setz dich. Ich erzähl dir alles.«

Vielleicht hilft mir das, zu verstehen, was passiert ist. Also nehme ich mir einen Moment, um mich zu sammeln und beginne schließlich zu reden.

Pete hört so geduldig zu, wie ich es von ihm kenne. Erst, als ich eine ganze Weile nichts mehr sage und in die Dunkelheit vor uns sehe, ergreift er das Wort.

»Okay, dass er nicht vorher mit der Wahrheit rausgerückt ist, war blöd von ihm. Da gebe ich dir recht.«

Ich lache schnaubend. »Blöd ist gar kein Ausdruck. Ich habe ihm vertraut.« Auch wenn ich ihn kaum kannte, hatte ich dennoch sofort das Gefühl, ihm trauen zu können.

»Na ja, ich denke, dass kannst du auch jetzt noch, denkst du nicht?«

Ich sehe Pete ungläubig an. »Nachdem er meine Eltern verbrennen lassen hat?«

Pete sieht mich an. Sein Gesicht wird seitlich von einer Laterne angestrahlt und ist von tiefen Schatten überzogen, die ihm etwas Gespenstisches verleihen.

»Glaubst du das? Glaubst du wirklich, dass er das Feuer gelegt hat?«

Ich rufe mir Caydens Verhaftung nochmal vor Augen. »Er sagt, er war es nicht.«

»Das tun alle Täter, wenn sie verhaftet werden. Aber was glaubst *du*? Was sagt dir dein Gefühl?«

Ich muss nicht lange darüber nachdenken. »Dass er zu so etwas niemals imstande wäre.«

»Na, siehst du.« Pete lächelt mich an. »Dann ist das Ganze entweder ein großes Missverständnis oder …«

»Oder jemand hängt ihm was an.« Die Liste der möglichen Verdächtigen ist kurz. Nach seinem seltsamen Auftritt vorhin steht eigentlich nur Knox darauf.

Auf einmal bin ich wie elektrisiert. Wenn Cayden zu Unrecht verhaftet wurde, muss ich ihm helfen!

Trotzdem hat er dich immer noch belogen, flüstert eine Stimme in meinem Kopf.

Ich scheuche sie fort. Die Tatsache, dass Cayden von meiner Adoption wusste und geschwiegen hat, erscheint mir plötzlich wie eine lächerliche Kleinigkeit. Doch weshalb war er in der Brandnacht bei meinen Eltern?

»Ich muss zu Knox!« Ich will schon aufspringen, da legt mir Pete eine Hand auf den Arm.

»Warte. Verdächtigst du ihn?«

Ich nicke heftig.

»Dann halte ich das für keine gute Idee. Wenn du ihm zutraust, seinem eigenen Bruder sowas anzuhängen, wer weiß, wozu er dann noch alles fähig ist.«

Er könnte recht haben.

Meine Euphorie verfliegt. »Was schlägst du stattdessen vor?«

»Warte bis morgen früh und dann nutz deinen Namen im Sheriffsbüro, um mit Cayden zu reden. Der Bürgermeistertochter schlagen sie sicher keinen Wunsch ab.«

Er hat Recht.

Auch wenn sich alles in mir dagegen sträubt, bis morgen früh zu warten, muss ich dennoch erstmal Caydens Version der Geschehnisse hören.

Dann entscheide ich, ob und wie ich ihm helfe.

***

Kapitel 12

Cayden

Ich wüsste gern, wie spät es ist, aber meine Uhr haben sie mir abgenommen, genau wie mein Handy, meine Brieftasche und die Schnürsenkel meiner Boots. Gefühlt sitze ich schon seit Tagen hier fest. Doch in Wahrheit sind vermutlich nicht mehr als ein paar Stunden vergangen, seit ich in eine der Arrestzellen in der Polizeistation an der Firefly Lane gebracht worden bin.

Die Firefly Lane. Die Glühwürmchenstraße. Ausgerechnet.

Manchmal geschehen Dinge, die so ironisch scheinen, dass man sich automatisch fragt, ob das Schicksal sie ernst meint.

Die Tatsache, dass ich verhaftet worden bin, als Juliet gerade drauf und dran war, die Wahrheit zu erfahren, ist eines dieser Dinge. Wir standen so kurz davor. Doch jetzt glaubt sie, dass ich derjenige bin, der ihre Eltern auf dem Gewissen hat.

Scheiße, ich muss dringend mit ihr reden.

Ich stehe von meiner Pritsche auf und schlage mit der flachen Hand gegen die weiß lackierte Gittertür.

Alles hier drin ist weiß und steril. Wahrscheinlich, damit man sich als Häftling umso schmutziger fühlt.

»Hey!«, rufe ich. »Soweit ich weiß, steht mir ein Anruf zu, oder nicht?«

Keine Antwort.

Die Officers, die sich nur wenige Meter von mir entfernt im Empfangsraum der Polizeistation befinden, tun so, als würden sie mich nicht hören.

Wahrscheinlich sind sie Geschrei gewöhnt, vermutlich sogar Schlimmeres. Ich gehe davon aus, dass sie es regelmäßig mit Besoffenen und irgendwelchen aggressiven Mistkerlen zu tun haben. Zurzeit bin ich jedoch der einzige Häftling.

Nur habe ich nichts verbrochen.

Aber mir ist klar, dass sie was anderes denken.

Nach meiner Verhaftung wurde ich in ein Verhörzimmer gebracht, wo man mir Tonbandaufnahmen vorspielte, die ich gleich wiedererkannte.

Meine Stimme war darauf zu hören, ganz eindeutig.

Natürlich. Ich denke jeden Tag daran. Ich bereue, dass ich ins Haus gegangen bin, dass ich die Flammen nicht gelöscht habe, als sie noch klein waren. Und ich verabscheue mich dafür, dass mein erster Reflex war, aus dem Haus zu laufen und Juliet verbrennen zu lassen! Ich höre die Schreie der Collisters jede Nacht im Schlaf, also komm mir nicht so.

Ein paar einzelne Sätze, völlig aus dem Zusammenhang gerissen.

Ich lasse die Hand nochmal gegen die Gitter krachen, als ich mir zum hundertsten Mal seit dem Verhör klarmache, wem ich es verdanke, dass ich hier sitze.

Knox.

Meinem eigenen Bruder.

Er hat unser Gespräch aufgezeichnet und es in zerstückelter Form an die Bullen weitergeleitet. Zusammen mit seiner Version der Ereignisse.

Das hätte ich nie, niemals von ihm erwartet. Es widerspricht allem, was ich die letzten siebzehn Jahre über ihn gedacht, allem, was ich gesagt und für meine Familie getan habe. Und es schmerzt auf eine Art, die ich bisher nicht einmal kannte.

Unruhig laufe ich in der Zelle auf und ab.

Was passiert als Nächstes?

Vorhin war ich völlig überrumpelt, aber irgendwann muss jemand kommen. Wird es ein weiteres Verhör geben, erhalte ich die Chance, mir einen Anwalt zu nehmen? Ich muss die Dinge klarstellen und das nicht nur, weil ich nicht bereit bin, für Knox geradezustehen. Sondern auch und vor allem wegen …

»Cayden.«

Es ist ihre Stimme, die mich dazu bringt,

innezuhalten.

Ich höre sie klar und deutlich und doch fällt es mir schwer zu glauben, dass sie hier sein soll.

Aber als ich mich umdrehe, werde ich eines Besseren belehrt.

Sie steht auf der anderen Seite der Gittertür. Die schlichte Umgebung der Polizeistation lässt ihre Schönheit irreal wirken. Und als ich den verletzten Ausdruck in ihren Augen sehe, will ich nichts dringender, als sie zu packen und mit ihr zu verschwinden.

Doch noch ehe ich den Gedanken beendet habe, wird mir etwas klar, das diesen Wunschtraum binnen Sekunden verblassen lässt: Es liegt an mir.

Der Grund für ihren verletzten Blick bin ausgerechnet ich.

***

Cayden tritt an die Gitter und sieht zuerst mich an, dann den Officer, der mich begleitet.

Er sieht müde aus. »Geben Sie uns zehn Minuten?«

Der Polizist betrachtet Cayden kurz, scheint dann aber selbst einzusehen, dass er keine Gefahr für mich darstellt. »Zehn Minuten, Moore«, wiederholt er, nickt mir zu und zieht sich zurück.

Ich warte, bis er weg ist und wende mich wieder an Cayden, bereit, ihm all die Dinge an den Kopf zu schleudern, die ich mir auf dem Weg hierher zurechtgelegt habe. Ihn mit Vorwürfen und Fragen zu bombardieren.

Doch Cayden nimmt mir den Wind aus den Segeln, und dafür muss er noch nicht einmal viel tun.

Er legt die Hände um die Gitterstäbe, sieht mir fest in die Augen und sagt: »Ich weiß, du vertraust mir. Auch wenn du jetzt gerade zweifelst und die schlimmsten Dinge befürchtest. Tief in deinem Inneren vertraust du mir, weil du ganz genau weißt, dass du es kannst. Dass ich dir niemals wehtun würde, Juliet. Ich würde lieber mir selbst wehtun, als zuzulassen, dass dir auch nur ein Haar gekrümmt wird. Und den Beweis dafür trage ich an meinem Körper.«

Mir ist sofort klar, wovon er redet.

Mein Blick fällt auf die helle Narbe in seinem Gesicht, auf die dünne Linie an seinem Hals. Vor meinem inneren Auge vervollständigt sich das Bild zu dem ungleichmäßigen Netz aus alten Verletzungen, das sich über seine Schulter bis auf seine Brust zieht.

Ich verstehe, dass er darauf anspielt, doch ich kann die Zusammenhänge noch nicht erfassen. Seit er verhaftet worden ist, versuche ich es, doch immer, wenn es mir gelingt, auch nur einen halbwegs klaren Gedanken zu fassen, wird er von den Erinnerungen an letzte Nacht überlagert.

Cayden Moore, Sie sind verhaftet wegen unterlassener Hilfeleistung sowie Brandstiftung mit Todesfolge in zwei Fällen.

Ich habe das Feuer nicht gelegt! Ich schwör dir, ich war das nicht!

Ich war im Haus. In der Brandnacht.

Ich erschauere, als mir abermals klar wird, was diese Worte bedeutet haben.

Er war dort. Er hat es zugegeben. Also hat er mich belogen, so oder so.

»Juliet«, dringt seine Stimme zu mir durch. »Das ist alles nicht so, wie es aussieht. Diese angeblichen Beweise, die sie gegen mich haben, die Tonbandaufnahme, sie ist nicht das Geringste wert.«

Er versucht, die Hand nach mir auszustrecken, aber

ich weiche zurück. Der gekränkte Ausdruck, mit dem er mich daraufhin misst, tut mir trotz allem weh.

»Lass es mich dir erklären«, sagt er und schließt die Finger wieder um die Gitterstäbe. »Gib mir nur diese eine Chance. Und wenn du mir nicht glaubst, lasse ich dich für den Rest deines Lebens in Ruhe.«

Ich mustere ihn. Lange, auch wenn uns die Zeit davonläuft. Was habe ich zu verlieren? Im schlimmsten Fall liefert er mir noch mehr Lügen.

Doch vielleicht hat er ja wirklich eine gute Erklärung. Etwas, das den Schmerz in mir zumindest eindämmt.

»Also gut«, sage ich schließlich. »Aber ich will die Wahrheit, Cayden. Die ganze Wahrheit.«

Cayden nickt und fährt sich mit der Zunge über die Lippen. »Ich verspreche es«, erwidert er.

Dann beginnt er zu erzählen.

***

Sechzehn Jahre zuvor

Cayden

»Komm schon, beeil dich.« Knox geht mit großen Schritten die Straße entlang.

Es ist mitten in der Nacht und ganz still. Nur Knox' Schritte sind zu hören und sein Gebrüll. Er ist genervt, weil ich so langsam laufe. Aber ich wollte auch gar nicht mit, also muss er sich nicht wundern, wenn ich herumtrödle.

Ich wäre jetzt lieber zu Hause, wo es hell und dank der Klimaanlage kühl ist. Mom und Dad sind nicht da und Knox und ich hätten die ganze Nacht über Videofilme gucken und Popcorn essen können. So wie früher.

Knox sagt, dass er jetzt zu alt für so einen Kinderkram ist und ich es verstehen werde, wenn ich auch erst fünfzehn bin. Das ist in zweieinhalb Jahren und ich glaube, dass ich dann immer noch Popcorn und Filme mögen werde. Aber es bringt nichts, mit Knox zu diskutieren. Wenn er sich was in den Kopf setzt, dann macht er es auch.

Was wohl heute Nacht so wichtig ist?

Ich renne ein paar Schritte, um zu ihm aufzuholen. Meine Turnschuhe klatschen auf den Asphalt und zwar so laut, dass eigentlich alle wach werden müssten. Tun sie aber nicht.

Wir laufen mitten auf der Straße, weil um die Zeit keine Autos fahren und das irgendwie cooler ist als auf dem Gehweg.

»Triffst du ein Mädchen?«, frage ich, als ich neben Knox angekommen bin, denn das ist die einzige Erklärung, die ich mir vorstellen kann.

Knox sieht mich an und grinst breit.

Also ja.

»Ist ja eklig«, sage ich aus Gewohnheit, auch wenn ich Mädchen eigentlich seit einiger Zeit gar nicht mehr so schlimm finde. Sie können ganz korrekt sein. Manche mögen sogar Sport, was ziemlich cool ist. Aber das muss Knox ja nicht wissen.

»Eklig?« Knox lacht. »Bist du schwul oder was?« Er schubst mich und ich schubse ihn zurück.

»Du bist schwul!«

»Pass auf, was du sagst, sonst bringe ich dich zurück nach Hause.«

Genau da will ich ja hin, aber ich weiß, dass Knox das nicht ernst meint und mir nur drohen will, weil er denkt, dass ich mitkommen möchte. Irgendwie hat er auch recht. Mittlerweile will ich gar nicht mehr so dringend nach Hause, sondern wissen, was Knox vorhat.

Wir laufen einen Weg bergauf, an dem links und rechts Bäume und Sträucher, aber keine Häuser stehen.

Auf einmal raschelt es im Gebüsch und ich sehe schnell zu Knox. Er wirkt nicht erschrocken, also wird es wohl nur ein Tier sein.

Aber ich täusche mich.

»Hab ich euch!«, schreit jemand und springt meinen Bruder von hinten an.

Knox lacht und liefert sich einen kleinen Kampf mit dem Angreifer, der Preston Lockland heißt. Er wohnt auf den Hügeln von Bar Harbor und sein Vater ist der neue Bürgermeister.

Er und Knox beruhigen sich langsam. Sie sind beide außer Atem und erinnern mich an die zwei Jagdhunde, die Owen gehören. Wenn die beiden am Strand spielen, sagt Owen, sollte man nicht dazwischen gehen.

»Was macht der Kleine hier?«, fragt Preston und mustert mich.

»Meine Eltern sind nicht da.«

»Du hättest ihn zu Hause lassen sollen.«

»Er hält dicht, oder, Cay?«

Ich nicke. »Klar.«

Ist mir auch total egal, ob Mom und Dad erfahren, dass Knox sich nachts mit Preston trifft oder nicht.

»Na dann los.« Preston geht vor.

»Wo gehen wir hin?«, fragen Knox und ich gleichzeitig.

Ich finde das lustig, er nicht. Er schnaubt nur wütend und geht schneller, bis er neben Preston läuft.

»Du arbeitest doch bei den Collisters, oder?«, fragt Preston und führt uns in ein Wohngebiet.

Knox zuckt mit den Schultern. »Mein Alter, wenn die Werkstatt zu hat. Ich helf ihm manchmal, vor allem mit den Stromleitungen. Mein Alter sieht nicht mehr so gut und kriegt ständig ein paar gefeuert.«

»Wie auch immer.« Preston wirkt ungeduldig. »Die haben den Schlüssel für euch unter der Fußmatte liegen, oder?«

»Ja, genau.«

»Dann gehen wir rein.«

»Ins Haus von den Collisters?« Knox klingt nicht begeistert und ich bin es auch nicht.

Nachts in fremde Häuser reingehen ist mit Sicherheit verboten, auch wenn nicht abgeschlossen ist oder der Schlüssel unter der Matte liegt.

»Ich hab gehört, Mister Collister hat eine Zigarren- und Brandysammlung. Hast du mal eine Zigarre geraucht?«

Knox schüttelt den Kopf. »Nur Zigarillos und du?«

»Ich auch nicht. Also wird es Zeit, oder?« Preston sieht so glücklich aus wie Knox letztes Jahr, als er das rotglänzende Mountainbike geschenkt bekommen hat.

»Das ist Einbruch«, gibt Knox zu bedenken.

Preston winkt ab. »Ach was. Kann es doch gar nicht sein. Meinem Vater gehört die Stadt.«

»Ist auch irgendwie wahr.« Das scheint Knox zu beruhigen, mich aber nicht.

Ich will nicht in irgendein Collister-Haus und Zigarren rauchen.

»Wir sind ganz leise und wieder weg, bevor sie was merken.«

»Abgemacht. Aber wir müssen irgendwas da lassen, damit sie sich morgens erschrecken.« Knox scheint sich immer mehr mit dem Gedanken anzufreunden.

»Meinst du sowas wie ein totes Tier, oder was?« Preston hört sich angewidert an.

»Einen alten Fisch vom Hafen«, feixt Knox.

»Dann werden sie vom Gestank wach!« Preston lacht, dann wird er ernster. »Es muss was Besseres sein. Was nach echten Gangstern aussieht.«

»Nach Mafia!«

»Vielleicht eine Rose oder so«, überlegt Preston.

»Eine blutrote.«

»Gucken wir mal, was die in ihrem Garten haben.«

Eine Weile reden die beiden darüber, dass sie jetzt jede Nacht in ein fremdes Haus rein und da rauchen wollen. Sie sind sich nur nicht einig, ob sie immer unterschiedliche Blumen hinterlassen wollen oder immer die gleiche Art.

»Hier ist es.« Preston bleibt mit verschränkten Armen stehen und betrachtet die Rückseite eines Hauses auf der anderen Straßenseite.

Es ist von einem kleinen Zaun umgeben und ein großer Baum steht mitten im Garten. An den Ästen und dem Stamm leuchten lauter kleine Punkte, ein paar befinden sich im Gras und einige fliegen herum.

Glühwürmchen.

In trockenen Sommernächten kann man sie manchmal sehen.

»Krass«, sage ich und bereue es sofort.

Die anderen beiden sind älter und ziehen mich jetzt bestimmt wieder auf.

Aber ich hab mich vertan. Keiner der beiden lacht, sie scheinen es genauso beeindruckend zu finden wie ich.

»Lauft nur daher, wo es dunkel ist, sonst zermatscht ihr noch einen«, ermahnt uns Preston.

»Wollt ihr echt da rein?«, frage ich.

Bisher habe ich nicht wirklich dran geglaubt.

»Nur zehn Minuten.« Preston geht los.

»Du kannst ja Wache halten.« Knox folgt ihm und ich sehe zu, wie beide über den Zaun klettern und dann vorsichtig über die dunklen Teile der Wiese schleichen.

»Komm schon«, zischt Knox und ich renne los, springe über den Zaun und hole zu den beiden auf. Sie stehen dicht an der Fassade und grinsen, als hätten sie nie ein besseres Abenteuer erlebt.

»Gehen wir vorne rein«, sagt Preston.

Er und Knox schubsen sich vorwärts, bis wir an der Haustür angekommen sind. Knox sucht unter der Fußmatte nach dem Schlüssel und schiebt ihn ins Schloss.

»Ach, Moment«, flüstert Preston und zupft eine rosafarbene Blume aus dem Beet der Collisters. »Reicht die?«

Knox zuckt mit den Achseln, wie er es in letzter Zeit ständig macht. »Muss.«

»Dann los.«

Knox dreht den Schlüssel im Schloss. »Psscht.«

»Ich sag doch gar nichts«, zischt Preston.

»Ssh!«

Die beiden wechseln einen kurzen Blick, dann schiebt Knox die Tür auf.

Im Haus ist es nicht so dunkel, wie ich gedacht hätte. Der Mond, die Straßenlaternen und vielleicht auch die Glühwürmchen beleuchten den Boden und lassen uns Umrisse sehen. Eine Uhr tickt laut und aus der Küche hört man einen Kühlschrank surren.

»Scheinen zu schlafen«, flüstert Knox.

»Gut.« Preston schiebt erst meinen Bruder und dann mich ins Haus, bevor er uns folgt und die Tür nur anlehnt. Die Blume legt er auf eine Kommode daneben.

»Wo ist das Wohnzimmer?«, fragt Preston.

»Da.« Knox zeigt nach rechts.

»Und der Brandy?«

»Schätze, in der Küche oder dem Arbeitszimmer. Teilen wir uns auf und suchen. Such du da vorne.«

Preston nickt und verschwindet auf Zehenspitzen geradeaus.

»Sei bloß still«, raunt mir Knox zu, bevor er in die Küche abhaut.

Unschlüssig bleibe ich im Eingangsbereich stehen. Mein Herz klopft wie wild und ich fürchte, dass Mister Collister gleich mit einer Schrotflinte die Treppe herunter gestürmt kommt. Als er nach ein paar Minuten immer noch nicht da ist, schleiche ich darauf zu.

Gleich neben der Treppe steht eine Tür ein Stück auf und es leuchtet orangefarben daraus hervor. Ich bin neugierig, was Preston treibt und spähe hinein.

Preston steht hinter einem Schreibtisch und hält ein Feuerzeug an einen Stapel Blätter. Vor ihm auf dem Tisch steht eine Flasche Schnaps.

»Die hassen meinen Vater«, erklärt er mir.

Ich hätte gar nicht gedacht, dass er mich gesehen hat.

»Das sind Unterschriftenlisten. Die Collisters wollen, dass jemand anders Bürgermeister wird.«

Preston sieht wütend und ein bisschen verletzt aus. Die Zettel in seiner Hand fangen Feuer und tauchen sein Gesicht in rotes Licht.

»Aber warum?«

»Weil sie nicht kapieren, dass er es gut mit ihnen meint.« Preston schüttelt den Kopf und lässt die Blätter in einen blauen Metalpapierkorb fallen, der vor den gleichfarbigen Vorhängen kaum auffällt.

»Komm. Ich hab alles.« Preston schnappt sich den Schnaps, legt mir eine Hand auf die Schulter und führt mich nach draußen.

»Mein Vater sagt, dass die Pläne, die dein Dad hat, nicht funktionieren können.«

Preston grinst gutmütig. »Dann ist er eben auch ein Idiot.« Er wuschelt mir durchs Haar, was ich hasse, weil das nur Erwachsene mit kleinen Kindern machen. »Wo ist dein Bruder?«

»Hier.« Knox kommt aus der Küche und steuert das Wohnzimmer an. »Sehen wir da nach, aber seid verdammt nochmal ein bisschen leiser.«

Preston zwinkert mir zu und folgt Knox. »Ich hab den Brandy.«

»Sauber, wer sagt's denn?«

Ich bleibe im Flur zurück und höre nur noch die

Stimmen der anderen.

»Guck mal hier.«

»Sind das fette Dinger.«

»Die kriegt doch keiner in den Mund!«

»Ich hole ein Feuerzeug.«

»Im Arbeitszimmer war eins.«

Einen Moment höre ich nichts außer Knox' Schritten, als er ins Arbeitszimmer geht, dann kommt er zurück ins Wohnzimmer. Preston lacht leise, ein Feuerzeug klickt, kurz darauf erfüllt ekelhaft riechender Rauch die Luft.

Ich verziehe das Gesicht. Vielleicht sind Zigarren auch etwas, das man erst gut findet, wenn man älter ist.

»Ich pass auf, dass keiner kommt«, sage ich, aber Knox und Preston antworten nicht.

Sollen sie doch trinken und rauchen. Ich seh mir lieber die Glühwürmchen an.

Leise verlasse ich das Haus und bin froh über die frische Luft.

Es ist immer noch total warm und ich merke erst jetzt, dass mein Shirt durchgeschwitzt ist. Mit den Rücken lehne ich mich zwischen zwei Fenstern an die Wand und atme ein paar Mal tief ein und aus, um den Rauchgeschmack loszuwerden.

Die Glühwürmchen leuchten mittlerweile etwas schwächer, wahrscheinlich werden sie langsam müde.

Ich bin mittlerweile auch müde und gähne. Hoffentlich beeilen die beiden sich.

Ich weiß gar nicht, wie lange ich die leuchtenden Punkte anstarre, bis ich neben mir ein leises Geräusch höre. Ein Tickern, wie von Fingernägeln auf Glas.

Langsam entferne ich mich ein paar Schritte von der Fassade und suche die Fenster ab.

Im Untergeschoss, gleich neben mir, hockt ein kleines Mädchen am Fenster. Sie hat offenes, zerzaustes Haar, trägt einen blauen Pyjama und eine Kette mit Sand und Muscheln um den Hals. Fasziniert sieht sie den Glühwürmchen zu und patscht dabei immer wieder mit der Hand gegen die Scheibe, als könnte sie sie so einfangen.

Plötzlich dreht sie den Kopf, als würde sie spüren, dass ich hier rumstehe und sie beobachte. Sie sieht neugierig aus, nicht erschrocken oder ängstlich. Sie hebt ihre Hand und winkt mir zu, bevor die Leuchtkäfer wieder ihre Aufmerksamkeit erregen.

Oh, Mist.

Schnell laufe ich zurück zur Haustür. Ich muss Knox und Preston warnen, dass jemand wach ist. Ich reiße die Tür auf und pralle hustend wieder zurück. Der Zigarrenrauch ist überall und brennt in meiner Lunge, als wäre er giftig.

»Knox«, huste ich und taste mich durch den Flur

aufs Wohnzimmer zu. »Jemand ist wach!«

Ich kann Knox nicht sehen, aber hören. »Hau ab, Cay! Geh wieder raus, es brennt! Hörst du? Hau ab!«

Es brennt?

Ich sehe zwar keine Flammen, aber es ist ziemlich warm.

»Spring schon«, hustet Preston.

Dann höre ich einen dumpfen Aufprall, als einer von den beiden aus dem Fenster springt.

Ich soll abhauen. Okay. Nur wo bin ich hergekommen?

Ich drehe mich einmal um mich selbst, kann aber kaum einen Meter weit gucken. Panik macht sich in mir breit und ich rufe nach Knox, der wahrscheinlich längst draußen ist.

Ich muss also selbst hier rausfinden. Von irgendwo her kommt jetzt orangenes Licht. Es ist heiß und lodernd.

Flammen!

Sie müssen aus dem Arbeitszimmer kommen, in dem Preston die Listen angezündet hat. Dann ist dort also die Treppe nach oben und gegenüber davon die Haustür.

Ich will gerade in die Richtung laufen, als oben eine Tür aufgeht. Ich höre aufgeregte Stimmen, einen Mann und eine Frau.

»Everett, was ist hier los?«

»Feuer! Bleib im Schlafzimmer.«

»Oh, mein Gott, Juliet! Wir müssen Juliet holen!«

»Nein, warte! Die Treppe steht bereits in Flammen. Wir müssen ... es muss ...« Der Mann hustet.

»Juliet«, schreit die Frau nach unten. »Es brennt, lauf nach draußen, Liebling!«

Juliet muss das kleine Mädchen sein. Sie kann doch bestimmt noch gar nicht alleine hier raus.

Ich gehe runter auf alle Viere, weil man das bei Feuer so macht und weil ich hier unten weniger husten muss. Ich mache die Augen zu und überlege, wo sich Juliets Zimmer befindet. Ich habe zwischen zwei Fenstern gelehnt, der Küche und ihrem. Also muss es das erste Zimmer links von der Treppe sein.

Hastig krabble ich vorwärts, weil ich schneller sein will als das Feuer.

Das Haus ächzt und knistert und knarrt. Dazwischen höre ich immer wieder die Collisters, die nach ihrer Tochter rufen.

Ich taste mich an der Wand entlang. Es wird immer heißer und ich halte die Luft an, weil der Rauch jetzt auch hier am Boden ziemlich giftig schmeckt.

Dann finde ich Juliets Tür und recke den Arm. Die Türklinke ist ein bisschen zu warm, aber ich drücke sie trotzdem runter. Qualm quillt mit mir in das

Kinderzimmer und ich stehe schnell auf.

»Juliet!!«, ruft wieder die Frau.

»Ich bringe sie nach draußen«, rufe ich. Meine Stimme ist heiser, aber ich hoffe, sie verstehen mich trotzdem und machen sich nun weniger Sorgen.

Ich knalle die Tür hinter mir zu und bin froh, dass ich nur ein bisschen Rauch mit reingebracht habe, denn hier kann man viel besser atmen.

Aber nicht mehr lange. Ich kann sehen, dass der Qualm unter dem Türspalt herkommt.

»Hallo.« Juliet sitzt immer noch auf der Fensterbank. Sie sieht mich aus großen Augen an.

»Hi«, sage ich und komme näher. »Wir müssen nach draußen. Zu den Glühwürmchen.«

»Jetzt?« Juliets Nase kräuselt sich und sie schüttelt den Kopf. »Es ist noch Schlafenszeit. Wie heißt du?«

»Cay.« Ich laufe zum Fenster und hebe Juliet kurzerhand hoch.

»He!«, protestiert sie, aber was soll ich denn anderes machen?

Ich schleppe sie zur Tür, greife nach der Klinke, drücke sie runter und ziehe die Finger schnell wieder zurück. Sie ist ganz heiß.

In der Schule haben sie uns erklärt, dass das bedeutet, dass die Flammen zu nah sind und man sich einen anderen Fluchtweg suchen muss. Das Fenster.

Leider steht die Tür jetzt einen Spalt auf und lässt noch mehr Rauch rein.

»Lass mich runter.« Juliet zappelt auf meinem Arm. »Mommy! Daddy!« Sie wehrt sich jetzt immer doller und ich setze sie ab, weil ich so unmöglich das Fenster aufkriege.

»Sei schön brav«, sage ich und versuche das Fenster aufzuschieben. Es lässt sich nicht öffnen. Eine Kindersicherung. Die hatte ich auch, als ich klein war.

Wie lässt sie sich bloß öffnen?

»Mommy!« Juliet öffnet die Tür und plumpst auf den Hintern, als ihr Rauch und Flammen entgegenschlagen.

Von oben aus dem Haus sind gequälte Schreie zu hören.

Schnell laufe ich zu Juliet, hebe sie auf meinen Arm und hole sie von der Tür weg. Etwas scheppert, irgendwo klingt es, als würde etwas explodieren. Und dann schlagen die Flammen auf einmal meterhoch ins Zimmer.

Mir bleibt nur eine Wahl.

Ich presse Juliet an mich, schütze ihren Kopf und werfe mich mit der Schulter gegens Fenster. Einmal, nochmal – dann gibt es nach.

Das Klirren ist ohrenbetäubend laut, Glassplitter bohren sich in meine Schulter und ich habe das Gefühl, als würden wir Ewigkeiten fallen …

***

Cayden erzählt so plastisch, dass die Geschehnisse wie ein Film vor meinem inneren Auge ablaufen. Kein Zweifel, er hat sich seit siebzehn Jahren Tag um Tag den Kopf darüber zerbrochen. Seine Schuldgefühle sind echt. Sie quälen ihn, fressen ihn auf.

Dabei sind es Knox und allen voran Preston, die vor lauter schlechtem Gewissen keinen Schlaf mehr finden sollten!

Cayden streckt die Hand durchs Gitter und wischt mir über die Wange.

An seinen Fingern bleibt eine Träne von mir hängen. Doch ich weine nicht vor Traurigkeit, sondern vor Wut.

Wie konnte Preston nur? Wie konnte er das machen, wie konnte er so lange schweigen und dann auch noch so tun, als wäre er der Held in der Sache?

Dabei war es Cayden.

»Ohne dich wäre ich tot«, flüstere ich.

Cayden schluckt sichtlich, dann nickt er. »Ich fürchte schon.«

Das ist unglaublich!

Preston, mein eigener Bruder, hätte mich in den Flammen umkommen lassen. Sogleich wird mir mein Fehler bewusst. Damals war er noch nicht mein Bruder. Er war ein Fremder, der ins Haus meiner

Familie eingebrochen ist. Und er wäre nie der Mensch geworden, dem ich jahrelang von allen am nahesten stand, wenn er nicht meine leiblichen Eltern auf dem Gewissen hätte.

Das ist alles zu viel für mich.

»Ich hol dich hier raus, Cayden.« Ich greife durchs Gitter nach seinen Händen. »Halt noch ein bisschen durch. Ich kläre das.«

Cayden sieht alarmiert aus. »Was hast du vor? Du gehst auf keinen Fall allein zu Knox, hörst du?« Er sieht mich eindringlich an. »Versprich es mir.«

»Ich verspreche es. Ich werde nur mit Preston reden.«

Cayden scheint das Für und Wider abzuwägen. Offenbar kommt er zu dem Schluss, dass Preston mir nichts tun wird, was nach der ganzen Geschichte eine gewisse Ironie mit sich bringt. »Okay, aber sei vorsichtig.«

»Entschuldigen Sie«, der Sheriff kommt rein. »Das waren jetzt schon mehr als zehn Minuten und ich habe Ihnen gesagt, dass sie den Gefangenen nicht anfassen dürfen.«

Schnell ziehe ich die Hände zurück.

Nochmal kann ich wohl nicht auf den Lockland-Bonus setzen.

»Ich komme wieder«, flüstere ich Cayden zu.

Dann bedanke ich mich bei dem Beamten und verlasse die Polizeistation.

***

»Juliet?« Preston klingt so erleichtert über meinen Anruf, dass es fast erbärmlich ist.

Ich umklammere mein Handy fester, während in mir ein unbändiger Sturm aus den verschiedensten Gefühlen tobt.

Preston hat das Haus meiner Eltern angezündet.

Aber er wollte doch nur die Unterschriften verbrennen, hat es für Dad getan.

Dad – der erst zu meinem Vater wurde.

Preston hat es nicht böse gemeint, er war fast noch ein Kind.

Trotzdem hat er mir die Chance auf eine echte Familie genommen!

»Jule? Rede mit mir!«

Erst jetzt merke ich, dass mich das Gefühlschaos eingefangen hat und ich noch immer schweige.

Mit meinen Emotionen muss ich mich später auseinandersetzen. Jetzt zählt nur Cayden.

»Ich kenne die ganze Wahrheit«, erkläre ich ihm mit so fester Stimme, dass ich mich selber darüber wundere.

Preston sagt einen Moment nichts, dann höre ich ihn stöhnen: »Oh, Scheiße ... Bitte hör zu –«

»Nein, du hörst du. Hast du dafür gesorgt, dass Cayden verhaftet wird?«

»Cayden?« Preston klingt ehrlich überrascht. »Nein, wieso sollte ich?«

»Damit du aus dem Schneider bist, vielleicht?«

»Es war nie meine Idee, das alles zu verschweigen! Dad hat das so entschieden!«

Dad? Das hätte ich mir ja denken können. Das sieht ihm ähnlich.

Und auch wenn es möglicherweise naiv ist, glaube ich Preston. Er ist seit siebzehn Jahren mein Bruder und wir haben uns immer gut verstanden. Ich weiß, dass er im Grunde kein schlechter Mensch ist.

»Bitte«, reißt er mich aus meinen Gedanken. »Gib mir eine Chance, das alles wiedergutzumachen. Damit du mir vielleicht irgendwann verzeihen kannst.«

»Würdest du auch die Schuld auf dich nehmen?«, hake ich nach.

»Nein«, sagt Preston. »Es *ist* meine Schuld und wenn es nötig ist, stehe ich dafür gerade.«

»Es ist nötig.«

Ich höre Preston durchatmen.

»Pres, Cayden sitzt gerade für dich im Gefängnis.«

»Sie können nichts gegen ihn in der Hand haben ...«

»Und doch haben sie ihn verhaftet! Irgendwer hängt ihm was an, und wenn du es nicht warst …«

»Ich war es nicht!«

»Dann war es vielleicht Dad. Oder Knox. Ganz egal. Wichtig ist, dass du die Sache richtigstellst, dann müssen sie ihn gehen lassen.«

Preston zögert einen Moment, bevor er sagt: »Okay, du hast Recht. Wo treffen wir uns?«

»Village Green Park, Eingang Main Street«, sage ich und sehe mich im Park um, dessen Grün mich umschließt, als stünde ich mitten im Dschungel.

Die Polizeibehörde befindet sich auf der anderen Straßenseite. Ich habe es einfach nicht fertig gebracht, mich weiter von Cayden zu entfernen.

»Ich beeile mich.«

»Gut, bis gleich.«

»Jule, warte. Komm mich mal im Knast besuchen, ja? Ich werd dir alles erklären.«

Mir schnürt es bei dem Gedanken daran, dass mein Bruder ins Gefängnis kommen könnte, die Kehle zu. Er ist alles andere als ein knallharter Gangster.

Aber was ist die Alternative?

Jemand will Cayden ernsthaft schaden und wenn mein Dad, der Bürgermeister persönlich, dahinter steckt, kann er nur verlieren.

»Versprochen«, schniefe ich. »Beeil dich.«

Damit lege ich auf und hoffe, dass ich das Richtige tue.

***

Kapitel 13

Cayden

Ich frage mich, wie lange die mich hier noch schmoren lassen wollen.

Diese Zelle fängt jetzt schon an, mich zu erdrücken. Ich komme mir vor wie ein Tiger im Zoo, der unaufhörlich an den Gitterstäben auf und ab läuft. Ich sollte damit aufhören. Dadurch mache ich mich nur selber verrückt.

Ich zwinge mich dazu, mich auf die Pritsche zu setzen, betrachte die Sprüche, die Häftlinge vor mir in die Wand geritzt haben.

I Love Myself xo xo xo

I'm innocent, Motherfucker!

Eddie was here. 12.03.1999 01.07.2000 19.04.2003

Ich frage mich, was danach aus Eddie geworden ist. Vielleicht kam er ins richtige Gefängnis.

Ich betrachte weiter die Wand. Irgendwer hat mit sich selber Tic Tac Toe gespielt und verloren.

Jemand anders hat sich an dem Porträt einer Katze versucht.

Ich schließe die Augen und wische mir übers Gesicht.

Wie viel zählt die Audioaufnahme wohl vor Gericht?

Ich denke, nicht allzu viel. Aber wer weiß, was Knox noch gegen mich in der Hand hat, ob er nicht irgendwelche *Beweise* irgendwo deponiert hat.

Die Tür zum Polizeirevier geht auf, Schritte sind zu hören. Endlich passiert mal etwas!

Ich öffne die Augen und wünschte sogleich, ich hätte es nicht getan.

Preston Lockland ist völlig außer Atem vor dem Schreibtisch des Polizisten zum Stehen gekommen, der mich überwacht und gleichzeitig Bereitschaft hat.

Ausgerechnet er.

Ob er mit Knox unter einer Decke steckt?

Zuzutrauen ist es ihm.

Ich bin gespannt, was dieser Auftritt soll, aber eines ist mir klar: Er dient dazu, den Verdacht gegen mich noch zu erhärten.

Zumindest glaube ich das – doch ich täusche mich.

»Meine Schwester ist verschwunden!«, keucht Preston.

Ich springe auf. Das darf doch nicht wahr sein! Da bin ich mal einen Tag nicht an ihrer Seite und was passiert? Sie geht den Locklands verloren.

»Langsam, langsam, Mister Lockland«, sagt der Polizist und hebt beschwichtigend die Hände.

»Nein, nicht langsam«, gehe ich dazwischen. »Was ist passiert?«

Preston scheint mich erst jetzt zu bemerken. »Moore«, sagt er und wirkt seltsam erleichtert. Er lässt den Polizisten links liegen und kommt auf mich zu. »Juliet ist weg! Ich war mit ihr im Park gegenüber verabredet, aber da ist sie nicht!«

»Jetzt atme erstmal durch«, beruhige ich ausgerechnet Preston, auch wenn mir das Herz selber bis zum Hals schlägt. »Hast du überall nach ihr gesucht?«

»Ja und sie ...«

»Entschuldigen Sie mal, Mister Lockland«, mischt sich jetzt der Polizist ein. »Sie können nicht –«

»Jetzt entschuldigen *Sie* aber mal!« Preston fährt zu ihm herum. »Meine Schwester ist verschwunden und Sie haben nichts besseres zu tun, als mich anzuglotzen wie ein verschrecktes Reh! Wenn Sie also nicht vorhaben, eine Hundertschaft loszuschicken, um sie zu suchen, halten Sie einfach die Klappe!«

Für diesen Spruch würde ich Preston fast schon auf die Schulter klopfen wollen. Aber nur fast.

»Was ist genau vorgefallen, Preston?«, versuche ich, das Gespräch wieder an mich zu reißen und höre selbst, dass meine Stimme völlig ungehalten klingt.

Ruhig, sage ich mir. Sie ist okay. Es gibt keinen Grund, aus dem sie nicht okay sein sollte ...

»Sie wollte, dass ich mich stelle, damit sie dich gehen

lassen. Ich habe Knox angerufen, er sollte mitkommen.«

»Mister Lockland!«

»Aber er wollte nicht und als ich zum Park kam, war Juliet nicht da und jetzt fürchte ich, dass …«

»Knox!«, entfährt es mir und alles, wovon ich mich gerade noch selbst so dringend überzeugen wollte, zerfließt in mir zu einem See aus düsteren Befürchtungen. »Hör zu, das ist jetzt wichtig. Du musst Juliet suchen. Knox hat ein Boot, unten am –«

»Nein, *du* musst sie suchen.« Preston wendet sich dem Polizisten zu. »Nehmen Sie mich fest. Ich war es. Ich habe das Feuer im Collister-Haus gelegt.«

Der Polizist kann dieser Wendung offenbar nicht folgen. »Aber ich kann doch nicht einfach …«

»Machen Sie schon! Oder wollen Sie weiter diesen unschuldigen Mann einsperren?«, drängt Preston. »Lassen Sie ihn raus. Er kann meine Schwester finden. Oder wollen Sie zu verantworten haben, dass der Tochter des Bürgermeisters etwas zustößt? Na also.« Mit einer Entschlossenheit, die ich von ihm gar nicht kenne, tritt Preston auf den Polizisten zu und greift nach dem Schlüsselbund an seinem Gürtel. »Tun Sie, was ich sage und die Locklands werden sich erkenntlich zeigen.«

Der verdutzte Beamte traut sich offenbar nicht,

Gegenwehr zu leisten und auch sein Widerspruch ist verstummt.

»Beeil dich!«, sage ich, obwohl Preston schon dabei ist, meine Zelle zu öffnen. Kaum hat er es geschafft, stürme ich auch schon raus.

»Sie müssen die Entlassungspapiere unterzeichnen, Mister Moore«, ruft mir der Polizist nach.

Ich höre die Zellentür und Schlüssel klimpern.

Wie es scheint, sperrt Preston sich gerade höchstpersönlich weg. Das hätte ich ihm nicht zugetraut.

An der Reviertür drehe ich mich nochmal um.

Der Polizist wirkt vollkommen überrumpelt und ich glaube, dass die Sache sicher noch ein Nachspiel für ihn haben wird.

Preston steht tatsächlich in der Zelle und wirft ihm gerade die Schlüssel vor die Füße.

Dann trifft sein Blick meinen.

»Finde sie.«

Ich nicke.

Das werde ich. Das muss ich. Es ist das Einzige, was für mich Sinn ergibt.

***

Ich wache mit dröhnenden Kopfschmerzen auf und sehe … erst mal gar nichts.

Rauer Stoff kratzt an meinen Wangen und mir ist so schwindelig, dass ich wanke wie eine Betrunkene.

Zuerst weiß ich nicht, ob ich sitze oder liege, alles wackelt und dreht sich. Ich schließe die Augen und versuche mich zu orientieren.

Was ist passiert?

Und wo bin ich?

Das Letzte, woran ich mich erinnere, ist, dass ich nervös im Park auf und ab gelaufen bin. Ich habe auf Preston gewartet, als mich plötzlich etwas hart am Hinterkopf getroffen hat.

Dann wurde alles schwarz.

Und jetzt bin ich hier. Mit was? Einem Sack über dem Kopf? Wie in einem Gangsterfilm?

Mit einem Mal verfliegt auch der letzte Dunst, den der Schmerz in meinem Hirn hinterlassen hat. Adrenalin schießt in meinen Körper und meine Sinne schärfen sich. Ich mache plötzlich Einzelheiten aus.

Offenbar liege ich auf der Seite, vermutlich auf einem Sofa oder einem Bett. Man hat mir tatsächlich etwas über das Gesicht gezogen, etwas, wodurch ich nur ein wenig Licht sehen kann. Meine Hände sind hinter meinem Rücken gefesselt und auch meine Füße wurden zusammengebunden.

Noch etwas wird mir klar: Durch den Schlag ist mir vielleicht etwas schwindelig, doch ich bin es nicht, die wankt. Es ist der Untergrund.

Ich befinde mich auf einem Boot!

Jetzt höre ich auch das Rauschen des Fahrtwindes und das Klatschen der Wellen an den Bug. Ich muss unter Deck gebracht worden sein.

Ich versuche, nicht in Panik zu geraten und eine harmlose Erklärung für meine Situation zu finden. Doch ich fürchte, es gibt keine.

Dass ich hier liege und noch dazu gefesselt bin, kann nur eines bedeuten: Ich bin entführt worden!

***

Ich gebe so viel Gas, dass ich gerade noch die Kontrolle über den Pick-up habe und biege auf den Waldweg ein, der zum Liegeplatz von Knox' Boot führt. Seitdem ich aus dem ehemaligen Haus unserer Eltern ins Collister-Haus gezogen bin, lebt er allein hier draußen. Die *Saint* ankert normalerweise an einem alten Steg gute zwei Meilen vom Hafen entfernt. Doch als ich aus dem Wald rausfahre, stelle ich fest, dass sie weg ist.

Ich komme zu spät!

Schnell springe ich aus dem Auto, renne den Steg entlang und suche das Wasser ab.

Es ist ein bisschen diesig, trotzdem erkenne ich die *Saint* zwischen all den kleinen Motorbooten sofort. Sie befindet sich bereits ein ganzes Stück draußen und zieht etwas hinter sich her. Ein kleines Ruderboot.

Ich stürme zurück zum Wagen und bin froh, dass ich ihn noch geholt habe. Andernfalls würde mich das Stück zum Hafen jetzt zu viel Zeit kosten.

Während ich zurück nach Bar Harbor rase, geht mir Juliet nicht aus dem Kopf.

Ich frage mich, ob sie wirklich bei Knox ist. Ob er sie gerade mit der *Saint* aufs offene Meer verschleppt.

Wäre er zu so etwas fähig?

Ich fürchte, ja.

Auch wenn ich siebzehn Jahre für ihn geschwiegen habe, hatte er keine Skrupel, mich ins Gefängnis zu bringen.

Kein Zweifel. Knox denkt nur an sich und anscheinend ist ihm dabei jedes Mittel recht.

Die Wut auf meinen Bruder wird mit jedem Meter, den ich mich dem Hafen nähere, größer.

Sollte sich Prestons und mein Verdacht bestätigen – und im Moment sieht alles danach aus – wird er dafür bezahlen, dass er Juliet entführt hat.

Und wenn er ihr auch nur ein Haar krümmt, sorge ich dafür, dass er niemals wieder glücklich wird.

Das schwöre ich.

***

Wer auch immer mich entführt hat, ist ein Laie. In der hinteren Tasche meiner Jeans habe ich mein Handy gefunden. Ich kann meine Arme zumindest so weit bewegen, dass ich, wenn ich den Kopf drehe, unter dem Sack hindurch Teile des Displays sehen kann. Lange halte ich diese Position nicht durch, doch bis ich die Polizei erreicht habe, muss es gehen.

Ich wähle den Notruf mit steifen Fingern und bin überrascht, als ein Freizeichen erklingt. So weit draußen auf dem Meer können wir also nicht sein.

Es gibt da nur ein Problem: Wenn ich die Polizisten verstehen will, muss ich das Risiko eingehen und den Lautsprecher anstellen.

Glücklicherweise scheint mein Entführer damit beschäftigt zu sein, das Boot zu steuern, daher rechne ich so schnell nicht mit ihm.

»Polizeinotruf ... was ... Sie tun?«

Eilig suche ich die Lautsprechertaste, wobei mir das Telefon fast aus den Fingern rutscht. Im letzten Moment kriege ich es zu packen, drücke auf den Button und endlich ist die Stimme der Polizistin laut und deutlich zu hören.

»Hallo? Reden Sie mit mir!«

»Meine Name ist Juliet Lockland, ich bin in Bar

Harbor entführt worden und befinde mich nun auf einem Boot!«

»Ganz ruhig, Juliet. Können Sie mir etwas über Ihre genaue Position verraten?«

»Nein. Ich bin unter Deck, aber weit weg vom Ufer können wir noch nicht sein. Man hat mich gegen elf Uhr im Park vor der Polizeiwache bewusstlos geschlagen. Wie viel Uhr ist es? Vielleicht können Sie anhand ...« Über mir knatscht der Boden. »Jemand kommt«, flüstere ich. »Ich muss auflegen.«

»Lassen Sie das Handy eingeschaltet, damit wir Sie ort-«

Weiter lasse ich sie nicht reden. Ich lege auf und höre, dass die Schritte sich nähern. Erst jetzt fällt mir auf, dass es generell stiller geworden ist. Wir fahren nicht mehr.

»Aufwachen«, säuselt eine Stimme von draußen.

Knox!

Knox, der seinen eigenen Bruder durch eine Tonbandaufnahme in den Knast bringen wollte.

Plötzlich habe ich eine Idee.

***

Die *Louisiana* fliegt nur so über die Wellen. Ich schwitze trotz des Windes wie verrückt. Mein Herz rast, mein Kopf malt sich die schlimmsten Szenarien aus. Dabei ist eigentlich klar, was Knox vorhat.

Im Hafen habe ich gesehen, dass die *Ruby* nicht mehr neben meinem Boot festgemacht war, was nur bedeuten kann, dass sie es war, die Knox mit der *Saint* hinter sich hergezogen hat. Und das wiederum heißt, dass er den Plan hat, Juliet über Bord gehen zu lassen. Ihr Ausflug mit Pete hat ihn bestimmt dazu inspiriert. Er will ihren Unfall nachstellen – nur diesmal ohne Happy End, weil ich in Untersuchungshaft sitze und sie nicht retten kann.

Zumindest denkt er sich das so.

Aber ich werde ihm schon zeigen, dass er sich irrt.

Ich halte die *Saint* fest im Blick und hole nochmal alles aus der *Louisiana* heraus.

Ich werde Juliet ganz bestimmt nicht ertrinken lassen!

Ich lasse Bar Harbor, die Mole und all die kleinen Boote hinter mir, rase vorbei an Egg Rock und muss automatisch an meinen ersten Kuss mit Juliet denken. An ihre weichen Lippen, ihren warmen Körper, dieses strahlende Lächeln.

Sie fehlt mir.

Und ich werde nicht zulassen, dass sie das für den Rest meines Lebens tut.

***

Knox ist völlig durchgeknallt.

Schon gestern im Auto kam er mir ein bisschen verrückt vor, doch das war gar nichts im Vergleich zu jetzt.

Er hat mir den Sack vom Kopf gerissen und mich in eine aufrechte Position gebracht. Seitdem läuft er vor mir auf und ab wie Rumpelstilzchen und feiert seinen Triumph über Cayden. Über die Locklands und die Collisters.

»Die halten sich alle für besonders schlau. Glauben, sie sind was besseres, weil sie Geld und Macht haben oder, wie mein Bruder, mit jemandem ins Bett gehen, der Einfluss hat!«

Ich weiß genau, wen er meint. Dabei ist es Cayden doch total egal, dass ich eine Lockland bin. Es ist viel mehr, das uns verbindet, aber das wird jemand wie Knox niemals kapieren.

»Ich verstehe dich«, sage ich, auch wenn das Gegenteil der Fall ist.

»Du verstehst mich?! Du verstehst einen Scheiß. Und jetzt komm. Zeit zum Baden.«

Er will nach mir greifen, aber ich rutsche von ihm weg. Was auch immer er vorhat – ich wage es nicht, den Gedanken konkreter werden zu lassen – ich darf es nicht zulassen. Ich muss die Sache irgendwie hinauszögern.

Das Adrenalin, das durch meine Adern jagt, sorgt noch immer dafür, dass ich nicht übermäßig in Panik gerate.

»Bitte«, flehe ich. »Beantworte mir nur ein paar Fragen. Bitte, Knox. Sag mir, warum ihr vor siebzehn Jahren ins Haus meiner Eltern gegangen seid.«

»Oh, wie rührselig. Du willst was über Mommy und Daddy wissen, bevor du abtrittst?«

Ich nicke. »Sie haben euch nichts getan.«

Knox sieht mich schnell an. In seinen Augen blitzt etwas Gefährliches auf. »Da irrst du dich. Sie haben mich und meinen Vater für sich schuften lassen. Für einen Hungerlohn. Weil sie wussten, dass wir den Job sowieso nicht ablehnen würden. Wegen meiner Mom.«

Ich denke daran, was mir Cayden von seiner Mutter erzählt hat. Sie war sehr krank und ich kann mir gut vorstellen, dass Mister Moore seinen ältesten Sohn mit eingespannt hat, um für den Familienunterhalt aufzukommen.

»Es war also nur gerecht, dass wir uns an Collisters Brandy und seinen Zigarren bedienen, findest du nicht?«

»Aber ihr habt noch mehr getan. Nachdem das Feuer ausgebrochen ist, seid ihr einfach abgehauen. Preston war wütend wegen der Unterschriftenaktion gegen unseren Vater. Aber was ist mit dir? Hättest du sie nicht retten können?«

Knox sieht mich an und ich kann beinahe die Flammen in seinen Augen lodern sehen, die meine Eltern getötet haben.

»Sie retten?« Knox schüttelt den Kopf. »Du bist wirklich naiv. Ich wollte sie nicht retten, ich wollte, dass sie für ihre Überheblichkeit bezahlen! Es war schwer genug, Preston davon abzuhalten, nochmal ins Haus zu gehen.«

Auch wenn ich in diesem Moment andere Sorgen habe, erleichtert mich der Gedanke, dass Preston ihnen helfen wollte. Es zeigt mir, dass ich ihn doch nicht völlig falsch eingeschätzt habe.

Knox mustert mich und scheint mir anzusehen, was ich denke. Ein beinahe amüsierter Ausdruck leuchtet in seinen Augen auf.

»Du glaubst wirklich, dass Preston Schuld an dem Brand hat?« Knox beugt sich zu mir vor, als wolle er mir ein Geheimnis verraten. Sein warmer Atem streift meine Wange. »Ich war es«, haucht er so leise, dass ich es kaum hören kann.

Er muss es lauter sagen!

»Bitte? Ich …« Ich weiche demonstrativ ein Stück vor ihm zurück. »Was hast du gesagt?«

»Du hast mich schon verstanden und jetzt hoch mit dir.« Knox packt mich an den Oberarmen und zieht mich in die Höhe.

Ich wehre mich nach Leibeskräften. Erstens brauche ich noch sein Geständnis und zweitens will ich nicht sterben.

Nicht hier und nicht heute.

Mit einem Mal erfasst mich doch noch nackte Angst.

Meine Knie fangen an zu zittern und in meinen Ohren dröhnt es. Ich versuche, mich von Knox loszureißen, doch die Stricke um meine Füße sorgen nur dafür, dass ich aus dem Gleichgewicht gerate und hinfallen würde, wenn Knox mich nicht festhielte.

»Cayden wird dir das nie verzeihen!«, schleudere ich Knox entgegen.

»Er wird nie erfahren, dass ich dahinter stecke«, giftet Knox zurück und hebt die Faust.

Ich will automatisch die Arme hochreißen, um mich zu schützen, doch die Fesseln hindern mich daran.

Dann kracht sein Schlag auch schon gegen meine Schläfe und alles versinkt in Schwärze.

Mein letzter Gedanke gilt Cayden.

Er hat schon so viel verloren. Er soll mich nicht auch noch verlieren.

***

Ich sehe Knox' Schlag kommen, kann ihn aber nicht mehr verhindern. Juliet sackt in seinen Armen zusammen und er legt sie achtlos auf den Boden.

»Das wirst du bereuen«, zische ich.

Ich will mich auf ihn stürzen, doch Knox fährt herum. Auf einmal hält er eine Waffe in der Hand. Es handelt sich um Dads alten Revolver und er zielt geradewegs auf Juliet.

»Noch ein Schritt und ich durchlöchere sie.«

»Warum?« Mehr bringe ich nicht hervor.

»Weil sie zu viel weiß.« Knox zuckt mit den Schultern. Er wirkt kein bisschen angespannt, sondern vielmehr, als wären wir uns einfach nur zufällig auf der Straße begegnet. »Was machst du eigentlich hier?«

Die Situation ist so unwirklich. Knox, mein letzter lebender Verwandter, mein eigener Bruder, bedroht die Frau, die ich liebe mit einer Waffe.

Ich werde vor die Wahl gestellt. Wieder einmal. Juliet oder er.

Doch dieses Mal werde ich die richtige Entscheidung treffen.

»Du kannst nicht einfach jeden aus dem Weg räumen, der dir gefährlich werden könnte!«

»Bisher hat das aber ganz gut geklappt«, gibt Knox

gleichmütig zurück. »Warum also nicht so weitermachen?«

Meine Gedanken rasen. Ich bin aus dem Gefängnis gekommen und Juliet ist auch noch am Leben. Genau genommen hat rein gar nichts geklappt. Es sei denn ...

»Jetzt schau nicht so. Du ahnst es doch längst«, spottet Knox.

In der Tat. Das tue ich.

»Mom«, sage ich. Es ist mehr ein Impuls, der mich diese Vermutung äußern lässt. Ich habe keine Beweise, keine Anhaltspunkte, außer, dass Knox offenbar vollkommen außer Kontrolle geraten ist.

»Ja.« Knox lächelt mich an, doch es hat rein gar nichts Brüderliches an sich. »Du musstest ihr ja dein Herz ausschütten, kurz nach der Sache im Collister-Haus. Sie hat mich auf das Feuer angesprochen und da habe ich beschlossen, ihrem Leiden ein Ende zu bereiten. Es ging ihr nicht sehr gut. Du hättest den Mund halten sollen. Die Wahrheit hat sie ziemlich aufgeregt.« Zur Demonstration legt Knox sich die freie Hand um den Hals und drückt leicht zu. »Sie hat getobt und geröchelt, gehustet, und ich habe das Kissen genommen und es auf ihr Gesicht gedrückt bis sie still war.«

»Oh Gott«, stöhne ich und muss mich an der Schiffswand festhalten.

Sie war nicht die Einzige, der ich vom Brand im Collister-Haus erzählt habe. Mit siebzehn habe ich Dad in meinem ersten richtigen Vollrausch alles gebeichtet. Keinen Monat später hat er sich erhängt.

»Dad …«, krächze ich.

Wieder zuckt Knox mit den Schultern. »Er war kurz davor, die Polizei zu rufen. Aber das sehe ich nicht ein, weißt du? Ich habe es nur gut gemeint. Ich habe mir für dich und Mutter den Arsch aufgerissen. Dad und ich haben wie verrückt geschuftet, aber er war zu schwach, sich durchzusetzen. Die Collisters haben uns nicht richtig bezahlt. Sie haben es verdient, zu sterben.«

Ich starre ins Leere. Das sind so viele Informationen auf einmal.

»Hast du auch die Collisters getötet«, frage ich, doch es klingt viel mehr wie eine Feststellung.

»Es war einfacher als gedacht. Preston lässt sich ziemlich gut lenken. Er denkt bis heute, dass es seine Idee war.«

Allem Anschein nach bin ich ebenso gut zu lenken, denn ich denke das Gleiche. In meiner Erinnerung kam die Initiative, ins Haus einzusteigen von Preston, doch mein Bruder muss ihn manipuliert und die Idee mit dem Einbruch erst in seinen Kopf gepflanzt haben.

»Und das Feuer?«

»Ich habe Preston von der Unterschriftenaktion

gegen seinen Vater erzählt. Ich musste die Listen nur fälschen und zusammen mit einem Feuerzeug im Arbeitszimmer deponieren.«

Also hat Mister Collister gar nicht versucht, Gerard Lockland zu stürzen. Ich hätte nie gedacht, dass Knox so gerissen und durchtrieben ist. Wie habe ich mich nur so in ihm täuschen können?

»Ich musste den Mülleimer nur noch umstoßen und ein bisschen Brandy verschütten und dann ging es wie von selbst. Alte Häuser brennen wie Zunder.«

Das ist wirklich zu viel für mich.

All diese unschuldigen Menschen ... Hätte ich Knox und Preston direkt verpfiffen, wäre all das nicht passiert.

Aber ich habe mich von Knox und Mister Lockland überreden lassen, den Mund zu halten.

Wenn mein Sohn und dein Bruder ins Gefängnis kommen, ist keinem geholfen. Es macht niemanden wieder lebendig.

Nein. Es hätte niemanden lebendig gemacht, aber einige Menschen vor dem Tod bewahrt.

Ich höre mich selbst einen wütenden Schrei ausstoßen, dann stürme ich auf Knox zu, schlage ihm die Waffe aus der Hand und reiße ihn mit mir zu Boden. Ich donnere meine Faust in sein Gesicht. Wieder und wieder. Doch er hört nicht auf zu grinsen.

Noch ein Schlag, dann packt Knox meine Handgelenke und wirft sich mit mir herum.

Mein Kopf knallt gegen den Pfosten des Bettes, vor dem Juliet liegt, aber ich verdränge den Schmerz.

»Beruhig dich!«, knurrt Knox. »Wir können beide unbeschadet aus dieser Nummer rauskommen. Die Sache mit dem Knast tut mir leid, aber ich wusste, dass meine Anschuldigungen vor Gericht nicht standhalten würden. Ich musste dich nur für eine Weile aus dem Weg haben. Doch jetzt ist es vorbei. Wir können zusammen irgendwo neu anfangen. Wie klingt das?«

»Beschissen.« Ich boxe Knox in den Magen, werfe ihn von mir runter und springe auf die Füße. Mein Blick fällt auf den Revolver, aber egal, was Knox getan hat, ich könnte niemals meinen Bruder erschießen.

Er scheint da anders zu denken.

Blitzschnell greift er nach der Waffe und für eine Sekunde rechne ich damit, dass er es jetzt zu Ende bringen, den Rest seiner Familie auch noch auslöschen wird.

Doch anstatt auf mich zu schießen, holt er aus, schlägt sie gegen meine Schläfe und ich kippe um wie ein gefällter Baum.

»Schade«, höre ich Knox noch sagen. »Erst tötest du die Collisters, dann unsere Eltern und anschließend versuchst du, Juliet und mich anzuzünden. Ein Glück nur, dass ich dich in letzter Minute überwältigen und fliehen konnte.«

Knox erscheint in meinem immer kleiner werdenden Gesichtsfeld. Ich will mich aufsetzen, doch sein Schlag hat mich völlig außer Gefecht gesetzt. Und als wäre das nicht genug, holt Knox noch zu einem Tritt aus, der bei mir endgültig alle Lichter ausgehen lässt.

***

Ich rieche Rauch, höre das Prasseln von Feuer und das Ächzen von Holz.

Juliet liegt inmitten der Flammen. Sie züngeln nach ihren Haaren und ihrer Kleidung.

Nicht mehr lange und sie werden sie erreichen.

Ich will das nicht sehen. Ich habe genug von diesen ewigen Albträumen und versuche, aufzuwachen. Ich warte auf die Schreie, die dem Traum meistens ein Ende bereiten.

Es ist so heiß hier und ...

Ruckartige setze ich mich auf. Ein höllischer Schmerz schießt durch meine Schläfe und mir wird endgültig klar, dass ich nicht träume.

Ich bin wach.

Das hier ist echt!

»Juliet«, huste ich, springe auf die Füße und werde

von heftigem Schwindel erfasst, der mich gleich wieder in die Knie zwingt, was auch besser so ist.

Über mir hängt dichter Rauch, der das Atmen unmöglich macht. Auf allen Vieren krieche ich zu Juliet – genau wie damals – und ziehe sie in meine Arme. Ich taste nach ihrem Puls.

Sie lebt noch!

Und damit das so bleibt, müssen wir hier raus.

Da auch die Tür in Flammen steht, bleibt uns nur das Fenster. Wieder einmal.

Doch diesmal lässt es sich öffnen.

Ich reiße es auf und der Windzug lässt die Flammen noch stärker lodern. Draußen ist es durch den Rauch ziemlich dunkel geworden, doch etwas kann ich trotz allem erkennen. Blaulicht.

Die Polizei ist hier.

»Hierher!«, brülle ich. Dann hebe ich Juliet hoch und trage sie zum Fenster.

Zwei Arme strecken sich mir entgegen und ich lege Juliet darauf ab.

»Können Sie rausklettern?«, ruft mir jemand von draußen zu.

Ich will antworten, doch mir sacken die Beine weg und ich gehe hustend zu Boden. Der Rauch ist überall. Er brennt in meinen Augen, meinen Lungen ...

»He, Sie! Hören Sie mich?«

Ich höre die Stimme, habe aber Schwierigkeiten, sie einzuordnen. Wer ist nochmal da draußen? Und warum?

Sie sollen Juliet helfen. So viel weiß ich noch.

»Hallo? Hören Sie mich?!«

Juliet ...

Plötzlich wird mir wieder klar, was wirklich wichtig ist. Mit letzter Kraft stehe ich auf, ziehe mich am Fenster hoch.

Gleich zwei Leute greifen nach mir und ziehen mich nach draußen, von den lodernden Überresten der *Saint* auf ein Boot der Küstenwache.

Ich sinke zu Boden, habe das Gefühl, mich immer noch im dichten Rauch der Kajüte zu befinden. Meine Lungen kapieren nicht gleich, dass ich wieder atmen kann und ich huste, während ich mich aus brennenden Augen nach Juliet umsehe.

Sie liegt unweit von mir auf dem Deck des Motorbootes, das sich nun rasch von der brennenden *Saint* entfernt. Menschen hocken um sie herum, eine Sauerstoffmaske wird auf ihr Gesicht gepresst und für einen Moment befürchte ich das Schlimmste.

»Juliet«, krächze ich und krieche auf sie zu, wie damals in dem Haus, als sie noch ein kleines Mädchen war und ich wusste, dass ich sie retten muss.

Diesmal jedoch werde ich zurückgehalten.

»Kommen Sie, Sie brauchen Sauerstoff.«

Ich höre die Stimme wie aus weiter Ferne, alles in mir konzentriert sich einzig und allein auf Juliet. Dieses Gefühl ist mir vertraut, es ist mein Kompass seit vielen Jahren. Sie muss okay sein, ihr darf nichts zustoßen. Auf gar keinen Fall.

Für den Bruchteil einer Sekunde blitzt ein blasses Bild aus der Vergangenheit vor meinem inneren Auge auf.

Es ist noch Schlafenszeit ...

Dann blinzelt Juliet, die nicht länger das Kind von früher, sondern die Frau ist, in die ich mich verliebt habe. Sie schlägt die Augen auf und sieht mich an.

Ich erwidere ihren Blick und spüre, wie mich unendliche Erleichterung erfasst.

Sie lebt. Und ich bin ebenfalls am Leben. Es gibt keine Geheimnisse mehr zwischen uns, keine dunklen, unüberwindbaren Abgründe.

Das Feuer ist nicht erloschen, aber wir sind ihm entkommen, wieder mal, und spätestens in diesem Augenblick wird mir eines unmissverständlich klar: Solange ich an Juliets Seite bin, wird ihr nie etwas zustoßen. Ganz einfach aus dem Grund, weil ich das nicht zulasse.

Es gibt keinen Grund für Albträume, solange wir zusammen sind, und so falsch es war, meinem Bruder, meinem eigenen Fleisch und Blut je zu trauen – ich weiß, dass ich mir selbst trauen kann.

Juliet ist bei mir in Sicherheit.

Jetzt kann alles gut werden.

***

Sie führen mich an Land und direkt zum Heck eines wartenden Krankenwagens.

»Sind Sie sicher, dass Sie allein laufen können, Miss Lockland?«

Ich nicke und sehe mich um. Wir erreichen das Fahrzeug und sofort stürmen zwei Sanitäter auf mich zu, aber ich schiebe sie zur Seite.

Wo ist er?

Wo ist Cayden?

Ich stelle mich auf die Zehenspitzen, halte mich schwankend an der Karosserie fest – und entdecke ihn endlich.

Auch er wird von zwei Cops gestützt, während er an Land geht, und genau wie ich sieht er sich suchend um. Ich erkenne dieselbe Panik in seinem Gesicht, die auch ich spüre.

Irgendwie haben wir beide noch nicht verstanden, dass die Gefahr vorüber ist; dass wir einander heute nicht verlieren werden.

»Cayden!«, rufe ich, aber viel mehr als ein Flüstern lassen meine angegriffenen Lungen nicht zu.

Trotzdem entdeckt er mich, macht sich los, stürmt auf mich zu und schließt mich in die Arme, als wolle er mich nie wieder loslassen.

Ich mache die Augen zu, halte ihn fest und spüre, wie seine Berührung dafür sorgt, dass sich die Welt um mich herum wieder real anfühlt. Und nicht nur das. Sie fühlt sich gut an, sicher ... Nein. Dass Cayden mich festhält, fühlt sich sicher an. Wie ein Versprechen. Wie etwas unfassbar Wertvolles, das ich nun nie mehr verlieren kann.

Der Albtraum ist vorbei. Wir sind beide daraus aufgewacht.

Wir haben überlebt.

»Es tut mir so leid, Juliet«, sagt Cayden heiser. »Ich hätte nie gedacht, dass er zu sowas fähig ist, ich ...«

»Sssht.« Ich löse mich ein Stück von ihm, blicke zu ihm auf und kann nichts dagegen tun: Sobald ich die Tränen in seinen Augen glitzern sehe, laufen sie auch mir über die Wangen. Doch es sind Tränen der Erleichterung. »Es ist gut, Cayden. Es ist alles okay.«

Er nimmt mein Gesicht in die Hände, als müsse er sich vergewissern, dass ich echt bin.

Ich lege meine rußverschmierten Finger auf seine und denke unwillkürlich, dass alles, was zwischen uns geschieht, immer irgendwie mit Feuer oder Wasser zu tun hat.

Verbrennen oder Ertrinken. Ich möchte über keines von beidem nachdenken. Ich will einfach nur mit Cayden hier sein, mit ihm allein sein, die Sache zwischen uns endlich richtig beginnen lassen. Und ich sehe an seinen Augen, dass es ihm genauso geht. Ich glaube, in diesem Moment bräuchten wir beide nichts dringender als die Gewissheit, dass wir einander nie wieder loslassen müssen.

Fürs Erste jedoch gibt es zwei Menschen, die uns da einen Strich durch die Rechnung machen.

»Juliet!«, kreischt Moms aufgeregte Stimme und ich blicke auf.

Erst jetzt realisiere ich, was für ein Tumult hier am Hafen herrscht.

Nicht nur der eine Krankenwagen, sondern gleich drei stehen bereit, dazu mehrere Polizeifahrzeuge. Der Anleger der Küstenwache wurde weiträumig abgesperrt, trotzdem haben sich um uns herum bereits Schaulustige versammelt. Hafenarbeiter, Gäste aus dem *Harbor Lane*.

»Lasst uns vorbei!«

Die Reihe aus Zuschauern teilt sich und ein Polizist hält das schwarz-gelbe Band hoch, sodass Mom und Dad darunter her tauchen können. Mom trägt eine riesige Sonnenbrille, während Dads Gesicht vor Sorge zehn Jahre älter wirkt. Sie beide kommen angelaufen und Mom reißt mich förmlich in ihre Arme.

Aus dem Augenwinkel sehe ich, wie Cayden einen Schritt zurück tritt.

»Schätzchen. Wir sind so froh, dass es dir gut geht!«

Ich erwidere ihre Umarmung, ohne zu zögern. Über ihre Schulter sehe ich Dad an.

Er wirkt ebenso erleichtert wie Mom, aber da ist noch mehr. Er sieht auch unendlich müde aus, und mir ist klar, wovon.

Jahrelang hat er geschwiegen, genau wie Cayden. Hat die Wahrheit verheimlicht, um jemanden zu schützen, den er liebt. Darum also sein strenges Verhalten Preston gegenüber. Weil er Angst hatte, dass mein Bruder nochmal die Kontrolle verliert.

»Oh, Dad«, höre ich mich sagen und strecke die Hand nach ihm aus.

Auch wenn ich unendlich froh bin, dass Cayden frei ist, tut es mir doch leid, dass Dad nun glauben muss, all seine Bemühungen seien umsonst gewesen. »Preston, er ...«

Mein Vater nickt. »Ich weiß es schon.«

»Nein, du weißt gar nichts.« Mit zittrigen Fingern greife ich in die hintere Tasche meiner Jeans und ziehe das Handy hervor.

Erleichtert stelle ich fest, dass es bis jetzt aufgenommen hat. Ich beende die Aufnahme, zögere jedoch, es meinem Dad auszuhändigen.

Fragend blicke ich Cayden an. »Ich habe alles aufgenommen«, sage ich leise.

»Gib es ihm. Mir ist egal, was mit Knox passiert. Er ist nicht länger mein Bruder.«

Ich löse mich von Mom, trete auf Dad zu und halte ihm das Handy hin. »Knox Moore hat alles zugegeben. Er hat das Feuer gelegt, Dad. Preston ist unschuldig.«

Mein Vater starrt mich voller Ungläubigkeit an, doch dann verändert sich etwas in seinem Blick. Seine Erschöpfung wird zu neuer Hoffnung.

Dankbar nimmt er mein Handy an sich. Dann wendet er sich Cayden zu.

»Sie haben unserer Tochter jetzt schon dreimal das Leben gerettet. Dafür wollen wie Ihnen danken.«

Cayden kommt näher und legt seinen Arm um meine Schulter.

»Wenn wir Ihnen oder der Werkstatt –«

Weiter kommt er nicht. Am Anleger bricht ein kleiner Tumult aus, als ein weiteres Boot der Küstenwache das Ufer erreicht.

»Wir haben ihn!«, ruft eine Stimme. »Er war gerade dabei, in die Cromwell Cove zu rudern!«

Wir alle blicken Richtung Wasser, wo Knox in Handschellen ans Ufer geführt wird. Er ist klatschnass und versucht immer wieder, sich loszureißen.

Seine hasserfüllten Augen sind starr auf Cayden und mich gerichtet, doch ich weiß, dass er uns nie mehr gefährlich werden wird.

Das Feuer ist endgültig gelöscht.
Und wir haben es überstanden.

***

Epilog

Ein Jahr später

Juliet

Wieder ist es Juni, der Himmel ist klar und eigentlich ist es mir selbst für mein brombeerfarbenes Sommerkleid zu warm. Hummeln brummen durch den Garten meines Elternhauses, Moms Pfingstrosen blühen in den Beeten und ich bin einfach nur glücklich.

Und ein bisschen aufgeregt. Gleich ist es so weit und wir Locklands können den schlimmsten Teil unseres Lebens endlich hinter uns lassen.

WILLKOMMEN ZU HAUSE steht in knallbunten Buchstaben auf der Girlande, die sich zwischen zwei Bäumen links und rechts von der Gartentür spannt.

»Du weißt aber schon, dass er zweiunddreißig ist, nicht zwölf«, sage ich schmunzelnd.

Mom sieht mich tadelnd an. »Er hat während der letzten sechs Monate genug Grau gesehen, Schätzchen.« Damit lässt sie mich stehen und dirigiert die zwei Konditoren, die gerade die Torte nach draußen bringen, zu dem Pavillon, unter dem das Buffet aufgebaut ist.

»Er wird nicht nur einen epileptischen Anfall, sondern auch einen Zuckerschock erleiden«, murmle ich, als ich Cayden neben mir lachen höre.

Ich drehe mich zu ihm um und kann kaum in Worte fassen, wie gut er aussieht. Sein Shirt hat dieselbe Farbe wie seine Augen, trotz der Wärme trägt er Boots. Er passt hier nicht her, fügt sich absolut nicht in die Reihe der übrigen Gäste ein, die mit verkniffenen Mienen im Schatten stehen und Wasser aus Gläsern trinken, an dessen Böden Goji-Beeren schwimmen.

Das ist einer der Gründe, aus denen ich ihn liebe.

Er ist so anders, so echt.

»Die tun ja so, als käme dein Bruder von einer Weltreise zurück«, sagt er, und gewissermaßen ist das gar nicht so weit von der Wahrheit entfernt.

Nur dass Preston vielmehr aus einer anderen Welt zurückkommt – dem Gefängnis.

Als ihm und Knox im vergangenen Spätsommer der Prozess gemacht wurde, hat mein Dad alles getan, damit er freigesprochen wird. Er hat ihm einen der besten Anwälte Maines besorgt und der wiederum hat alles Mögliche in die Waagschale geworfen: Prestons junges Alter zum Zeitpunkt der Tat, den Umstand, dass er von Knox manipuliert worden war ...

Trotzdem bekam er sechs Monate.

Brandstiftung verjährt nicht. Doch immerhin musste

er seine Zeit nicht im selben Gefängnis wie Knox absitzen. Caydens Bruder sitzt im Maine State Prison für Schwerverbrecher in Warren, und das für den Rest seines Lebens.

Keiner von uns hat ihn besucht.

Und wir haben es auch nicht vor.

Gewisse Dinge kann man nicht vergeben – andere jedoch schon. Und so versuche ich nicht einmal, meine Freude zu verstecken, als Preston, Seite an Seite mit Dad, der ihn abgeholt hat, endlich zu uns und den wartenden Gästen nach draußen kommt.

Er sieht müde, aber erleichtert aus. Seine Kleidung sitzt so tadellos, als wäre er gerade auf dem Weg zu einem Geschäftsessen und sein Blick ist ungebrochen. Überraschenderweise kam er im Gefängnis ganz gut zurecht – vermutlich genoss er es, dass er dort endlich mal einer von vielen und nicht mehr der Nachfolger von Gerard Lockland war.

Sofort laufe ich zu ihm und nehme ihn fest in die Arme.

»Jule«, sagt er und seine Stimme klingt ein wenig gequält, was sicher nicht an mir, sondern an der Tatsache liegt, dass meine Eltern diese Party für ihn veranstalten.

Preston stand noch nie gern im Mittelpunkt und ich kann nur hoffen, dass Dad ihn, nun, da er die Wahrheit kennt, endlich ein Stück weit aus seiner ständigen Aufsicht entlassen wird.

Bis jetzt jedoch sieht es nicht so aus. Die gesamte feine Gesellschaft der Stadt ist hier. Niemand behandelt meinen Bruder wie einen Geächteten, trotzdem scheint er sich etwas unwohl zu fühlen.

»Ich bin so froh, dass du wieder da bist«, sage ich und küsse ihn auf die Wange.

»Und ich erst.« Preston drückt mich fest an sich, dann greift er in die Innentasche seines Jacketts und hält mir etwas, hin, das im Sonnenlicht silbrig glitzert.

Die Kette, die aus einer Zeit vor meinem jetzigen Leben stammt. Die meine Familie einst ins Meer warf und die ich doch wiederfand. Ich habe sie ihm als Glücksbringer gegeben, ehe er ins Gefängnis gebracht wurde. Auch als Zeichen, dass ich ihm nicht böse bin. Dass er immer mein Bruder sein wird, auch wenn ich jetzt weiß, dass ich von einer anderen Familie abstamme, von Menschen, an die ich mich zwar nach wie vor nur bruchstückhaft erinnere, die aber trotzdem in meinem Herzen sind.

»Danke«, sagt er voll aufrichtiger Wärme in der Stimme.

Ich lächle, nehme ihm die Kette ab und umarme ihn nochmal kurz.

Anschließend wendet er sich Cayden zu und begrüßt

ihn mit Handschlag.

Die beiden sind während unserer Besuche vielleicht keine Freunde geworden, aber sie respektieren einander. Und das ist für mich das Wichtigste.

»Mein Junge«, seufzt Mom und schließt Pres in die Arme.

Und während er von ihr gedrückt wird, sagt scherzhaft eine Stimme von schräg hinter uns: »Und was ist mit mir? Komme ich als Letztes dran oder was?«

»Luke.« Preston löst sich von Mom und macht einen Schritt auf Mister Lincolns Neffen zu.

Sowohl er als auch Pete sind schon letzte Woche aus London hergekommen. Sowieso war Luke während der vergangenen Monate öfter bei Preston. Die beiden schienen ein paar Dinge zu bereden zu haben und ich bin gespannt, worum es dabei ging.

Doch zuerst ist Dad am Zug. Noch ehe sich Preston und Luke wirklich begrüßen können, legt er meinem Bruder eine Hand auf die Schulter und hebt ein Glas Schampus in Richtung der Gäste.

Alle Anwesenden, die Stadträte und Tennisfreunde, die Nachbarn und Geschäftspartner, sehen ihn gespannt an.

»Ich bin wirklich froh«, erklärt Dad, »dass mein Sohn wieder zu Hause ist. Ein junger Mann, der aus den Fehlern seiner Jugend gelernt hat und euch das gern allen beweisen wird, wenn er sich nächstes Jahr als neuer Bürgermeister von Bar Harbor zur Wahl stellt!«

Überrascht sehe ich Preston an, der den Blick senkt und sich leicht nervös mit der Hand durchs Haar fährt.

»Es wäre vielleicht an der Zeit, dass wir es ihnen sagen«, befindet Luke.

Mein Dad blickt von Preston zu ihm und zurück. »Was sagen?«

Preston räuspert sich, gibt sich sichtlich einen Ruck und wendet sich schließlich an alle Gäste. »Ich weiß, dass ich meiner Familie viel verdanke und ich weiß auch, dass mein Dad nichts lieber sähe, als dass ich sein Nachfolger im Amt werde. Aber wenn ich ehrlich bin, wollte ich das nie. Stattdessen werde ich in die Immobiliengeschäfte der Lincolns mit einsteigen. Luke Lincoln und ich werden hier in Bar Harbor eine Zweigstelle eröffnen. Und das erste Haus, das wir im Angebot haben, befindet sich an der Livingston Road.« Er wendet sich mir zu und senkt für seine nächsten Worte die Stimme. »Es ist ein besonderes Objekt. Es brachte einen ganz besonderen Menschen in mein Leben.«

Ich sehe ihm in die Augen und spüre hinter all der Reue, die er immer noch empfindet, unsere tiefe

Verbindung. Als Geschwister, auch wenn nicht dasselbe Blut in unseren Adern fließt.

Dad beginnt sofort auf Preston einzureden. »Hast du dir das gut überlegt? Bist du ganz sicher?«, will er wissen.

Ich blende die beiden aus und wende mich Cayden zu.

Er sieht zu mir runter. »Überraschung«, sagt er leise.

Ich nicke. »Ich bin froh, dass du das Haus verkaufst.«

»Wirklich?«

»Es ist Teil unserer Vergangenheit. Aber die ist jetzt vorbei.«

Cayden zieht mich in seine Arme. »Gut, dass du es so siehst.«

»Jetzt ist für uns alle der Weg frei für einen Neuanfang.«

»Da habt ihr sowas von recht«, sagt eine Stimme von links.

Wir beide sehen auf und blicken in Petes grinsendes Gesicht. Er hat ebenfalls ein Glas Champagner in der Hand und zuckt mit den Schultern. »Wenn mein Bruder bleibt, bleibe ich auch hier. Ich habe schon lange Lust auf etwas ... Wetter.«

»Na, super«, knurrt Cayden und ich spüre, dass mir diese leise Eifersucht gefällt.

Sie zeigt mir, dass ich ihm wichtig bin und auch das gefällt mir.

Alles an Cayden gefällt mir, seine Licht- und seine Schattenseiten.

Und ich schätze, das nennt man Liebe.

***

Es ist später Abend, als wir nach Hause kommen.

Die Feier war anfangs noch etwas steif. Niemand wusste so recht, wie er mit mir und Preston, dem Ex-Häftling, umgehen sollte, doch am Ende saßen wir alle gemeinsam an der langen Tafel im Garten der Locklands. Es ist sonderbar, dass ich jetzt Teil ihrer Welt bin. Durch Juliet gehöre ich gewissermaßen zur Familie, und das macht mir weniger aus, als ich dachte.

Ich habe verstanden, dass die Locklands keine schlechten Menschen sind. Jeder von ihnen hatte Gründe für sein Verhalten und niemand von ihnen hat einfach nur egoistisch gehandelt. Sie haben versucht, zu schützen, was sie lieben. Und das kann ich bestens nachvollziehen.

Ich helfe Juliet aus der *Louisiana*. Sie ist ein wenig angetrunken, sodass ich sie stützen muss. Ich leuchte ihr mit der Taschenlampe meines Handys den Weg über die Felsen, die in der Dunkelheit der Nacht pechschwarz aussehen.

»Danke«, sagt Juliet und schmiegt sich in meinen Arm, während wir das letzte Stück Heimweg in Angriff nehmen. »Es war ein schöner Tag. Schade nur, dass ich morgen zur Uni muss.«

»Das schaffst du schon«, sage ich und drücke ihr

einen Kuss aufs Haar. Ich kenne sie gut genug, um zu wissen, dass sie morgen früh voller Enthusiasmus aus dem Bett steigen wird, denn sie liebt ihr neues Studium.

Meeresbiologie.

Ich verstehe nicht, dass sie nicht gleich dieses Fach gewählt hat. Wenn sie fertig ist, will sie hier in Bar Harbor dafür sorgen, dass die Fischerei endgültig der Vergangenheit angehört. Den Menschen klarmachen, dass der Ozean viel mehr zu bieten hat, nicht nur für die Einwohner unserer Stadt, sondern auch für Fremde. Besucher.

Vielleicht stimmt es, dass wir uns manchmal verirren müssen, ehe wir den richtigen Weg finden.

Juliet jedenfalls scheint glücklich – nicht nur wegen des Studiums, sondern auch und vor allem wegen des Lebens, das sie jetzt führt.

Letzten Herbst, als die alte Edda Walters einsehen musste, dass sie den Leuchtturm nicht länger führen kann und zu ihrer Tochter aufs Festland zog, hatten wir die Idee, ihn für sie zu übernehmen. Damals wohnten wir noch im Collister-Haus, aber es fühlte sich für uns nie wirklich an wie ein Zuhause.

Mehr wie ein Denkmal, das wir restaurierten.

Oder ein Patient, den wir gesund pflegten.

Jetzt werden Preston und Luke den letzten Schritt

übernehmen und es an jemanden verkaufen, der ihm wieder Leben einhauchen kann. An eine neue Familie vielleicht, deren kleine Tochter bald hinter dem Fenster sitzen und den Glühwürmchen zusehen kann – ohne um ihr Leben fürchten zu müssen, weil das Böse nicht mehr in der Stadt ist.

Das Böse.

Ich fürchte, tief in mir drin wusste ich immer, dass mit meinem Bruder etwas nicht stimmt. Doch ich habe ihn unterschätzt.

Vierfacher Mord, zweifacher versuchter Mord. Diese Zahlen stehen für alles, was Knox wirklich ist und ich bin froh, dass er für immer hinter Gittern sitzen wird, dass er nie mehr jemandem wehtun kann.

Jetzt, endlich, hat Bar Harbor seine größte Tragödie, seine finstersten Geheimnisse hinter sich gelassen. Und wenn Juliet und ich abends auf dem Turm stehen und hinüber zu den Lichtern unseres Heimatortes sehen, empfinden wir nichts als Dankbarkeit.

Dafür, dass wir einander trotz allem gefunden haben.

Dass aus dem zerbrochenen Glas am Ende etwas wurde, das sich heil und gut anfühlt, auch wenn es sicher nicht das Leben ist, das Juliet vorherbestimmt war.

Sie hätte einen reicheren Mann als den Besitzer einer Autowerkstatt haben können. Sie hätte an einem feineren Ort als diesem hier landen können.

Aber sie hat sich entschieden und wie glücklich sie mit dieser Entscheidung ist, spüre ich jeden Tag. Wenn ich sie morgens auf dem Weg zur Werkstatt, die ich jetzt allein führe, mit an Land nehme. Wenn wir abends im Wohnzimmer sitzen, bei offenem Fenster, und dem stürmischen Meer um uns herum lauschen. Wenn wir an den Wochenenden stundenlang über die Felsen spazieren und dabei nichts brauchen als einander.

Vor der Tür bleiben wir stehen. Während ich den Schlüssel herauskrame, spüre ich, wie Juliet mich beobachtet.

Ich sehe zu ihr herüber. Im schwachen Mondlicht erkenne ich das Funkeln ihrer Augen, während sie die Hand hebt und wie so oft über die dünne Narbe in meinem Gesicht streicht.

»Was ist?«, frage ich und wende mich ihr zu.

»Ich musste nur gerade an was denken, das meine Mom mal gesagt hat.«

»Und das wäre?«

»Sie sagte, du seist mein Schutzengel, aber das stimmt nicht.«

Ich runzle die Stirn. Worauf will sie hinaus?

Juliet kommt einen Schritt näher und fügt hinzu, leiser jetzt und so bestimmt, als hätte sie meine Gedanken gelesen: »Du bist mein Zuhause, Cayden.

Nicht das Haus in der Livingston Road, nicht die Villa in den Hills, nicht der Leuchtturm, sondern du. Erst durch dich habe ich gemerkt, dass ich vorher nie wirklich irgendwo hingehörte. Aber das ist jetzt anders. Ich gehöre zu dir.«

»Das trifft sich gut«, sage ich und lege einen Arm um ihre schlanke Taille. »Ich habe nämlich nicht vor, dich wieder herzugeben.«

Juliet lächelt mich auf diese strahlende Weise an, die mich von Anfang an verzaubert hat. Dann stellt sie sich auf die Zehenspitzen, drückt mir einen Kuss auf die Lippen, während der Meereswind ihr Haar aufbauscht, unter unsere Kleider fährt und im alten Turm über uns zu wispern scheint: Genau hier endet eine Geschichte.

Und eine neue beginnt.

Ende

Außerdem von Josie Charles erschienen

****Alle hier aufgeführten Bücher sind im KindleUnlimited-Abo enthalten****

Meine Einzelbände:

Barbados Heat – Ein Sommer voller Liebe
Tess ist abenteuerlustig, doch als sie auf eine Kreuzfahrt eingeladen wird, sieht sie schwarz. Nicht nur ihre chronische Reisekrankheit macht ihr die Reise schwer: Gleich beim ersten Stopp verpasst sie ihr Schiff. Zum Glück ist sie nicht die Einzige – auch Bord-Security Sage ist auf Barbados gestrandet. Sofort knistert es zwischen Tess und ihm. Doch Sage hat Pläne, die Tess erst zeigen werden, was das Wort Abenteuer wirklich bedeutet ...

Sunken Hearts: Zeig mir dein Gesicht
Als Reid Chadman Amy als Hausmädchen einstellt, ahnt er nicht, welch falsches Spiel sie treibt. Beim legendären Maskenball in der Villa der steinreichen Chadmans knistert es zwischen den beiden und Reid versteht nur langsam, dass Amy ihr wahres Gesicht verbirgt. Sie hat eine Rechnung zu begleichen, doch Reid wird selbst von loderndem Hass zerfressen - eine Gefahr, die Amy nicht unterschätzen sollte.

Wunschzettel zu Weihnachten: 2 Zimmer, Küche, Brad

Ausgerechnet ein paar Tage vor Weihnachten steht Hazel plötzlich ohne Mann, Geld und Wohnung da. Eine mysteriöse Anzeige kommt ihr da wie gerufen. In einer WG ist ein Zimmer frei und es gibt nur eine Bedingung, um einziehen zu dürfen – kein Weihnachten! Notgedrungen lässt sich Hazel darauf ein und das Chaos ist vorprogrammiert, denn ihr neuer Mitbewohner ist ein echter Grinch und hält ein paar böse Überraschungen für sie bereit. Kann sich doch noch alles zum Guten wenden?

Weil jeder Weg zu dir führt

Als Maisie ihr Studium an der Elite-Uni Princeton antritt, traut sie ihren Augen nicht: Ausgerechnet Colten Wright, ihr Schwarm aus High-School-Zeiten, sitzt in ihrem Kurs. Doch Maisie erfährt, dass Colt sich verändert hat. In Princeton gilt er als aggressiv und kaum noch zu kontrollieren. Sie beschleicht ein schlimmer Verdacht: Der neue Colten scheint ein ganz anderer zu sein als der, den sie kannte. Kann sie ihn vor einer Katastrophe bewahren? Oder wird ihre erste große Liebe sie mit in den Abgrund reißen?

Summerlove – Verräterische Herzen

Allie ist ein absoluter Nerd, lebt allein und redet am liebsten mit ihren Fischen. Ash ist ein Outlaw und wurde gerade aus dem Knast entlassen. Beide verschlägt das Schicksal ins sommerliche Orange County, wo sie bei der

Surfergang rund um Weltmeister Jesse Caine die Chance bekommen, ihr Leben zu ändern. Sofort sprühen die Funken zwischen Allie und Ash – doch einer von beiden verfolgt einen Plan, der die Gefühle zwischen ihnen unmöglich macht. Oder?

Damit du lebst

Haydon ist der arrogante Star des Rugby-Teams von Yale. Sein Leben scheint perfekt – bis er eines Nachts im Traum die coole Außenseiterin Everley von einer Brücke springen sieht. Everley ist anders als die übrigen Studenten der Elite-Uni Yale. Ihre Kleidung ist schwarz und ihre Klappe viel zu groß. Für Angeber und Botox-Tussis hat sie nichts als Verachtung übrig. Doch dann verändert ein Schicksalsschlag alles. Der Mistkerl und das Gothic Girl – können zwei Welten zu einer werden, wenn es das Schicksal so will?

Hearts on the Run

Zoey Carter braucht einen Neuanfang. Ihre einzige Chance ist ein Banküberfall! Als ihre Flucht zu scheitern droht, nimmt sie den undurchschaubaren Ryker Daxton, genannt Dax, als Geisel. Sie ahnt nicht, dass sie ihm damit in die Hände spielt, denn wenn der ehemalige Marine mit ihr fertig ist, wird ihre Beute ihm gehören. Echte Gefühle und ein falsches Spiel: Eine wilde Flucht quer durch Amerika beginnt – und das Einzige, was Zoey und Dax in die Quere kommen könnte, ist die Liebe.

Zwischen Popcorn & Zuckerwatte

Poppy und Candy sind Zwillinge, wie sie unterschiedlicher nicht sein könnten. Poppy arbeitet als Süßigkeitenverkäuferin im Freizeitpark „Mississippi Kingdom“, während Schlangenfrau Candy dort ihre eigene Show hat. Versteckt hinter ihrem Stand ist Poppy seit Jahren verliebt in den unnahbaren, geheimnisvollen Motorrad-Stuntman Ethan. Doch der scheint sich nicht im Geringsten für sie zu interessieren – bis Candy eines Tages verschwindet und Poppy kurzerhand die Rolle ihrer Zwillingsschwester übernimmt.

You and me for (n)ever – Gefangene Herzen

Scarlett steht kurz vor ihrer Hochzeit, als eine Wahrsagerin ihr prophezeit, dass ihr Verlobter gar nicht ihre große Liebe ist. Am selben Abend taucht Casey auf – Scarletts erste große Liebe. Ein Mann, der ihr eins Furchtbares antat. Jetzt scheint er Rache zu wollen ... doch seine nie verloschenen Gefühle für Scarlett stürzen beide ins Chaos.

Denkst du gestern noch an mich?

Die junge Krankenschwester Ranita findet auf dem Dachboden ihrer Grandma eine Kiste mit Fotos ... und verliebt sich Hals über Kopf in den Weltkriegssoldaten Nate. Doch Nate ist lange tot und die Zeit ist unüberwindbar –oder etwa nicht? Eines Morgens taucht in Ranitas Krankenhaus wie aus dem Nichts ein Mann in Uniform auf, der verblüffende Ähnlichkeit mit Nate aufweist ...

Santa Baby: Ein Weihnachtself zum Auspacken
Als Kaufhaus-Santa Maddy vor ihrem Arbeitsplatz sexy Jace in seinem Weihnachtselfen-Kostüm begegnet, schlittert sie kopfüber ins Chaos. Einer Verwechslung sei Dank, landet sie mit Jace auf der Bühne – und muss am eigenen Leib erfahren, dass er der heißeste Stripper New Yorks ist. Eben ein Elf zum Auspacken ...

***

Meine Reihen:

Die Black-Bones-Reihe (auch als Sammelband erhältlich)

Bad to the Bone – Zerrissen
Als Hackerin Jess in ihre Heimatstadt Detroit zurückkehrt, ist nichts mehr wie zuvor. Verachtet von ihrer großen Liebe East trifft sie auf Dane, der ihr den Weg zurück in ihre alte Gang, die „Black Bones", ermöglicht. Von jetzt auf gleich findet sich Jess in einem erbitterten Kampf der beiden Erzfeinde wieder, bei dem nicht nur ihr Herz in Gefahr gerät. Denn auch East hat noch eine Rechnung mit ihr offen ...

Bad to the Blood – Besessen
Verwandlungskünstlerin Lielle wird von den „Black

Bones“, auf den attraktiven und vor allem reichen Zac Stryker angesetzt. Schnell erkennt sie, dass der geheimnisvolle Unternehmer nicht nur gut aussieht, sondern dabei ist, ihr Herz im Sturm zu erobern. Da gibt es nur ein Problem: Zac ist ein Job und sie darf sich auf keinen Fall in ihn verlieben. Außerdem ist da noch Cyph, Lielles Ex, ein tätowierter Profihacker, der sich wie ein Schatten an ihre Fersen heftet ...

Born to be bad – Entfesselt
Ausgerechnet Dane Cooper kennt das dunkelste Geheimnis von Hackerin Terra. Um Rache an ihrer Gang zu nehmen, erpresst er sie damit. Doch eine unfassbare Entdeckung ändert für die beiden alles. Terra muss eine fatale Entscheidung treffen und Dane scheint auf einmal festzustellen, dass sie ihn alles andere als kaltlässt. Sind seine Gefühle echt? Oder reißt er die Frau, die seine Rettung sein könnte, mit sich ins Verderben?

***

Die Love-hits-harder-Reihe (auch als Sammelband erhältlich)

Love hits harder 1
Journalistin Megan wird zu einem neuen Auftrag in den angesagten Club Ivory bestellt. Anstatt feiernder Menschen entdeckt sie dort jedoch etwas völlig anderes: einen Kampfkäfig, in den kein Geringerer als Harley

Jones, der „Unbesiegte“, eine Legende unter den MMA-Fightern, steigt. Megan wird als Reporterin auf ihn angesetzt – und Teil seiner anziehend-gefährlichen Welt …

Love hits harder 2

Nach ihrer Flucht aus Chicago wollen Megan und ihre große Liebe, der MMA-Kämpfer Harley Jones, im verträumten Somerset neu anfangen. Doch schnell müssen sie feststellen, dass sie längst nicht in Sicherheit sind. Seltsame Botschaften tauchen auf – und dann kommt es zu einer Entführung mit ernsten Folgen. Harley weiß, dass er wieder kämpfen muss und Megan weiß: Wenn er sich in Gefahr begibt, will sie an seiner Seite sein. Doch das Schicksal hat etwas anderes geplant …

***

Die Love-beats-faster-Reihe (auch als Sammelband erhältlich)

Love beats faster 1

Die junge Luciana Cosentino kehrt mit ihrer Familie zurück nach Chicago, wo sie einst große Erfolge als Veranstalter von harten MMA-Kämpfen feierten. Auch Fighter Alex ist auf dem Weg in die Stadt. Was er will? Rache an den Cosentinos. Was er dabei nicht gebrauchen kann: Luciana. Die Frau, die sich ihm in den Weg stellt –

und sich in sein Herz schleicht.

Love beats faster 2

Fighter Alex und seine große Liebe wollen ein neues Leben beginnen – doch dann geschieht ein furchtbares Unglück. Alex verliert Alessia. Sie sagen, es war ein Unfall, doch daran kann er nicht glauben und wieder wird Rache um jeden Preis zu seinem Lebensmittelpunkt. Alex droht sich in Zorn und unbändiger Gewalt zu verlieren ... bis eine unerwartete Begegnung ihm neue Hoffnung verschafft.

***

Die Love-stays-stronger-Reihe (auch als Sammelband erhältlich)

Love stays stronger 1

Kaum ist Kim 21, flüchtet sie aus ihrem behüteten Elternhaus ins laute New York. Dort kann sie gleich einen Job im ‚Soul & Sinner' ergattern, einem mehr als berüchtigten Club. Sofort wirft Rayen, der Bruder des Geschäftsführers, ein Auge auf sie. Doch da ist auch noch der geheimnisvolle Cage, der für die junge Liebe zur tödlichen Gefahr wird. Was wird am Ende dieses Kampfes stehen? Ein Happy End oder zwei Herzen, die K.O. gehen?

Love stays stronger 2

Die größtmögliche Katastrophe ist eingetreten: Das ‚Soul & Sinner' ist zerstört und um Kims frische Liebe scheint es auch nicht besser zu stehen. Sie macht sich schwere Vorwürfe, bis sie verstehen muss, dass sie größere Probleme hat. Denn ein mächtiger Gegner hat es nicht nur auf sie, sondern auch auf die beiden Männer abgesehen, die um ihr Herz kämpfen. Und wenn sie auch nur einen der beiden retten will, muss Kim in eine Welt abtauchen, die sie eigentlich nie betreten wollte ...

***

Die New-York-Trilogie (auch als Sammelband erhältlich)

Das Gegenteil von Romeo

Rachel stiehlt dem berühmt-berüchtigten Theaterstar Ayden Rogers versehentlich das Portemonnaie. Als sie es ihm – mit ein paar Scheinen weniger darin – zurückbringt, entpuppt er sich als ziemlicher Mistkerl. So leicht wird Rachel ihn jedoch nicht wieder los: Ayden bietet ihr an, ihre Schuld zu begleichen und macht ihr ein „unmoralisches Angebot" ...

Ich liebe dich lieber nicht

Künstlerin Lissa malt einen Obdachlosen, den sie unfassbar attraktiv findet. Das Bild gerät ins Netz. Doch der vermeintlich Heimatlose entpuppt sich als Sohn des Gouverneurs, und der hat jetzt ein Hühnchen mit ihr zu rupfen. Nicht einmal in ihrem Heimatdorf im verschlafenen Louisiana kann sie sich vor ihm verstecken. Dort jedoch hat es noch ein weiterer Mann auf sie abgesehen: ihr Ex Clint, der Lissa nie vergessen konnte und sie jetzt zurückerobern will.

Blackwell – Kein Wintermärchen

Musikerin Jenna nimmt an einem Gesangswettbewerb teil. Der Hauptpreis ist ein Duett mit ihrem großen Idol Seth Blackwell. Seth entpuppt sich als echter Bad Boy. Als Jenna Seth Stück für Stück ein bisschen näher kommt, spürt sie jedoch, dass sich hinter seiner harten Schale eine bewegende Geschichte verbirgt. Unversehens gerät sie in einen Strudel aus großen Gefühlen, ihrem Traum von der Musik und einer Reise ins Ungewisse ...

***

Die Orange-County-Reihe (auch als Sammelband erhältlich)

Tief wie das Meer

Nach einem Jahr Fernbeziehung zieht die junge Emily zu ihrem erfolgreichen Partner Austin nach San Clemente, Kalifornien. Dort lernt sie den erfolgreichen Surfer Jesse kennen: Wild, selbstbewusst und unheimlich gutaussehend verdreht er ihr auf der Stelle den Kopf, auch wenn er sich schnell als ein ziemlicher Mistkerl entpuppt. Bleibt sie am sicheren Ufer oder lässt sie sich von den Wellen mit in ein neues Leben reißen ...?

Endlos wie das Meer

Harte Zeiten für Surferin Lauren: Ihre Beziehung ist zerbrochen, ihre Karriere scheint vorbei. Und dann strandet sie auch noch auf einer einsamen Insel ... Doch so einsam wie gedacht ist es auf dieser Insel gar nicht, denn Lauren begegnet dort dem umwerfenden Damon. Unglücklicherweise können die beiden sich schon auf den ersten Blick nicht ausstehen ...

Wild wie das Meer

Auf der Suche nach sich selbst reist Sherry durch die Welt – und begegnet dabei dem geheimnisvollen wie anziehenden Surfer Tyrone. Doch nach einer leidenschaftlichen Nacht ist Ty verschwunden. Das Schicksal jedoch führt die beiden wieder zusammen ... und Sherry muss lernen, dass sie nicht die Einzige ist, die vor etwas davonläuft.

Ruhelos wie das Meer

Ohne einen Penny in der Tasche kreuzt die chaotische Audrey in San Clemente auf – und begegnet dort ausgerechnet Dave, den sie auf den Tod nicht ausstehen kann. Doch hinter Audrey Verachtung steckt mehr, denn irgendwie kann sie sich seiner Anziehungskraft auch nicht entziehen. Dann bringt ein wichtiger

Surfwettbewerb die beiden erneut zusammen ...

***

Reihen mit anderen Autorinnen:

~ Three Millionaires ~

Three Millionaires: Dashiel

Als Laney zum Housesitting bei ihrer Tante anreist, findet sie im Bett einen fremden Mann vor – den gutaussehenden, unverschämten und steinreichen Dashiel Pine. Die beiden sind einander auf Anhieb unsympathisch ... oder nicht?

Es handelt sich hier um Teil 1 einer Reihe, die von Nicola J. West und Hailey J. Romance fortgesetzt wurde:

Teil 2 – Three Millionaires: Micah (Nicola J. West)
Teil 3 – Three Millionaires: Tyron (Hailey J. Romance)

***

~ Paradise, Texas ~ (erschienen bei Hippomonte Publishing e.K.)

Firefighters : Tyler's Story (Paradise, Texas 2)

Jillian
Ich bin immer auf der Jagd nach der nächsten großen

Story, nach einer Geschichte, die die Menschen ins Herz trifft. Warum mich mein Boss diesmal jedoch ausgerechnet in die Kleinstadt Paradise, Texas geschickt hat, ist mir ein Rätsel – bis ich Tyler Walker begegne. Ein gefallener Held. Ein Retter, der zum gefährlichen Schläger wurde. Hinter seinem blendenden Äußeren verbirgt sich ein Geheimnis. Und ich werde es herausfinden.

Tyler
Reporter sind die Pest. Erst recht, wenn man so großen Mist gebaut hat wie ich. Was ich getan habe, muss um jeden Preis geheim bleiben. Doch dann setzt man mir Jillian Thompson vor die Nase: hübsch, aber unerträglich in ihrer Neugierde. Sie schnüffelt in meinen Angelegenheiten herum und will eine große Reportage über mich drehen. Ich muss sie loswerden, bevor sie mir auf die Schliche kommt – koste es, was es wolle.

Teil 1 der Reihe wurde von Aurelia Velten geschrieben:
Firefighters: Cole's Story
Teil 3 der Reihe wurde von Skye Leech geschrieben:
Firefighters: Liam's Story